秒速發揮

能聽、能說 這一本就到位！

日語聽力

吉松由美・西村惠子・大山和佳子◎合著

山田社

大聲唸

附贈 MP3

聽力是學好日語的金鑰

從零基礎到考上N3 日語自學就靠這一本

前言
preface

您還在聽力跟口說上裹足不前嗎？
聽力是學好日語的金鑰匙！
聽力是日檢合格的金鑰匙！
聽力好，口說就好，

五顆星推薦，
用日檢模擬考試方式，練聽力，
就把光碟開著當背景音，
越聽越清楚，
從 N5 進步到 N3 聽力就靠這一本！

★ 現在開始，都來得及！
★ 想要聽懂道地日語，先從本書開始，
★ 時間累積、利用蠻勁聽透光碟，
★ 才能從教室龜速日語，到 100%聽懂道地日語！

學習聽力需要時間的累積。告訴您訣竅，有人開著電視日劇當背景音，請您就把本書的光碟聽透透，一次聽不懂，按停、重播 100 次，聽到懂為止！就把光碟開著當背景音，培養日語金耳朵，您的聽力就回來了！
本書特色有：

1. 練習日檢題型，聽力實力秒速發揮！

聽力要過關，才能順利通過日檢考試！

只有日本人生活上真的會説、會用的日語，才能聽出日語反應力。本書設計符合 N3 日檢聽力的五大題型及日本人會説、常講、絕對實用的，職場及生活切身大小事的 80 篇長篇對話，37 篇短篇對話。利用「打造日語耳╳聽出關鍵句╳擴充字句文法知識╳精準翻譯」學習法，為的就是徹底發揮您的聽力潛力，成為即戰力！

2. 聽 100 次，再大聲唸—

一次聽不懂，按停、重播 100 次聽到透為止！

日語有高低重音、清濁、長短、母音無聲化、連音、腔調、節奏…等問題。聽力好，口說就好，要怎麼樣才能聽懂呢？要怎麼樣才能發音像日本人呢？方法很簡單就是模仿，模仿本書朗讀光碟大聲唸！小時候我們模仿周圍一切牙牙學語，就是模仿的高手。

所以徹底模仿本書專業日籍老師親自錄製的 N3 程度生活對話，聽日本人怎麼說，我們就怎麼大聲說。大聲唸，可以讓字意與聲音連結，除了練聽力，還可以分辨文字理解力，同時達到校正發音的效果。

再加上發揮耐力、蠻勁，利用「先聽不看文字→聽不懂的字或句，就按停、重播→還是聽不懂，再次按停、重播→到每粒音每字每句完全聽懂」的方式，從一次聽不懂，按停、重播 100 次聽到透為止！聽透一定神進步！

3. 理解內容，逐項解析，聽力突飛猛進！

聽出關鍵句，練就最堅強的聽力！

每個字句完全聽懂了，接下來訓練如何理解對話具體內容、人物關係…等，如何抓住對話關鍵，才是真正打穩最堅強的聽力後盾。本書利用日檢模試解題方式，來練聽力，以最核心的觀念「聽出關鍵句」出發，傳授獨家解題三步驟：「抓住關鍵句→進入對話情境，理解對話內容→靈活思維、逐步解析」解題攻略言簡意賅，句句精華！讓您聽力實力翻倍！

4. 潛移默化，擴充「字句文法知識」量

進步與否就看這！

許多學日語的人遇到聽力就過不去，原本認識的單字、短句、文法都聽不出來。要聽明白，就必須仔細分析聽不明白的原因，並不斷接觸新字詞、文法與文化，並分辨字句的連音、變音、消音…等變化。本書包含 N3 程度的重點單字、短語、諺語、重點文法，及關鍵說法百百種、日本文化、生活小常識，讓您潛移默化，擴充字句量及文化知識，最後看看對話「精準翻譯」讓您聽完後，意思掌握更正確，聽力敏感度大幅提升！

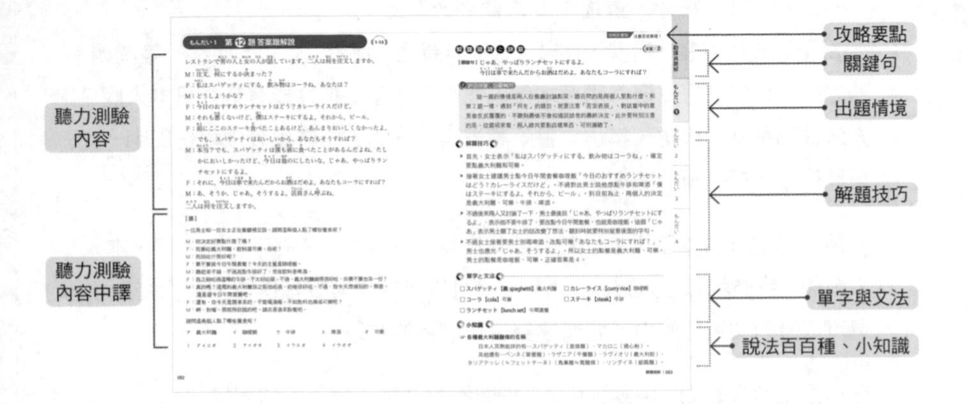

目錄
contents

Memo

問題一

課題理解

課題理解　問題１

1-1

問題１では、まず質問を聞いてください。それから話を聞いて、問題用紙の１から４の中から、最もよいものを一つえらんでください。

1-2　１ばん

答え：①②③④

1　8時
2　8時15分
3　8時30分
4　8時45分

1-3　２ばん

答え：①②③④

ア　日本酒
イ　インスタントラーメン
ウ　お茶
エ　梅干し
オ　おもちゃ

1　ア　イ
2　イ　ウ
3　ウ　エ
4　エ　オ

1-4　３ばん

答え：①②③④

1　営業課の山川さんに電話する
2　お客さんに電話しておわびする
3　メールを確認する
4　資料に間違いがあったことを企画課の田中さんに連絡する

1-5 4ばん

答え：①②③④

1 電気(でんき)とパソコンの電源(でんげん)を切(き)る

2 プリンターとコピー機(き)の電源(でんげん)を切(き)る

3 ドアの鍵(かぎ)をかける

4 窓(まど)に鍵(かぎ)がかかっているか確(たし)かめる

1-6 5ばん

答え：①②③④

1 本屋(ほんや)に行(い)く

2 スーパーでチーズと卵(たまご)を買(か)う

3 米屋(こめや)で米(こめ)を買(か)う

4 公園(こうえん)で運動(うんどう)する

1-7 6ばん

答え：①②③④

1 男(おとこ)の人(ひと)が１杯(ぱい)飲(の)んで、４杯(はい)は残(のこ)しておく

2 男(おとこ)の人(ひと)と女(おんな)の人(ひと)が１杯(ぱい)ずつ飲(の)んで、３杯(ばい)は残(のこ)しておく

3 男(おとこ)の人(ひと)と女(おんな)の人(ひと)が１杯(ぱい)ずつ飲(の)んで、３杯(ばい)は捨(す)てる

4 女(おんな)の人(ひと)が１杯(ぱい)飲(の)んで、男(おとこ)の人(ひと)が４杯(はい)飲(の)む

第一大題。請先聽每小題的題目，接著聽完對話，再從答題卷上的選項 1 到 4 當中，選出最佳答案。

もんだい 1 第 1 題 答案跟解說

1-2

家で女の人と男の人が話しています。男の人は明日何時に家を出ますか。

F：明日は何時の新幹線に乗るの？

M：9時半、東京駅発だけど、ここから東京までどれぐらいかかるかな。

F：ちょっと待って、調べてみるから。うーん、だいたい 45 分ぐらいね。

M：それなら、8時半に家を出れば大丈夫だね。

F：でも途中2回乗り換えがあるよ。あなた、ふだんあまり電車に乗ってないから、駅で迷うかもしれないし、それに、切符買うのに並ばなくちゃいけないかもしれないから、8時には出たほうがいいんじゃない？

M：いや、切符はもう買ってあるんだ。でも、そうだね。もし迷ったら大変だから、あと 15 分早く出ることにするよ。

男の人は明日何時に家を出ますか。

【譯】

一位女士和一位男士正在家裡交談。請問這位男士明天要幾點出門呢？

F：你明天要搭幾點的新幹線？
M：9點半，從東京車站發車。從這裡到東京不曉得要多久呢？
F：等一下，我查查看。嗯，大概要45分鐘左右吧。
M：這樣的話，8點半從家裡出門就可以了吧。
F：可是中間還要換兩趟車哦。你平常很少搭電車，說不定在車站裡會迷路，而且買票還得花時間排隊，8點出門比較妥當吧？
M：沒關係，車票已經買好了。不過，妳說的也有道理，萬一途中迷路那就麻煩了，還是提早15分鐘出門吧。

請問這位男士明天要幾點出門呢？

1　8點
2　8點15分
3　8點30分
4　8點45分

解題關鍵と訣竅

答案：2

【關鍵句】8時半に家を出れば大丈夫だね。
あと15分早く出ることにするよ。

對話情境と出題傾向

這一題的情境是男士明天要搭新幹線，女士和他討論幾點要出門。題目問的是男士明天出門的時間，聽到「何時」就要知道題目中勢必會出現許多時間點干擾考生，必須要聽出每個時間點代表什麼意思。

此外，要特別注意的是，N３考試和N４、N５不同，雖然也有「數字題」，但是題目難度上升，答案可能不會明白地在對話中，而是要將聽來的數字進行加減乘除才能得到正確答案。像這種時間題，就要小心「～分早く」、「～分遅く」、「遅れる」…等用法，這些都是和時間計算有關的關鍵字。

解題技巧

- 對話提到的第一個時間是９點半。這是男士明天要搭的新幹線的發車時間。接著又提到「８時半に家を出れば大丈夫だね」，這是男士預估的出門時間。聽到這邊可別以為這就是答案，耐著性子繼續聽下去。

- 對於男士的預估，女士提議「８時には出たほうがいいんじゃない」。不過男士又以「いや」來否定她提議的８點。接著又說「あと 15 分早く出ることにするよ」，表示他決定明天提早 15 分鐘出門。這個「提早」的基準點是什麼呢？就是他剛剛說的預計出門時間「８時半」。所以他打算明天８點 15 分出門。正確答案是２。

- 到了N３程度，為了更符合日常會話習慣，開始會出現口語縮約形和助詞的省略。比方說「ている」變成「てる」、「ておく」變成「とく」，或是「なくては」變成「なくちゃ」、「なきゃ」。而助詞最常被省略不說的就是「を」、「が」。

單字と文法

□～発（はつ） 從…發車
□乗り換え（のりかえ） 換搭、轉乘
□ふだん 平時
□迷う（まよう） 迷路（＝「道に迷う（みちにまよう）」）
□たら 要是…

小知識

☞ 日本的鐵道

1. ＪＲ（原日本國營鐵道，簡稱「國鐵」）

現已民營化交由數間公司經營。經營項目包括相當於「台灣高鐵」的「新幹線」及相當於「台鐵」的「在來線」。

2. 私鐵

由私人企業所經營的鐵道。雖然ＪＲ現在並非國營企業，不過因為一些歷史緣故，ＪＲ並不屬於私鐵。

3. 其他

由地方公共團體或是第三部門所經營的鐵道。

單就往來東京車站的新幹線而言，就有東海道、山陽新幹線、東北新幹線、山形新幹線、秋田新幹線、上越新幹線、長野新幹線這些路線通車，很容易迷路。

もんだい1　第❷題 答案跟解說

1-3

男の人と女の人が話しています。男の人はお土産に何を持っていきますか。

M：来週台湾に出張に行くときに、向こうの支店の高橋さんに何かお土産を持ってってあげようと思うんだけど、何がいいかな。日本酒なんかどうかと思うんだけど。

F：そんな重いものより、もっと軽いものでいいんじゃない？外国に住んでる人にはインスタントラーメンなんか喜ばれるって聞いたことがあるけど。

M：でも、インスタントラーメン一袋だけ持ってくわけにもいかないからなあ。いくつも持ってくと荷物になるし。お茶はどうかな。

F：お茶でもいいと思うけど、私は梅干しがいいと思うな。

M：じゃ、両方にしよう。そうだ、お子さんにおもちゃでも持ってこうか。

F：それはいらないと思う。お子さんの好み知らないでしょう？

M：それもそうだね。じゃ、それはやめとこう。

男の人はお土産に何を持っていきますか。

【譯】

一位男士和一位女士正在交談。請問這位男士要帶什麼當作伴手禮呢？

M：我下週出差去台灣的時候，想要帶些伴手禮送給台灣分店的高橋先生，不曉得送他什麼比較好呢？我打算帶瓶日本酒之類的。

F：那種東西那麼重，還是帶輕一點的比較好吧？我聽說住在國外的人收到泡麵的禮物都會很開心。

M：可是，總不能只送一袋泡麵給他呀，但是帶好幾包去，又會增加行李的重量。送茶葉好不好呢？

F：茶葉也挺不錯的，不過我覺得梅干比較好喔。

M：那，就送這兩種吧。對了，也帶玩具去送給他小孩吧。

F：我看最好不要，我們又不曉得他小孩喜歡什麼呀？

M：妳說的有道理。那就別送了。

請問這位男士要帶什麼當作伴手禮呢？

ア　日本酒　　イ　泡麵　　ウ　茶葉　　エ　梅干　　オ　玩具

1　アイ　　2　イウ　　3　ウエ　　4　エオ

答案：3

【關鍵句】お茶でもいいと思うけど、私は梅干しがいいと思うな。
じゃ、両方にしよう。

! 對話情境と出題傾向

這一題的情境是兩人在討論男士出差的伴手禮。題目問的是男士要帶什麼去台灣。從選項來看，可以發現男士要帶兩樣東西過去，所以可別漏聽了。

遇到問物品的題目，就要特別留意「否定用法」。比如說「でも」、「だけど」、「いや」、「いいえ」…等。這種題型的構成多半是這樣的：A提出意見，B反駁。就這樣一來一往提出了好幾個方案，最後終於定案。有時甚至會決定選原本否定過的東西，所以一定要聽到最後才知道答案。

解題技巧

- 一開始男士考慮送日本酒「日本酒なんかどうかと思うんだけど」，不過女士以日本酒很重為由，建議他改送輕一點的東西，像是「インスタントラーメン」（泡麵）。這時男士又以「でも、インスタントラーメン一袋だけ持ってくわけにもいかないからなあ」為由，否定掉這個建議。

- 接著又說「お茶はどうかな」，表示他想送茶葉。女士回答「お茶でもいいと思うけど、私は梅干しがいいと思うな」，表示她雖然覺得茶葉也不錯，但還是覺得梅干比較好。這時男士就說「じゃ、両方にしよう」，表示他決定兩個都送。也就是茶葉和梅干。正確答案是３。

- 至於後面提到的玩具，由於女士說「それはいらないと思う。お子さんの好み知らないでしょう」，而男士也採納了她的意見，所以也不在伴手禮清單裡。

單字と文法

- □ **出張** 出差
- □ **支店** 分公司、子公司、分店
- □ **インスタントラーメン【instant ramen】** 泡麵
- □ **梅干し** 梅干
- □ **好み** 喜好、嗜好
- □ **なんか** …之類的、像是…

小知識

☞「けど」的各種用法

1. 提出話題

⇨「向こうの支店の高橋さんに何かお土産を持ってってあげようと思うんだけど、何がいいかな」

（我想要帶些伴手禮送給分店的高橋先生，不曉得送他什麼比較好呢？）

這是做為前言引入正題的說法。此外，在此如果不用「のだ」的口語形「んだ」，而是說「向こうの支店の高橋さんに何かお土産を持ってってあげようと思うけど」，就顯得不自然。

2. 委婉

⇨「日本酒なんかどうかと思うんだけど」

（我打算帶瓶日本酒之類的）

這是留下餘韻的柔軟說法。使用時機是想要確認對方的反應。如果少了「けど」，只說「日本酒なんかどうかと思うんだ」，就只是在表明自己的想法，沒有想聽對方意見的感覺。

3. 委婉

⇨「外国に住んでる人にはインスタントラーメンなんか喜ばれるって聞いたことがあるけど」

（我聽說住在國外的人收到泡麵的禮物都會很開心）

這也是確認對方的反應的說法。

4. 逆接

⇨「お茶でもいいと思うけど、私は梅干しがいいと思うな」

（茶葉也挺不錯的，不過我覺得梅干比較好喔）

這是對比的用法。

もんだい１ 第③題 答案跟解說

1-4

携帯の留守番電話に会社の人からのメッセージが入っていました。このメッセージを聞いたあと、まず何をしますか。

F：もしもし、営業課の山川です。営業お疲れ様です。先ほど企画課の田中さんの方から、今朝お渡しした資料に一部間違いがあったと連絡がありました。修正した資料はすでにメールで送信したそうですので、すぐに確認してください。それから、修正前の資料をもうお見せしてしまったお客様にお電話してよくおわびをして、すぐに正しい資料をお送りしてください。申し訳ありませんがよろしくお願いします。

このメッセージを聞いたあと、まず何をしますか。

【譯】

手機裡收到了一通公司同事的留言。請問聽完這通留言以後，首先該做什麼事呢？

F：喂？我是業務部的山川。工作辛苦了。剛才企劃部的田中先生那邊通知，今天早上給您的資料有些錯誤。修正過後的資料已經用電子郵件寄給您了，請馬上收信確認。還有，請打電話向那些已經看過修正前的資料的客戶，向他們道歉，並且立刻補送正確的資料。不好意思，麻煩您了。

請問聽完這通留言以後，首先該做什麼事呢？

1　打電話給業務部的山川小姐
2　打電話向客戶道歉
3　確認是否收到電子郵件
4　聯絡企劃部的田中先生，告知資料有誤

答案：3

【關鍵句】修正(しゅうせい)した資料(しりょう)はすでにメールで送信(そうしん)したそうですので、すぐに確認(かくにん)してください。

對話情境と出題傾向

這一題的情境是手機留言訊息。內容是山川小姐在轉達交辦工作上的事情。題目問的是聽完留言後接下來首要任務是什麼。

在這邊要注意「まず」這個副詞，既然有強調順序，可見題目當中一定會出現好幾件事情來混淆考生。要特別留意一些表示事情先後順序的語詞，像是「これから」（從現在起）、「その前に」（在這之前）、「あとで」（待會兒）、「今から」（現在就…）、「まず」（首先）…等等，這些語詞後面的內容通常就是解題關鍵。

此外，不妨注意一下「てください」這個表示指令、請求的句型。待辦事項常常就在這個句型裡。

解題技巧

- 這通留言一共講到兩件事情需要聽留言的人去辦。首先是「修正した資料はすでにメールで送信したそうですので、すぐに確認してください」。解題關鍵就在這個「すぐに」（立刻），也就是要對方「馬上」做確認電子郵件的動作。由此可見這應該是最緊急的事情才對。正確答案是 3。
- 第二件事情是「それから、修正前の資料をもうお見せしてしまったお客様にお電話してよくおわびをして、すぐに正しい資料をお送りしてください」。雖然這句話也有「すぐに」，但是開頭的「それから」（接著）表示「打電話向客戶賠罪」是要接在上一件事情（確認電子郵件）之後才對。所以選項 2 是錯的。
- 選項 1 是錯的。留言從頭到尾都沒有提到必須打電話給山川小姐。山川小姐只是負責留言通知的人而已。
- 選項 4 是錯的。田中先生是連絡山川小姐，告知資料有誤的人才對。更何況留言也都沒提到要和田中先生聯絡。

單字と文法

□ 留守番電話（るすばんでんわ） 電話留言、電話答錄

□ メッセージ【message】 留言、訊息

□ 営業課（えいぎょうか） 業務部

□ 先ほど（さきほど） 方才、稍早、剛剛

□ 企画課（きかくか） 企劃部

□ 修正（しゅうせい） 修正、修改

□ すでに 已經

□ 送信（そうしん） 傳送

□ おわび 道歉、歉意

小知識

☞「おわび」（致歉）的用法

「おわび」是從動詞「わびる」衍生出來的名詞，「わびる」的意思是「道歉」。像是本題的情況，通常不會說「お客様にお電話してよく謝って」，而是像本題對話一樣使用「おわびをして」才對。此外，也沒有「お客様にお電話してよくわびて」這樣的說法。「おわび」、「わびる」的書面用語是「謝罪（する）」。

もんだい 1　第 4 題 答案跟解說

1-5

会社で女の人と男の人が話しています。男の人が会社を出るときにしなくてもいいことは何ですか。

F：石田君、もう８時よ。まだ終わらないの？

M：あ、はい。さっきちょっとミスしちゃって。でも、もうすぐ終わります。

F：そう、大変ね。じゃ、私は先に帰るけど、電気とパソコンの電源切るの忘れないで。プリンターとコピー機もね。

M：ええっ、もうお帰りになるんですか。でも、僕、ドアの鍵を持ってないんですが。

F：あ、石田君、知らなかったんだ。ドアの鍵は自動でかかるからそのまま出ればいいよ。でも、窓はちゃんと鍵がかかってるか確認してね。

M：分かりました。

男の人が会社を出るときにしなくてもいいことは何ですか。

【譯】

一位男士和一位女士正在公司裡交談。請問這位男士在離開公司前，可以不必做的事是什麼？

F：石田，已經８點囉。你還沒弄完嗎？

M：啊，還沒。剛才出了點小差錯，不過快要做完了。

F：這樣啊，辛苦你了。那，我先回去了，你回去前記得關燈和關電腦喔，也別忘了印表機和影印機。

M：咦？您要回去了呀。可是我沒有大門的鑰匙。

F：咦，原來石田不曉得哦。大門會自動上鎖，所以直接離開就行了。但是要記得檢查窗戶有沒有鎖好喔。

M：我知道了。

請問這位男士在離開公司前，可以不必做的事是什麼？

1　關燈和關電腦

2　關列表機和關影印機

3　鎖大門

4　確認窗戶鎖了沒

解題關鍵と訣竅

答案：3

【關鍵句】ドアの鍵(かぎ)は自動(じどう)でかかるからそのまま出(で)ればいいよ。

對話情境と出題傾向

這一題的情境是女士要先下班，提醒男士等等離開公司前要注意什麼。題目問的是男士「不用做」的事情，答案就在女士的發言當中，可別選到必須做的事情囉！

解題技巧

- 女士首先提到「電気とパソコンの電源切るの忘れないで」，要男士別忘了關電燈和電腦電源。所以選項 1 是錯的。
- 接著又說「プリンターとコピー機もね」。這句話接在「電気とパソコンの電源切るの忘れないで」後面，還原過後是「プリンターとコピー機の電源切るのも忘れないでね」。表示印表機和影印機也必須關掉電源。所以選項 2 是錯的。
- 正確答案是 3。提到鎖門一事，女士是說「ドアの鍵は自動でかかるからそのまま出ればいいよ」。表示門會自動上鎖，直接出去就行了。這也就是男士不用做的動作。
- 選項 4 是錯的。女士在最後有提到「窓はちゃんと鍵がかかってるか確認してね」。要男士確認窗戶有無上鎖。
- 最後，關於「電気とパソコンの電源切るの忘れないで」這句話要做個補充。「關燈」的日文是「電気を消す」，不是「電気を切る」。這句話原本應該要說成「電気消すのとパソコンの電源切るの忘れないで」，不過在說話時大家通常不會太在意這種問題，像這樣的破例也經常可見。

單字と文法

- □ **ミス【miss】** 錯誤、犯錯
- □ **電源(でんげん)を切(き)る** 關掉電源
- □ **プリンター【printer】** 印表機
- □ **自動(じどう)** 自動
- □ **（鍵(かぎ)が）掛(か)かる** 上鎖

說法百百種

▸「のだ」／「んだ」的用法

ええっ、もうお帰りになるんですか。
／咦？您要回去了呀。〈這是在請對方給個說明。〉

でも、僕、ドアの鍵を持ってないんですが。
／可是我沒有大門的鑰匙。〈這是在主張自己的立場。〉

あ、石田君、知らなかったんだ。
／咦，原來石田不曉得哦。〈這是在表示理解。〉

もんだい１　第5題答案跟解說

1-6

女の人と男の人が話しています。男の人はこのあと、まず何をしますか。

F：あら、あなた出かけるの？

M：うん、ちょっと本屋に行ってくるよ。

F：それなら、帰りでいいからちょっとスーパーに寄ってチーズと卵買ってきてくれる？それから、もしよかったらお米屋さんでお米も買ってきて。

M：いいけど、本屋に行ったあとで、公園でちょっと運動してきたいから遅くなるよ。

F：ええっ、それじゃ困るわ。チーズと卵は夕ご飯に使いたいんだから。

M：それなら先に買い物だけしてきてあげるよ。帰ってきてからまた出かければいいから。

F：ごめんね、そうしてくれる？あ、でも、お米は急がないからあとでもいいわ。

M：うん、分かった。

男の人はこのあと、まず何をしますか。

【譯】

一位女士和一位男士正在交談。請問這位男士接下來會先做什麼事呢？

F：咦，老公你要出門喔？
M：嗯，我去一下書店。
F：那麼，可以順便去超市幫我買起士和雞蛋嗎？回家前再買就行了。還有，可以的話，也幫忙到米店買米回來。
M：可以是可以，不過我離開書店以後，想到公園運動一下，所以會晚一點回來喔。
F：什麼？那就傷腦筋了，今天的晚飯我要用到起士和雞蛋呢。
M：這樣的話，我先幫妳買回來吧。把東西送回來以後，我再出門就行了。
F：不好意思喔，那就幫我先拿回來囉？啊，米的話不急，運動完再買就好。
M：嗯，知道了。

請問這位男士接下來會先做什麼事呢？

1　去書店　　　　2　到超市買起士和雞蛋

3　到米店買米　　4　到公園運動

解題關鍵と訣竅

答案：2

【關鍵句】スーパーに寄ってチーズと卵買ってきてくれる？…お米屋さんでお米も買ってきて。
それなら先に買い物だけしてきてあげるよ。
でも、お米は急がないからあとでもいいわ。

對話情境と出題傾向

這一題的情境是女士要男士幫忙跑腿買東西。題目問的是男士接下來首先要做什麼事情。和第三題一樣，既然有強調順序，可見題目當中一定會出現好幾件事情來混淆考生。一定要聽出每件待辦事項的先後順序。

解題技巧

▶ 男士首先表示自己要去書店一趟「ちょっと本屋に行ってくるよ」。這時女士要他在回程時去超市買起士、雞蛋，以及到米店買米「スーパーに寄ってチーズと卵買ってきてくれる？」、「お米屋さんでお米も買ってきて」。不過男士表示自己在去完書店後，還要去公園運動「本屋に行ったあとで、公園でちょっと運動してきたいから遅くなるよ」。

▶ 到目前為止，男士的待辦事項順序是：書店→公園運動→超市買起士和雞蛋→米店買米。

▶ 接下來女士表示這樣很困擾，所以男士又改口說「それなら先に買い物だけしてきてあげるよ」。這讓事情的順序產生變化，「超市買起士和雞蛋，米店買米」這兩件事的順序排在最前面了。不過女士這時又說「でも、お米は急がないからあとでもいいわ」，表示米稍晚再買也不遲。所以男士最先要做的事是去超市買起士和雞蛋。正確答案是２。

單字と文法

□ あら 唉呀、咦（表示驚訝，多為女性使用）
□ 寄る 順道去…
□ 帰り 回程
□ たい 想要…、希望…

說法百百種

▸有事拜託人家的時候可以怎麼說？

1. 對親朋好友：

そうしてくれる。
／你可以幫我這個忙嗎？

2. 對老師或是上司：

① そうしていただけますか。
／請問您方便這樣做嗎？〈用於對方很有可能幫自己做事，或是想確定對方願不願意幫這個忙時〉

② そうしていただけませんか。
／請問您可以這樣做嗎？〈比起①，「請求」的語感較強〉

③ そうしていただけないでしょうか。
／不知您是否願意幫我這個忙呢？〈比起②，感覺較為謙虛〉

④ そうしていただけると、たいへんありがたいのですが…。
／如果您願意幫我這個忙，那真的是萬分感激…〈這比①②③還更為對方留下拒絕的餘地，是很客氣也不會過於強迫他人的說法〉

もんだい 1　第 6 題 答案跟解說

1-7

男の人と女の人が話しています。二人はオレンジジュースをどうしますか。

M：それ、どうしたんですか。

F：ああ、これ。オレンジジュースなんだけど、誰も飲む人がいなくて。

M：みんなビールばかり飲んでますからね。

F：若い女の子も何人か来るって聞いてたから、準備しといたんだけど、今の子はみんなお酒強いのね。先に開けなければよかったわ。

M：そうですよ。でも、どうするんですか。5杯もありますよ。

F：私が1杯もらうから、残りはあなたが飲んでくれる？

M：４杯も飲めるわけがありませんよ。僕も１杯だけいただきます。残りはあとでもしかしたら誰かが飲むかもしれないから、置いときましょう。捨てるのももったいないですから。

F：そうしましょう。

二人はオレンジジュースをどうしますか。

【譯】

一位男士和一位女士正在交談。請問這兩個人會如何處理柳橙汁呢？

M：那東西是怎麼回事？

F：喔，你是說這個呀。這是柳橙汁，可是沒有人喝。

M：大家全都只喝啤酒啊。

F：之前聽說會有好幾個年輕女孩來，所以準備了果汁，沒想到現在的女孩酒量這麼好呢。早知道就不要先開果汁了。

M：是啊。不過，要拿這些怎麼辦好呢？有 5 杯呢。

F：我會喝掉 1 杯，剩下的可以請你幫忙喝嗎？

M：怎麼可能喝得下 4 杯呀！我也幫忙喝 1 杯，剩下的說不定會有人想喝，就放在這裡吧。倒掉也挺可惜的。

F：那就這麼辦吧。

請問這兩個人會如何處理柳橙汁呢？

1　男士喝掉 1 杯，留下 4 杯

2　男士和女士各喝 1 杯，留下 3 杯

3　男士和女士各喝 1 杯，倒掉 3 杯

4　女士喝掉 1 杯，男士喝掉 4 杯

解題關鍵と訣竅　答案：2

【關鍵句】5杯もありますよ。
私が1杯もらうから、残りはあなたが飲んでくれる？
僕も1杯だけいただきます。残りは…、置いときましょう。

對話情境と出題傾向

這一題的情境是在聚餐場合，女士多點了5杯柳橙汁。題目問的是兩個人該怎麼處理這些柳橙汁。

解題技巧

- 解題關鍵在「私が１杯もらうから、残りはあなたが飲んでくれる？」、「僕も１杯だけいただきます。残りは…、置いときましょう」這兩句。女士表示她可以喝１杯。男士則說他也只能喝１杯，並表示剩下３杯柳橙汁放著就好了。正確答案是２。
- 選項１是錯的。因為女士有說「私が１杯もらう」，表示她要喝１杯。再加上男士也喝１杯，剩下的應該是３杯才對。
- 選項３是錯的。錯誤的地方在「捨てる」。對於剩下的柳橙汁，男士有說丟掉很可惜「捨てるのももったいないですから」，女士也同意他的看法，所以兩人不會把剩下的３杯丟掉。
- 選項４是錯的。女士雖然有拜託男士「残り（の４杯）はあなたが飲んでくれる？」。但是男士說「４杯も飲めるわけがありませんよ」，表示自己喝不下４杯那麼多。

單字と文法

□ **オレンジジュース【orange juice】** 柳橙汁
□ **（酒に）強い** 酒量好
□ **残り** 剩餘、剩下
□ **もったいない** 可惜的、浪費的
□ **わけがない** 不可能、不會

說法百百種

▸表示同意的說法：

1. 在公司職場：

そうしましょう。／就這麼辦吧！

そうですね。／說得也是。

私もそれがよいと思います。／我也覺得這樣不錯。

2. 對親朋好友：

そうだね。／也是。

1-8 7ばん

答え：①②③④

1　6時半

2　7時

3　7時半

4　8時

1-9 8ばん

答え：①②③④

1　おばさんに言って取り替えてもらう

2　デパートに行って取り替えてもらう

3　お母さんにあげる

4　お兄さんにあげる

1-10 9ばん

答え：①②③④

1　日本料理屋を探して予約する

2　送別会に参加する人数を確認する

3　小川さんの希望を聞いてみる

4　いいカラオケボックスがないか調べる

1-11 10ばん　答え：①②③④

1　外（そと）でスポーツをする

2　床屋（とこや）で頭（あたま）を洗（あら）ってもらう

3　風呂（ふろ）で頭（あたま）を洗（あら）う

4　床屋（とこや）で髪（かみ）を切（き）る

1-12 11ばん　答え：①②③④

1　花束（はなたば）を買（か）いに行（い）く

2　写真（しゃしん）をＣＤに焼（や）く

3　クラスメートのメッセージを集（あつ）める

4　ＣＤに入（い）れる写真（しゃしん）を選（えら）ぶ

1-13 12ばん　答え：①②③④

ア	スパゲッティ	1	ア	イ	エ	オ
イ	カレーライス	2	ア	イ	オ	オ
ウ	ステーキ	3	イ	ウ	エ	オ
エ	ビール	4	イ	ウ	オ	オ
オ	コーラ					

もんだい1 第 7 題 答案跟解說

1-8

男の人と女の人が旅館で話しています。二人は明日の朝、何時に食事に行きますか。

M：明日の朝は７時から食事できるって。

F：じゃあ、７時半ぐらいに食べに行けばいいね。

M：それで間に合う？明日は、出発が早いよ。

F：何時の新幹線だっけ？

M：９時だから、８時には出ないと。支度もしなくちゃいけないから、時間になったらすぐに行くほうがいいんじゃない？

F：それじゃ、明日は６時半には起きないといけないね。

二人は明日の朝、何時に食事に行きますか。

【譯】

一位男士和一位女士正在旅館裡交談。請問這兩個人明天早上會在幾點去吃早餐呢？

M：旅館說，明天早上７點開始供應早餐。

F：那麼，大概7點半左右去吃就行囉。

M：那樣來得及嗎？明天很早就要出發喔。

F：我們搭的是幾點的新幹線呀？

M：９點，所以８點不出發就來不及了。還得加上打理和收拾的時間，還是一開始供應早餐就馬上去比較好吧？

F：這樣的話，明天得６點半起床才行嘍。

請問這兩個人明天早上會在幾點去吃早餐呢？

1　６點半

2　７點

3　７點半

4　８點

答案：2

【關鍵句】明日の朝は7時から食事できるって。
時間になったらすぐに行くほうがいいんじゃない？

對話情境と出題傾向

這一題的情境是兩人在討論明早的早餐。題目問的是兩人明早幾點要去用餐。問的既然是「何時」（幾點），就要特別留意每個時間點代表什麼。

解題技巧

▶ 這一題首先提到的時間點是７點，這是開始供餐時間「明日の朝は７時から食事できるって」。接著女士說「７時半ぐらいに食べに行けばいいね」，表示７點半去用餐。但是馬上被男士否定了。

▶ 接著兩人提到了明天要搭乘的新幹線是９點發車（９時だから），必須要８點出發（８時には出ないと）。所以這時男士就提議「時間になったらすぐに行くほうがいいんじゃない？」。這句就是解題關鍵了。

▶ 現在話題又從新幹線回到早餐上面，這個「時間になったら」指的其實是早餐的開始供餐時間，也就是７點。男士覺得７點就去吃早餐比較好。後面女士用「それじゃ」，暗示了她接受男士的提議，並說「明日は６時半には起きないといけないね」，而這個６點半指的是起床時間。正確答案是２，兩人要７點去吃早餐。

單字と文法

☐ **旅館** 日式旅館
☐ **支度** 準備
☐ **間に合う** 趕上、來得及
☐ **ないと** 不…不行

說法百百種

▸表示反對、反駁的表現

1. 對親朋好友：

それで間に合う？時間になったらすぐに行くほうがいいんじゃない？
／那趕得上嗎？時間一到就馬上出發不是比較好嗎？

2. 對同仁：

それで間に合うでしょうか。時間になったらすぐに行くほうがいいのではないかと思いますが。
／那是否趕得上呢？我個人是覺得時間一到就馬上出發應該會比較好…。

もんだい 1　第 8 題 答案跟解說

1-9

兄と妹が話しています。妹は手袋をどうしますか。

M：この手袋、おばさんにもらったんでしょう？使わないの？

F：ああ、それ。私にはちょっと大きいの。

M：おばさんに言って取り替えてもらったら？

F：でも、この次いつおばさんに会うか分からないでしょう？レシートがあればおばさんが買ったデパートに行って取り替えてもらえるんだけど。

M：それなら、お母さんにあげたら？お母さんの方が手、大きいでしょう？

F：こんな色の使うかな？

M：そんなに派手じゃないからいいんじゃない？

F：そう？じゃあ、お母さんがだめなら、お兄ちゃんにあげるね。

M：それ、女用だよ。嫌だよ。

F：冗談よ。

妹は手袋をどうしますか。

【譯】

一對兄妹正在交談。請問妹妹會如何處理手套呢？

M：這雙手套不是阿姨給妳的嗎？妳不戴嗎？

F：喔，你是說那個呀。我戴起來有點大。

M：不如跟阿姨說一聲，請她幫忙拿去換？

F：可是，又不曉得下次什麼時候會和阿姨見面呀？如果有收據的話，我就能到阿姨買的百貨公司請店家幫我換一雙了。

M：不然，給媽媽戴吧？媽媽的手比妳的大吧？

F：不曉得媽媽會不會戴這個顏色的手套呢？

M：這顏色不是太鮮豔，應該可以吧？

F：是哦？那麼，如果媽媽不要的話，就給哥哥好了。

M：那是女用的手套耶，我才不要！

F：跟你開玩笑的啦。

請問妹妹會如何處理手套呢？

1	請阿姨幫忙拿去換一雙	2	去百貨公司換一雙
3	送給媽媽	4	送給哥哥

解題關鍵と訣竅

答案：3

【關鍵句】それなら、お母(かあ)さんにあげたら？
お母(かあ)さんがだめなら、…。

對話情境と出題傾向

這一題的情境是兄妹倆在討論阿姨送的手套太大的問題。題目問的是妹妹會如何處置這個手套。

解題技巧

- 正確答案是３。哥哥提議「お母さんにあげたら？」，雖然妹妹沒有明確地表示，但後面她有說「じゃあ、お母さんがだめなら」。從這邊可以看出她接受了哥哥的意見，決定將手套轉送給媽媽。
- 選項１是錯的。這是哥哥一開始的提議「おばさんに言って取り替えてもらったら？」，要請阿姨拿去更換。不過妹妹對此回應「この次いつおばさんに会うか分からないでしょう？」，表示不知何時才能和阿姨碰面，所以這個提議不成立。
- 選項２是錯的。雖然對話中有提到「レシートがあればおばさんが買ったデパートに行って取り替えてもらえるんだけど」。但是句尾的「けど」表示逆接，也就是說，實際上沒有發票，不能做更換的動作。
- 選項４是錯的。妹妹雖然有提到「お兄ちゃんにあげる」，但後面又補一句「冗談よ」，表示她只是開玩笑，沒有要真的給哥哥。

單字と文法

□手袋(てぶくろ) 手套　□派手(はで) 花俏　□冗談(じょうだん) 玩笑
□取り替える(とりかえる) 更換　□～用(よう) …專用　□～んじゃない 不…嗎？

小知識

☞ 孩提時期經常玩的無聊惡作劇

拜託朋友：「手袋を反対から言ってみて」（把「てぶくろ」倒過來說），當朋友說出「ろくぶて」時，輕輕打他６下。如果朋友生氣了，就可以回他：「你不是叫我打你６下嗎」（「六ぶて」＝「６回ぶちなさい」，「打６下」的意思）。

もんだい 1　第 9 題 答案跟解說

1-10

会社で男の人と女の人が話しています。女の人はこれから、まず何をしますか。

M：今度ニューヨークに転勤が決まった小川さんの送別会を金曜の夜に開きたいんだけど、日本料理屋でいいと思う？

F：そうですね。日本を離れるんですから、それがいいんじゃないですか。

M：それじゃ、そういうことでいいお店を探して予約してくれる？あ、その前に参加できる人が何人いるか確認して。

F：分かりました。でも、小川さんご本人のご希望を聞かなくてもいいんですか。

M：うん、聞いても、小川さん遠慮して何もしなくてもいいって言うに決まってるから、こっちで先に決めちゃおう。

F：そうですね。では、参加できるかどうかみんなに聞いてみます。

M：うん、分かったら教えてくれる？あ、それから、これはそのあとでいいから、どこかいいカラオケボックスがないかも調べといて。二次会に行きたい人もいるかもしれないから。

F：分かりました。

女の人はこれから、まず何をしますか。

【譯】

一位男士和一位女士正在公司裡交談。請問這位女士接下來會先做什麼事呢？

M：我想幫即將調任紐約工作的小川先生在星期五晚上辦個歡送會，你覺得在日本料理餐廳舉辦好不好？

F：我想想，既然他要離開日本了，挑那種菜系的餐廳應該不錯吧。

M：那麼，妳可以幫忙找一家不錯的日本料理餐廳預約嗎？啊，在預約前要先確認有幾個人可以參加。

F：好的。不過，不必先問問小川先生本人想去什麼樣的餐廳嗎？

M：唔…就算去問小川先生，他一定會客套說不必辦什麼歡送會。我們這邊決定了就好。

F：說得也是。那我先去問大家能不能參加。

M：嗯，問好了以後可以告訴我嗎？對了，請先處理餐廳的事，之後再幫忙找找哪一家KTV比較好，說不定有人在聚餐後想去唱歌。

F：好的。

請問這位女士接下來會先做什麼事呢？

1　找一家日本料理餐廳預約　　2　確認參加歡送會的人數

3　去問一問小川先生希望去什麼樣的餐廳　　4　去調查有沒有比較好的KTV

解題關鍵と訣竅

答案：2

【關鍵句】あ、その前に参加できる人が何人いるか確認して。

對話情境と出題傾向

這一題的情境是兩人在討論小川先生的歡送會事宜。題目問的是女士接下來首先要做的第一件事。如同前面所說，遇到這種問順序的題目，就一定要知道每件事情的先後順序。

此外，也要注意男士有沒有使用一些拜託、請求的句型，通常待辦事項就藏在這些句型當中。

解題技巧

- 男士第一件交辦的事情是「そういうことでいいお店を探して予約してくれる？」，表示要女士去找有沒有適合的餐廳。不過緊接著他又說「あ、その前に参加できる人が何人いるか確認して」，表示在找餐廳之前要先確定人數。
- 接下來雖然有提到要不要問小川先生的意見，但是一句「聞いても、小川さん遠慮して何もしなくてもいいって言うに決まってるから、こっちで先に決めちゃおう」又打消了這念頭。也就是說「詢問小川先生」這件事是不用做的。
- 後來男士又提到「分かったら教えてくれる？」，這是在說確定人數後要向男士報告。最後又說「それから、これはそのあとでいいから、どこかいいカラオケボックスがないかも調べといて」，表示要找 KTV。從「これはそのあとでいいから」可以得知找 KTV 不急，可以最後再做。正確答案是２。

單字と文法

- □ **ニューヨーク【New York】** 紐約
- □ **転勤** 調職
- □ **送別会** 餞別會、歡送會
- □ **カラオケボックス** KTV
- □ **二次会** 續攤
- □ **に決まっている** 肯定…、絕對…

說法百百種

▶ 在宴會上的各種說詞

1. 乾杯前，負責人說：

部長、乾杯の音頭をお願いします。
／部長，麻煩您帶頭舉杯了。

2. 被拜託帶頭舉杯的人：

それでは僭越ながら、私○○が乾杯の音頭をとらせていただきます。乾杯！
／那就恕我冒昧，由我○○來帶領大家一起乾杯。乾杯！

3. 宴會要結束時，負責人：

それでは、そろそろお開きの時間ですので、一本締めにて締めくくらせていただきます。皆様ご起立お願い申し上げます。本日お集まりの皆様のご健康と、わが社のますますの発展を祈念いたしまして、お手を拝借いたします。よーお、パン（手拍子1回）！ありがとうございました！
／宴會也差不多要結束了，最後就以掌聲來劃下句點吧。請各位起立。現在要來借用各位的手，一起為今日到場的各位祈求健康，並預祝我們公司的生意能蒸蒸日上。要開始囉！啪〈手拍1下〉！謝謝各位！

注）「一本締め」分成手「啪」地拍一下，以及「啪啪啪、啪啪啪、啪啪啪、啪」這樣3・3・3・1的節奏。

もんだい１　第⑩題答案跟解說

1-11

家で男の人と女の人が話しています。男の人はこのあとどこで何をしますか。

M：お帰り。ずいぶん短くしたんだね。何かスポーツでも始めるつもり？

F：そういうわけじゃなくて、だいぶ暑くなってきたから。あなたも行ってすっきりしてきたら？今、角のお店の前通ったけど、すいてたよ。

M：うーん。僕はまだいいよ。

F：もうずいぶん長いんじゃない？ うしろなんか襟のところまで伸びてるよ。

M：でも、人に頭洗ってもらったりするの、好きじゃないんだよね。

F：そう？さっぱりして気持ちいいのに。それに嫌なら洗ってもらわなければいいじゃない？いつまでも行かないわけにはいかないんだから。

F：それもそうだね。じゃ、ちょっと行ってくるよ。

男の人はこのあとどこで何をしますか。

【譯】

一位男士和一位女士正在家裡交談。請問這位男士之後會去哪裡做什麼事呢？

M：妳回來了。這次剪這麼短喔。妳打算開始做什麼運動了嗎？

F：不是啦，只是天氣變熱了。你要不要也去剪短一點比較清爽？我剛剛經過轉角的理髮店，裡面沒什麼人。

M：嗯…。我還不用剪啦。

F：都已經這麼長了還不剪？後腦杓的髮尾已經碰到衣領了呢。

M：可是，我不喜歡讓人家洗頭啦。

F：是哦？清清爽爽的很舒服呀。而且不想讓人洗頭就說你不要洗，不就行了？總不能永遠都不上理髮店吧？

M：這樣說也對。那我去去就回來吧。

請問這位男士之後會去哪裡做什麼事呢？

1　去外面運動　　　2　到理髮店洗頭

3　到浴室洗頭　　　4　到理髮店剪頭髮

解題關鍵と訣竅

答案：4

【關鍵句】それに嫌(いや)なら洗(あら)ってもらわなければいいじゃない？いつまでも行(い)かないわけにはいかないんだから。

それもそうだね。じゃ、ちょっと行(い)ってくるよ。

對話情境と出題傾向

這一題的情境是兩人在討論剪頭髮。題目問的是男士接下來要去哪裡做什麼。所以除了要聽出地點，還要知道他要做什麼。

解題技巧

- 正確答案是 4。女士建議男士去理髮店剪頭髮。不過男士說「人に頭洗ってもらったりするの、好きじゃないんだよね」。他以「不喜歡讓人洗頭」為由拒絕了這個提議。但是女士回應「嫌なら洗ってもらわなければいいじゃない？いつまでも行かないわけにはいかないんだから」，表示可以只剪不洗。對此，男士說「それもそうだね。じゃ、ちょっと行ってくるよ」，也就是說他接受了提議。
- 選項 1 是錯的。關於「スポーツ」，只有開頭提到「何かスポーツでも始めるつもり？」，這是男士在詢問女士是不是要開始從事什麼運動。運動本身和男士無關。
- 選項 2 是錯的。男士有說「人に頭洗ってもらったりするの、好きじゃないんだよね」，表示他不想給人洗頭。
- 選項 3 是錯的。對話從頭到尾都沒有提到「風呂」。

單字と文法

- □ **ずいぶん** 非常、相當地
- □ **だいぶ** 很、頗
- □ **すっきり** 清爽
- □ **襟(えり)** 領子
- □ **さっぱり** 清爽、俐落
- □ **ないわけにはいかない** 必須…、不能不…

小知識

「すっきり」和「さっぱり」意思雖然有一點相近，但其實有所不同。

すっきり：沒有多餘事物的樣子。在本題當中，以「すっきり」來形容「把多餘的頭髮給剪掉」。這種時候也可以使用「さっぱりする」。至於食物，比方說比起黑砂糖，白砂糖的味道更顯得「すっきりした甘さ」（甜味清爽）。而啤酒或是口味辛辣的日本酒也常用「すっきり」來形容。

さっぱり：清潔或清爽貌。在本題當中，「洗頭」是種清潔的行為，所以用「さっぱりする」來形容。在這種時候，「さっぱり」比「すっきり」還來的適當。至於食物方面，經常會用「さっぱり」來形容「酢の物」（以醋來涼拌的小菜，完全不含任何油脂）。此外，「さっぱり」還有「さっぱり～ない」這種用法，意思是「全然～ない」（完全不…），而「すっきり」就沒有類似用法了。

もんだい１　第 11 題 答案跟解說

1-12

学校で女の学生と男の学生が話しています。男の学生はこのあと、まず何をしますか。

Ｆ：ねえ、エミーがもうすぐアメリカに帰るでしょう。クラスのみんなで何か思い出になるものをあげようと思うんだけど、何がいいかな？

Ｍ：花束贈るんじゃなかったっけ？

Ｆ：そうなんだけど、それだけじゃなくて、もっと思い出に残るものを贈ってあげたいなと思うんだ。ノートにクラスのみんなが１ページずつメッセージを書くっていうのはどうかと思うんだけど。うちにちょうどいいのが１冊あるから。

Ｍ：うん、いいんじゃない。あ、そうだ。それと、みんなで撮った写真をＣＤに焼いてあげるのはどう？遠足とか、運動会とかいろいろあるじゃない。

Ｆ：うん、それもいいね。でも、まず写真を選ばないとね。そっちはお願いしてもいい？私はみんなのメッセージを集めるから。

Ｍ：うん、いいよ。

男の学生はこのあと、まず何をしますか。

【譯】

一個女學生和一個男學生正在學校裡交談。請問這位男學生接下來會先做什麼事呢？

Ｆ：我問你，艾美不是快要回美國了嗎，我想讓全班同學一起送她一件值得紀念的禮物，你覺得怎麼樣？

Ｍ：不是要送她一束花嗎？

Ｆ：要送啊，可是除了送花以外，還希望可以送她能夠留下回憶的禮物。我想，如果請全班同學都在筆記本上各寫一頁感言給她，不曉得好不好。我家正好有一本不錯的筆記本。

Ｍ：嗯，滿好的啊。啊，對了，還可以把大家一起拍的照片燒成光碟片送她，妳覺得好嗎？比如遠足和運動會時，不是拍了不少照片嗎？

Ｆ：嗯，這主意也很好耶。不過，得先挑出照片才行。挑照片的事可以麻煩你嗎？我負責收集全班的感言。

Ｍ：嗯，好啊。

請問這位男學生接下來會先做什麼事呢？

1	去買一束花	2	把照片燒成光碟片
3	收集全班的感言	4	挑選要放進光碟片裡的照片

答案：4

【關鍵句】でも、まず写真を選ばないとね。そっちはお願いしてもいい？
うん、いいよ。

對話情境と出題傾向

這一題的情境是兩個學生在討論要送什麼給留學生艾美當餞別禮。題目問的是男學生接下來首先要做什麼。除了要注意對象是男學生，也要留意事情的先後順序，這時表示順序的副詞等等就是解題關鍵了。

解題技巧

▶ 女學生表示「でも、まず写真を選ばないとね。そっちはお願いしてもいい？」，男學生以「うん、いいよ」表示答應。「まず」（首先）剛好對應到提問當中的「まず」，這也就表示挑選照片是首要任務，而女同學麻煩男同學做這件事，男同學説好。所以男同學第一件事情就是要挑選照片。正確答案是４。

▶ 選項１是錯的。題目當中只有説要送花「花束贈るんじゃなかったっけ？」，不過沒特別提到這是由誰負責。

▶ 選項２是錯的。雖然男同學有建議「みんなで撮った写真をＣＤに焼いてあげるのはどう？」，兩個人也打算要把大家的照片燒成光碟片送給艾美，可是這是選照片之後要做的事，也沒有特別提到這是誰的份內事。

▶ 選項３是錯的。收集全班感言的人應該是女學生「私はみんなのメッセージを集めるから」，不是男學生。

單字と文法

□ **思い出** 回憶
□ **花束** 花束
□ **贈る** 送、贈予
□ **ちょうどいい** 剛剛好
□ **遠足** 遠足
□ **っけ** 是不是…來著

小知識

題目當中提到每位同學各寫一頁留言的筆記本，其日語名稱是「サイン帳」（簽名簿）。請每一位同學留言的動作叫做「サイン帳を回す」，這是畢業季大家都會做的事情。除此之外，也有人是用一種叫「色紙」（しきし）的厚紙板，在上面各寫一句話。這就叫「寄せ書き」（集體留言）。不過「寄せ書き」比較常用在同學轉學或是住院的時候。「サイン帳」則是多為自己請朋友留言。像這題的情況是留學生回國，其他同學提議要送大家的留言給她做紀念，這種時候通常用「色紙」。

もんだい 1　第 12 題 答案跟解說

1-13

レストランで男の人と女の人が話しています。二人は何を注文しますか。

M：注文、何にするか決まった？

F：私はスパゲッティにする。飲み物はコーラね。あなたは？

M：どうしようかな？

F：今日のおすすめランチセットはどう？カレーライスだけど。

M：それも悪くないけど、僕はステーキにするよ。それから、ビール。

F：前にここのステーキ食べたことあるけど、あんまりおいしくなかったよ。でも、スパゲッティはおいしいから、あなたもそうすれば？

M：本当？でも、スパゲッティは僕も前に食べたことがあるんだよね。たしかにおいしかったけど、今日は他のにしたいな。じゃあ、やっぱりランチセットにするよ。

F：それに、今日は車で来たんだからお酒はだめよ。あなたもコーラにすれば？

M：あ、そうか。じゃあ、そうするよ。店員さん呼ぶね。

二人は何を注文しますか。

【譯】

一位男士和一位女士正在餐廳裡交談。請問這兩個人點了哪些餐食呢？

M：妳決定好要點什麼了嗎？
F：我要吃義大利麵，飲料選可樂。你呢？
M：我該吃什麼好呢？
F：要不要挑今日午間套餐？今天的主餐是咖哩飯。
M：聽起來不錯，不過我點牛排好了，然後飲料是啤酒。
F：我之前吃過這裡的牛排，不太好吃耶。不過，義大利麵做得很好吃，你要不要也來一份？
M：真的嗎？這裡的義大利麵我之前也吃過，的確很好吃，不過，我今天想換別的。那麼，還是選今日午間套餐吧。
F：還有，你今天是開車來的，不能喝酒喔。不如飲料也換成可樂吧？
M：啊，對喔。那就照妳說的吧。請店員過來點餐吧。

請問這兩個人點了哪些餐食呢？

ア　義大利麵　　イ　咖哩飯　　ウ　牛排　　エ　啤酒　　オ　可樂

1　アイエオ　　2　アイオオ　　3　イウエオ　　4　イウオオ

解題關鍵と訣竅

答案：2

【關鍵句】私はスパゲッティにする。飲み物はコーラね。
じゃあ、やっぱりランチセットにするよ。
「あなたもコーラにすれば？」「じゃあ、そうするよ。」

! 對話情境と出題傾向

這一題的情境是兩人在餐廳討論點菜。題目問的是兩個人要點什麼。和第2題一樣，遇到「何を」的題目，就要注意「否定表現」，對話當中的意見會反反覆覆的，不聽到最後不會知道説話者的最終決定。此外要特別注意的是，從選項來看，兩人總共要點四樣東西，可別漏聽了。

解題技巧

- 首先，女士表示「私はスパゲッティにする。飲み物はコーラね」，確定要點義大利麵和可樂。
- 接著女士建議男士點今日午間套餐咖哩飯「今日のおすすめランチセットはどう？カレーライスだけど」。不過對此男士説他想點牛排和啤酒「僕はステーキにするよ。それから、ビール」。到目前為止，兩個人的決定是義大利麵、可樂、牛排、啤酒。
- 不過後來兩人又討論了一下，男士最後説「じゃあ、やっぱりランチセットにするよ」，表示他不要牛排了，要改點今日午間套餐，也就是咖哩飯。這個「じゃあ」表示男士聽了女士的話改變了想法，聽到時就要特別留意後面的字句。
- 不過女士接著要男士別喝啤酒，改點可樂「あなたもコーラにすれば？」，男士也應允「じゃあ、そうするよ」。所以女士的點餐是義大利麵、可樂。男士的點餐是咖哩飯、可樂。正確答案是4。

單字と文法

- □スパゲッティ【義 spaghetti】義大利麵
- □カレーライス【curry rice】咖哩飯
- □ランチセット【lunch set】午間套餐
- □ステーキ【steak】牛排

小知識

☞ **各種義大利麵麵條的名稱**

日本人耳熟能詳的有…スパゲッティ（直條麵）、マカロニ（通心粉）。

其他還有…ペンネ（筆管麵）、ラザニア（千層麵）、ラヴィオリ（義大利餃）、タリアテッレ（≒フェットチーネ）（鳥巣麵≒寬麵條）、リングイネ（細扁麵）。

1-14 13 ばん

答え：①②③④

1　洗濯（せんたく）をする

2　バケツと風呂（ふろ）に水（みず）をためる

3　コンビニにペットボトルの水（みず）を買（か）いに行（い）く

4　ポットに水道（すいどう）の水（みず）を入（い）れる

1-15 14 ばん

答え：①②③④

1　映画館（えいがかん）

2　駅前（えきまえ）のレストラン

3　市立美術館（しりつびじゅつかん）

4　ガソリンスタンド

1-16 15 ばん

答え：①②③④

1　白（しろ）い薬（くすり）

2　黄色（きいろ）い薬（くすり）

3　赤（あか）い薬（くすり）

4　青（あお）い薬（くすり）

1-17 16ばん

答え：① ② ③ ④

1　ズボンを取り替えてもらう

2　ズボンを試着する

3　ズボンを持って帰って洗濯する

4　ズボンを短く直してもらう

1-18 17ばん

答え：① ② ③ ④

1　ミーティングに使う書類を揃える

2　会議室に椅子を並べる

3　伊藤さんが遅れることを課長に伝える

4　伊藤さんに電話する

1-19 18ばん

答え：① ② ③ ④

1　午後 9 時

2　午後 10 時

3　午後 11 時

4　午前 7 時

もんだい 1　第 13 題 答案跟解說

1-14

家で女の人と男の人が話しています。男の人はこのあと、まず何をしますか。

F：水道の水、出るようになった？

M：出るようにはなったよ。

F：よかった。これでやっと洗濯ができるわ。

M：でも、まだ弱いし、いつまた止まるか分からないよ。今のうちにバケツやお風呂に水をためとくほうがいいと思うけど。

F：そうね。じゃ、お願い。あ、ちょっと待って。そっちは私がやるから、コンビニに行って、ペットボトルのお水を何本か買ってきてくれる？ポットのお水がもうすぐなくなりそうなの。

M：水道が出るようになったんだから、そっちの使えばいいじゃない？

F：でも、出始めたばかりの水はきれいかどうか分からないでしょう？

M：それもそうだね。分かった。

男の人はこのあと、まず何をしますか。

【譯】

一位女士和一位男士正在家裡交談。請問這位男士接下來會先做什麼事呢？

F：水龍頭有水流出來了嗎？

M：已經有水囉。

F：太好了！終於可以洗衣服了。

M：不過，水量還很少，不曉得什麼時候又要停水了。最好趁現在先拿水桶或在浴缸裡儲水比較妥當。

F：也對，那就麻煩你了。啊，等一下！儲水的事我來就好，你可以去便利商店買幾瓶寶特瓶裝的水回來嗎？熱水瓶裡的水快喝光了。

M：既然恢復供水了，用自來水不就行了？

F：可是，剛開始流出來的水，又不確定是不是乾淨的呀？

M：這樣說也有道理。我知道了。

請問這位男士接下來會先做什麼事呢？

1	洗衣服	2	用水桶和浴缸儲水
3	去便利商店買寶特瓶裝的水	4	把自來水裝進熱水瓶裡

答案：3

【關鍵句】コンビニに行って、ペットボトルのお水を何本か買ってきてくれる？
分かった。

對話情境と出題傾向

這一題的情境是兩個人在討論自來水的停水問題。題目問的是男士接下來首先要做什麼。這種題型前面也出現過好幾次了，再次提醒各位，在聆聽對話時一定要注意兩件事：誰負責什麼？提問鎖定的對象的行為先後順序是什麼？

解題技巧

- 對話當中出現的第一件事是洗衣服。女士說「これでやっと洗濯ができるわ」，不過男士勸她洗衣服要緩緩，還是趕緊儲水比較實在「でも、まだ弱いし、いつまた止まるか分からないよ。今のうちにバケツやお風呂に水をためとくほうがいいと思うけど」。看來洗衣服這件事不是最先的打算，而且洗衣服的人是女士，所以選項１是錯的。
- 對於儲水，女士說「そうね。じゃ、お願い。あ、ちょっと待って。そっちは私がやるから」。本來她是要麻煩男士幫忙的，後來又說要自己做。所以選項２是錯的。
- 正確答案是３。女士接著說「コンビニに行って、ペットボトルのお水を何本か買ってきてくれる？」，表示要男士去超商買寶特瓶裝的水。對此男士最後回答「分かった」，表示他願意去。而對話從頭到尾男士要負責的就只有買水這件事，這當然就是他的首要任務。
- 選項４是錯的。女士說「出始めたばかりの水はきれいかどうか分からない」，要男士打消用自來水的念頭。

單字と文法

□ 水道（すいどう） 自來水

□ バケツ【bucket】水桶

□ ペットボトル【PET bottle】寶特瓶

□ ポット【pot】熱水瓶

□ うちに 趁…的時候

小知識

☞ 淺談日本的住宅

在日本，幾乎是所有獨棟住宅甚至是公寓都附有浴室及廁所。和台灣不同的是，日本不把浴廁合一。對一般日本人而言，浴室和廁所蓋成同一間是一件很不舒服的事。「浴室」指的是洗澡的地方，裡面當然沒有馬桶。而浴室也幾乎都會有浴缸。西式浴缸的造型是可讓人伸腿俯臥的形狀，而日式浴缸是讓人蹲坐浸泡用的。

もんだい1 第14題答案跟解說 1-15

男の学生と女の学生が話しています。女の学生はこのあとどこに電話しますか。

M：今年の夏休みのバイト、映画館の受付やるんでしょう？

F：そのつもりだったんだけど、昨日電話したらもう決まっちゃってた。だから駅前のレストランにしようかと思ってるんだ。

M：でも、あそこなら、もう募集してないみたいだよ。さっき前を通ってきたけど、何も貼ってなかったよ。

F：え、本当？２、３日前まで、募集中の紙が貼ってあったのに、そっちももう決まっちゃったんだ。もっと早く電話すればよかった。

M：でも、もしかしたら、僕の見間違いかもしれないから、一度電話してみたほうがいいよ。

F：そうしてみる。ところで、石川君は今年はどこでバイトするの？去年はたしか市立美術館の受付してたよね。今年もそれやるの？

M：いや、今年はガソリンスタンドでやることにしたんだ。去年はじっとしてるばかりで途中で飽きちゃったから、今年は体を動かすのにしたいと思って。

F：そうか。それじゃ、私には合わないわね。もしまだ空いてたら紹介してもらおうと思ったんだけど。じゃ、ちょっと待ってね。電話してみるから。

女の学生はこのあとどこに電話しますか。

【譯】

一個男學生和一個女學生正在交談。請問這位女學生接下來會打電話去哪裡呢？

M：妳今年暑假的打工要到電影院當售票員吧？

F：原本是打算去那裡的，可是昨天打電話去問的時候，對方說已經找到人了。所以我想換到車站前面的餐廳打工。

M：可是，那裡好像沒在徵人了喔。我剛剛經過那家餐廳，門口什麼啟事也沒貼了呢。

F：啊，真的嗎？兩、三天前我還看到那裡貼著徵人啟事，沒想到那裡也已經找到人了。早知道，那時打電話過去就好了。

M：不過，說不定是我看錯了，妳還是打個電話問一問比較好喔。

F：我會打去問問的。對了，石川，你今年要去哪裡打工呢？我記得你去年是在市立美術館的售票處吧？今年一樣要去那邊嗎？

M：不了，我今年要在加油站打工了。去年整天都待在同一個地方不動，做到一半就受不了了，所以今年想要找個能活動筋骨的地方。

F：這樣呀。那麼，那份工作不適合我。原本打算如果那裡還有空缺，想請你幫我介紹進去。那麼，等我一下喔，我去打個電話問問。

請問這位女學生接下來會打電話去哪裡呢？

1　電影院　　2　車站前的餐廳　　3　市立美術館　　4　加油站

解題關鍵と訣竅

答案：2

【關鍵句】だから駅前のレストランにしようかと思ってるんだ。
一度電話してみたほうがいいよ。
そうしてみる。

對話情境と出題傾向

這一題的情境是兩人在討論暑期打工要做什麼。題目問的是女學生接下來要打電話到哪裡去。要特別留意「打電話」這個動作出現的地方。

解題技巧

- 對話當中首先提到打電話的是「昨日電話したらもう決まっちゃってた」。這個致電的對象是先前說的「映画館」，不過從「昨日」和「た」可以發現這是昨天的事了。而題目問的是「このあと」，所以選項１不正確。
- 接著又提到「駅前のレストラン」的打工。男同學建議「一度電話してみたほうがいいよ」，女同學接受了他的意見「そうしてみる」。這也就是表示女同學要打電話給車站前的餐廳。正確答案是２。
- 選項３是錯的。雖然對話中有出現「市立美術館」，不過這只是說「去年はたしか市立美術館の受付してたよね」，表示男同學去年在市立美術館打工。女同學表示「私には合わないわね」。既然她覺得自己不適合在美術館打工，當然就沒有意願打給美術館了。
- 選項４是錯的。「ガソリンスタンド」是男同學今年打工的地方，跟女同學沒有關係。

單字と文法

- □**募集** 募集、求才徵人
- □**ところで** 對了、話說回來
- □**ガソリンスタンド**【(和) gasoline＋stand】加油站
- □**じっとする** 保持不動
- □**飽きる** 厭倦、膩
- □**みたいだ** 好像

小知識

☞ 以「違い」為結尾的單字

⇨ 言い（間）違い（說錯）

⇨ 思い違い（誤會、想錯）

⇨ 掛け違い（多くは「ボタンの掛け違い」の形で使う）（扣錯〈大多用在「扣子扣錯了」〉）

⇨ 考え違い（誤解、想錯、記錯）

⇨ 勘違い（誤會）

⇨ 聞き（間）違い（聽錯）

⇨ 見当違い（估計錯誤）

⇨ 人違い（認錯人）

⇨ 見込み違い（預估錯誤）

⇨ 見間違い（×見違い）（看錯、認錯〈不能說成「見違い」〉）

もんだい1 第⑮題 答案跟解說

1-16

病院で、医者が薬の説明をしています。このあと、まずどの薬を飲みますか。

M：お薬を4種類出しておきますから、間違えないでくださいね。この白いのは咳を止める薬で、こちらの黄色いのは鼻水を止める薬です。どちらも食事のあと30分以内に飲んでください。それから、こちらの赤い薬は熱を下げる薬ですので、熱が38度以上ある時はいつ飲んでもかまいませんが、一度飲んだら、次に飲むまで4時間以上時間をあけてください。今は熱が39度ありますから、このあとすぐにこの薬だけ飲んでください。それから、この青い薬は気分が悪くて吐きそうなときに飲んでください。今は大丈夫ですね。それでしたら、飲まなくてもいいです。分かりましたか。それじゃ、お大事に。

このあと、まずどの薬を飲みますか。

【譯】

醫師正在醫院裡說明用藥的方式。請問接下來該先吃哪一種藥呢？

M：我幫您開了4種藥，請小心不要吃錯了。這種白色的是止咳藥，這種黃色的是止鼻水藥。這兩種都請在飯後30分鐘以內服用。接下來，這種紅色的藥是退燒藥，只要體溫超過38度隨時都可以服用，但是吃下去以後，必須間隔4個小時以上才能再吃第二粒。您現在高燒39度，等一下請馬上單獨服用這種藥。另外，這個藍色的藥請在不舒服想吐的時候服用。您現在沒有反胃的感覺吧。如果沒有的話，不必吃這種藥沒關係。這樣清楚了嗎？那麼，請多保重。

請問接下來該先吃哪一種藥呢？

1　白色的藥

2　黃色的藥

3　紅色的藥

4　藍色的藥

解題關鍵と訣竅

答案：3

【關鍵句】こちらの赤い薬は熱を下げる薬ですので、熱が 38 度以上ある時はいつ飲んでもかまいませんが、…。

今は熱が 39 度ありますから、このあとすぐにこの薬だけ飲んでください。

對話情境と出題傾向

這一題的情境是醫生在交代吃藥的方式。題目問的是最先要吃哪一顆藥。當「まず」出現了，就要注意動作順序。此外，如果說話者是醫生、老師等人物，還要特別注意「てください」這個表示指示的句型出現的地方，答案通常就藏在這裡。

解題技巧

- 醫生開了 4 種藥。首先第一種是白色的止咳藥。另一種是黃色的止鼻水藥。醫生表示「どちらも食事のあと 30 分以内に飲んでください」，也就是飯後半小時內服用。既然要等飯後才能吃，而且兩種藥都是一樣的服用方式，聽到這裡大概就可以猜到選項 1、2 應該不是正確答案。

- 接著醫生又提到紅色的退燒藥，表示只要體溫超過 38 度就可以服用。接著醫生又說「今は熱が 39 度ありますから、このあとすぐにこの薬だけ飲んでください」。這個「このあと」、「すぐに」就是解題關鍵所在了！醫生要病人等等趕快服用退燒藥。正確答案是 3。

- 選項 4 是錯的。最後醫生提到藍色的止吐藥。不過他有說「今は大丈夫ですね。それでしたら、飲まなくてもいいです」，表示病患現在無須服用這顆。

單字と文法

□ **咳** 咳嗽

□ **鼻水** 鼻水

□ **気分が悪い** 反胃、不舒服

□ **吐く** 嘔吐

小知識

☞飲み薬（內服藥）的種類

在日本，內服藥分成「粉薬」（粉劑）、「錠剤」（錠劑）、「カプセル剤」（膠囊）、シロップ（糖漿。正式名稱為「液剤」（藥水），不過藥水多半調味成甜味，所以較常通稱「糖漿」）這幾種。

由於日本幾乎沒有茹素者，所以製作膠囊外殼通常是使用「ゼラチン」（明膠、動物膠）。所以吃素的人在日本服用藥品時應該要特別注意膠囊的外殼成分。

一般人在日常生活當中對於吃下肚子的藥都是統稱為「飲み薬」。日語「內服薬」則是帶有醫學用語專業的感覺。

もんだい１　第 16 題 答案跟解說

デパートで、女の店員と男の人が話しています。男の人はこのあと、まずどうしますか。

Ｆ：いらっしゃいませ。

Ｍ：すみません。このズボン、先週こちらで買ったんですが、ちょっと長かったので短く直してもらいたいんですが。

Ｆ：お求めになる前に、試着なさいましたか。

Ｍ：いや、家内が買ってきてくれたんですが、家で履いてみたら２センチぐらい長いんです。

Ｆ：まだ、お洗濯はしてませんよね。綿ですからお洗濯すると少し縮みますよ。

Ｍ：そうなんですか。

Ｆ：ええ、一度お洗濯してみて、それでもまだ長いようでしたらこちらでお直ししますから、レシートと一緒にもう一度お持ちになっていただけますか。

Ｍ：分かりました。ありがとうございます。

男の人はこのあと、まずどうしますか。

【譯】

一位女店員和一位男士正在百貨公司裡交談。請問這位男士接下來會先做什麼事呢？

Ｆ：歡迎光臨。

Ｍ：不好意思，這條褲子是上禮拜在這裡買的，長度有點長，我想要改短一點。

Ｆ：請問您在購買前，是否先試穿過了呢？

Ｍ：沒有，是我太太幫我買的，我在家裡穿了以後，發現大概長了２公分。

Ｆ：您還沒有下水洗過吧。這是棉製品，洗過以後會縮短一點喔。

Ｍ：這樣啊。

Ｆ：是的，您要不要先洗過一次，如果還是太長的話，再拿來這邊幫您改短？屆時可以麻煩您帶著收據，再一次拿到這裡嗎？

Ｍ：好的，謝謝妳。

請問這位男士接下來會先做什麼事呢？

1　請店員換一條褲子　　2　試穿褲子

3　把褲子帶回家洗　　4　請店員把褲子改短

解題關鍵と訣竅

答案：3

【關鍵句】一度お洗濯してみて、それでもまだ長いようでしたらこちらでお直ししますから、…。

對話情境と出題傾向

這一題的情境是男士想要修改褲子長度。題目問的是男士接下來要先做什麼事。同樣的，遇到這種問先後順序的問題，就要替每個行為排順序。

解題技巧

- 對話首先提到「このズボン、先週こちらで買ったんですが、ちょっと長かったので短く直してもらいたいんですが」，表示他想把褲子改短。
- 接著店員問男士購買前是否有試穿。男士以「いや」來否定。不過他繼續說「家で履いてみたら2センチぐらい長いんです」，表示他購買過後有在家穿過。既然褲子已經付錢帶回家了，也已經在家穿過了，當然沒有再試穿的必要。所以選項2是錯的。
- 後來店員又說「一度お洗濯してみて、それでもまだ長いようでしたらこちらでお直ししますから、レシートと一緒にもう一度お持ちになっていただけますか」，要男士先下水洗過，如果還是太長，再拿來修改。也就是說，「洗褲子」是最先要做的事。正確答案是3。
- 既然要先下水洗過再決定要不要修改長度，那麼選項4就不正確了。此外，對話當中從頭到尾都沒提到換貨，所以選項1也是錯的。

單字と文法

- □ **お求めになる** 購買
- □ **試着** 試穿
- □ **家内** 我太太
- □ **綿** 棉製
- □ **縮む** 縮水
- □ **ようでしたら** 如果…、要是…（＝「ようだったら」）

小知識

☞ **常見纖維的日語說法**

1. 天然纖維

⇨ 木綿（木棉。又稱「綿」或「コットン」）、麻（麻）、絹（絲。又稱「シルク」）、毛（毛。或是「羊毛」、「ウール」）。

2. 化學纖維

⇨ レーヨン（縲縈）、ナイロン（尼龍）、ポリエステル（聚酯纖維）、ポリウレタン（聚葇乙烯纖維）、アクリル（壓克力纖維）

もんだい１　第 17 題 答案跟解說

会社で女の人と男の人が話しています。男の人はこのあと、まず何をしますか。

F：もうすぐ11時だから、そろそろ伊藤さんがいらっしゃる頃ね。悪いけど、会議室に椅子を並べて、ミーティングに使う書類を揃えておいてくれる？

M：あ、書類はもう揃えてあります。それから、先ほど伊藤さんからお電話があって、雪で電車が遅れていてちょっと遅くなるということでした。今、お知らせしようと思っていたところでした。

F：あら、そう。何時頃になりそうか言ってた？

M：30分以上は遅れると思うけど、まだはっきり分からないから30分後にもう一度電話するとおっしゃっていました。

F：それは大変ね。そのことはもう課長にはお伝えした？

M：はい。もしご到着が12時過ぎになるようだったら、もう一度知らせるようにとおっしゃっていました。

F：困ったわね。でも、いついらっしゃってもいいように、先に準備だけしておいて。

M：分かりました。

男の人はこのあと、まず何をしますか。

【譯】

一位女士和一位男士正在公司裡交談。請問這位男士接下來會先做什麼事呢？

F：快要11點了，伊藤小姐應該快要到了吧。不好意思，可以麻煩你幫忙去會議室把椅子擺好，以及備妥開會要用的文件嗎？

M：啊，文件都已經準備好了。還有，剛才伊藤小姐打電話來說，電車因為大雪延誤，會晚一點到這邊。我正想來通知您。

F：哎呀，這樣呀。她有沒有說大概會什麼時候到？

M：她說可能會遲到30分鐘以上，可是還不確定，所以30分鐘以後會再打一次電話過來。

F：真是辛苦她了。這件事已經向課長報告過了嗎？

M：已經報告了。課長說，萬一伊藤小姐抵達的時間會在12點以後，再向他報告一次。

F：傷腦筋呢。不過，還是先做好準備，以備她隨時抵達都能立刻開會。

M：好的。

請問這位男士接下來會先做什麼事呢？

1　準備開會要用的文件　　2　去會議室擺椅子

3　去向課長報告伊藤小姐會晚到　　4　打電話給伊藤小姐

解題關鍵と訣竅

答案：2

【關鍵句】悪いけど、会議室に椅子を並べて、ミーティングに使う書類を揃えておいてくれる？
あ、書類はもう揃えてあります。
いついらっしゃってもいいように、先に準備だけしておいて。

對話情境と出題傾向

這一題的情境是兩人在討論開會事宜。題目問的是男士接下來首先要做什麼。除了留意行為動作的順序，也別忘了仔細聽女士的發言。從這兩人的發言來看，女士用的是常體，男士用的是敬體，可見女士的地位應該比較高（可能是主管或前輩），所以男士的行為可能跟女士交辦的事情很有關係。

解題技巧

- 女士一開始下指示「会議室に椅子を並べて、ミーティングに使う書類を揃えておいてくれる？」，要男士去會議室排椅子，再準備會議的資料。不過男士表示「書類はもう揃えてあります」，也就是說會議資料已經準備好了。選項１是錯的。

- 接著男士又提到「先ほど伊藤さんからお電話があって、雪で電車が遅れていてちょっと遅くなるということでした。今、お知らせしようと思っていたところでした」，表示他正想告訴女士「伊藤小姐會晚到」這件事。女士後來問他有沒有向課長報告了「そのことはもう課長にはお伝えした？」，男士以「はい」來表示肯定。也就是說，男士接下來也不用告訴課長伊藤小姐會晚到，所以選項３也是錯的。

- 最後女士說「先に準備だけしておいて」，而男士也說「分かりました」表示他會照辦。這個「準備」指的就是題目一開始提到的「去會議室排椅子」。女士要他最先做這件事情。正確答案是２。

- 由於對話從頭到尾都沒提到要打電話給伊藤小姐，所以選項４是錯的。

單字と文法

- □ ミーティング【meeting】會議
- □ 書類（しょるい） 資料、文件
- □ 揃える（そろえる） 準備齊全
- □ はっきり 明確地
- □ 到着（とうちゃく） 抵達
- □ ように 以便…、為了…而…

小知識

☞ 可當副詞也可當サ変使用的單字

⇨ うっかり（不注意、不留神）

⇨ さっぱり（整潔、俐落）

⇨ しょんぼり（無精打采）

⇨ すっきり（爽快、清爽）

⇨ のんびり（悠哉、閒適）

⇨ はっきり（清楚、直白）

⇨ ゆっくり（慢慢地）

もんだい 1　第 18 題 答案跟解說

1-19

男の人と女の人が家で話しています。男の人は何時からのニュースを見ますか。

M：もうすぐ 10 時だよね？ニュース見るから、テレビつけてくれる？

F：いつも見てるのなら、もう終わったよ。

M：え、まだ 5 分前だよ？

F：今週から 1 時間早く始まるって言ってたじゃない？

M：そうだった。すっかり忘れてた。

F：11 時からのもあるから、それを見れば？

M：うーん、それじゃ遅くなるから…。明日の朝 7 時のニュース見るからいいよ。

F：別のチャンネルのでよければいつも見てるのと同じ時間にもう一つあるよ。

M：え、そう？それじゃ、やっぱりテレビつけて。

男の人は何時からのニュースを見ますか。

【譯】

一位男士和一位女士正在家裡交談。請問這位男士要看幾點開始播的電視新聞呢？

M：已經快要10點了吧？我要看新聞，可以幫我先開電視嗎？
F：如果是你平常看的那節新聞，已經播完了喔。
M：什麼？還有 5 分鐘才要播吧？
F：不是說從這星期開始會提前 1 小時播放嗎？
M：對喔，我忘得一乾二淨。
F：還有一節是從11點開始的，不如看那個吧？
M：唔，那樣會看到太晚…。沒關係，我看明天早上 7 點的新聞就好。
F：如果其他電視台的新聞也可以的話，在你平常看的同一時段，還有另一個電視台會播新聞喔。
M：啊，真的？那還是幫我開電視吧。

請問這位男士要看幾點開始播的電視新聞呢？

1　晚上 9 點　　2　晚上10點　　3　晚上11點　　4　早上 7 點

解題關鍵と訣竅

答案：2

【關鍵句】もうすぐ10時だよね？ニュース見るから、テレビつけてくれる？
別のチャンネルのでよければいつも見てるのと同じ時間にもう一つあるよ。
え、そう？それじゃ、やっぱりテレビつけて。

對話情境と出題傾向

這一題的情境是兩人在討論新聞節目的時間。題目問的是男士要看幾點開始播的電視新聞。遇到詢問「何時」的題目就要注意各個時間點代表什麼。

解題技巧

- 首先男士説「もうすぐ10時だよね？ニュース見るから、テレビつけてくれる？」，表示他要看10點的新聞節目。不過女士告訴他「いつも見てるのなら、もう終わったよ」，也就是説男士錯過這個新聞節目了。後面女士又告訴他「今週から1時間早く始まるって言ってたじゃない？」，表示男士常看的這個新聞節目從本週開始是9點開始播。

- 後面女士就建議男士改看11點的「11時からのもあるから、それを見れば？」。不過對此男士以「うーん、それじゃ遅くなるから…」來拒絕這個提議。後面男士又説「明日の朝7時のニュース見るからいいよ」，表示他要看明早7點的新聞。聽到這邊可別以為這就是答案！

- 女士接著又説「別のチャンネルのでよければいつも見てるのと同じ時間にもう一つあるよ」，表示別的頻道同一時間（男士常看的新聞的時間）也有新聞節目。對此男士表示「え、そう？それじゃ、やっぱりテレビつけて」，也就是説他接受了女士的提議，打算改看別的頻道10點開始的節目。如果一開始漏聽了10點這個時間點，就找不出答案囉！

單字と文法

□ すっかり 完全地

□ 別の 別的、其他的

□ チャンネル【channel】頻道

小知識

關於電視節目的數量詞，就如同本題當中的「いつも見てるのと同じ時間にもう一つあるよ」，觀眾多半使用「つ」（個）來數。不過節目製作單位或是上節目的藝人，通常是使用「本」（支）來當計算單位。而播放次數則用「回」（回）、「度」（次）來計算。至於新聞節目當中，1輪的播放所出現的項目，則用「つ」（個）、「本」（支）、「項目」（則）來計算。

1-20 19 ばん

答え：①②③④

1　7時(じ)に寿司屋(すしや)に寿司(すし)を取(と)りに行(い)く

2　7時半(じはん)に寿司屋(すしや)に寿司(すし)を取(と)りに行(い)く

3　8時(じ)まで家(いえ)で寿司(すし)が来(く)るのを待(ま)つ

4　8時半(じはん)まで家(いえ)で寿司(すし)が来(く)るのを待(ま)つ

1-21 20 ばん

答え：①②③④

1　映画(えいが)のチケットを買(か)いに行(い)く

2　コンビニにサンドイッチを買(か)いに行(い)く

3　デパートに買(か)い物(もの)に行(い)く

4　喫茶店(きっさてん)に食事(しょくじ)に行(い)く

1-22 21 ばん

答え：①②③④

ア　ジュース

イ　水(みず)

ウ　牛乳(ぎゅうにゅう)

エ　スポーツドリンク

オ　湯(ゆ)

1　ア　イ

2　ア　ウ

3　イ　ウ

4　ウ　エ

1-23 22 ばん

答え：① ② ③ ④

1 修理の人が来るのを待つ

2 印刷屋に行ってコピーする

3 会議が遅れることをみんなに知らせる

4 書類を手で書き写す

1-24 23 ばん

答え：① ② ③ ④

1 火曜日の午後8時

2 水曜日の午後7時

3 金曜日の午後9時

4 土曜日の午後2時

1-25 24 ばん

答え：① ② ③ ④

1 金曜日の夜7時

2 金曜日の夜10時

3 金曜日の夜11時

4 土曜日の朝8時

もんだい1　第⑲題答案跟解說

1-20

電話で女の人と男の人が話しています。女の人はこのあとどうしますか。

F：すみません。3丁目の石田ですけど、お寿司のAセットを三つ届けていただきたいんですが。

M：Aセットを三つですね。えー、大変申し訳ありませんが、今日は注文が多くて、お届けするのにちょっと時間がかかってしまいますが、よろしいですか。

F：どれぐらいかかりそうですか。

M：そうですね。今7時ですので、8時半ぐらいになってしまうかもしれません。

F：ずいぶんかかるんですね。8時にお客さんが来るから、それまでなら待てるんですが。

M：申し訳ありません。今日はお届けのご注文が多くて、配達のバイクが行ったきり、まだ戻ってこないんですよ。

F：それなら、直接取りに行きます。車ですぐですから。

M：そうしていただけると助かります。それじゃ、30分後に来ていただけますか。それまでに作っておきますので。

F：分かりました。

女の人はこのあとどうしますか

【譯】

一位女士和一位男士正在電話中交談。請問這位女士接下來會做什麼事呢？

F：不好意思。我是住在3丁目的石田，可以麻煩您送三份A套餐的壽司過來嗎？
M：您要三份A套餐吧。呃，非常抱歉，現在訂餐的人很多，可能會多花些時間才能幫您送過去，可以嗎？
F：請問大概要多久呢？
M：讓我想想…。現在是7點，或許要到8點半才能送到。
F：要這麼久喔。我8點有客人來，如果能在8點以前送到的話我還能等。
M：真是非常抱歉。今天外送的訂單很多，負責外送的摩托車出門送餐了，到現在還沒回來。
F：那麼，我直接過去拿。開車過去一下子就到了。
M：如果您能親自來拿餐那就太好了。那麼，可以請您在30分鐘以後過來嗎？我們會先做好等您來拿。
F：好的。

請問這位女士接下來會做什麼事呢？

1　7點到壽司店拿壽司
2　7點半到壽司店拿壽司
3　在家裡等壽司送來等到8點
4　在家裡等壽司送來等到8點半

解題關鍵と訣竅

答案：2

【關鍵句】今7時ですので、…。

それなら、直接取りに行きます。車ですぐですから。

それじゃ、30分後に来ていただけますか。

對話情境と出題傾向

這一題的情境是女士打電話叫壽司外賣。題目問的是女士接下來打算怎麼做。請注意聽女士的發言。此外，從選項看起來，還要注意時間才行。

解題技巧

▶ 女士打電話給壽司店叫外賣時，壽司店店員表示外賣可能要等上一個半小時，8點半才能送到「今7時ですので、8時半ぐらいになってしまうかもしれません」。接著女士表示她8點有客人來，沒辦法等那麼久，所以要直接開車過去拿「直接取りに行きます。車ですぐですから」。壽司店店員表示「それじゃ、30分後に来ていただけますか」，請她30分鐘後過來。

▶ 剛剛店員有提到現在是7點，30分鐘後也就是7點半。而女士回答「分かりました」，表示她要7點半過去壽司店拿壽司。

單字と文法

□ ～丁目 丁目（日本街道分法）

□ セット【set】套餐

□ 配達 送達

□ 直接 直接

□ 助かる 得到幫助、得救

小知識

題目當中提到的壽司套餐名雖為「Ａセット」，不過實際上壽司套餐並不會以此為命名。在日本料理店當中，一般而言商品的價位高低是以「松・竹・梅」（しょうちくばい）來表示。原本「松・竹・梅」這三種植物並無上下之分，不過在餐廳方面，通常「松」代表最高級，「竹」次之，「梅」是最低階的。點菜時會說：「梅三つください」（我要三個「梅」）。有的店家為了區分得更清楚，會直接使用「特上・上・並」（特級・上級・普通）這三種說法。不會使用「中」（ちゅう）、「下」（げ）。

もんだい1 第 20 題 答案跟解說

1-21

男の人と女の人が話しています。二人はこのあと、まずどうしますか。

M：思ったよりだいぶ早く着いちゃったね。

F：うん、映画が始まるまでまだ1時間以上あるね。

M：チケットはもう買ってあるから並ばなくてもいいし、先にお昼にしようか。

F：ええっ、まだ11時だよ。私まだあんまりおなかすいてないよ。

M：それじゃ、コンビニでサンドイッチでも買ってきて、あとで見ながら食べる？

F：でも、この映画館って食べ物持って入っちゃいけないはずだよ。

M：そうか。それじゃ、僕だけ先にそこの喫茶店で何か食べてきてもいい？

F：映画が終わるまで我慢できないの？

M：だって、映画が終わったら2時半でしょう？無理だよ。君は先にデパートで買い物でもしていたら？あとで行くつもりだったんでしょう？

F：うーん、でも1時間じゃ足りないし。じゃ、いいわ。一緒に行ってあげる。私も少しぐらいなら入るから。

二人はこのあと、まずどうしますか。

【譯】

一位男士和一位女士正在交談。請問這兩個人接下來會先做什麼事呢？

M：到這裡的時間比我們預計的還早呢。

F：嗯，距離電影開映還有一個多小時呢。

M：票已經先買好了所以不必去排隊，要不要先吃午飯？

F：什麼？現在才11點耶。我肚子還不太餓啊。

M：還是去便利商店買些三明治，等一下帶進去邊看邊吃？

F：可是，我記得這家電影院好像不准攜帶外食吧。

M：這樣啊。那麼，我自己先去那裡的咖啡廳吃點東西，好嗎？

F：不能忍到看完電影再吃嗎？

M：可是，電影結束不是已經2點半了嗎？我可忍不了那麼久。不如妳先去逛百貨公司買東西？不是打算看完以後要去嗎？

F：唔…，可是只有一個小時又不夠逛。那，算了，我陪你一起去吧。份量不多的話，我也可以吃一點。

請問這兩個人接下來會先做什麼事呢？

1　去買電影票　　　2　去便利商店買三明治

3　去百貨公司購物　　　4　去咖啡廳吃東西

答案：4

【關鍵句】それじゃ、僕だけ先にそこの喫茶店で何か食べてきてもいい？
じゃ、いいわ。一緒に行ってあげる。

對話情境と出題傾向

這一題的情境是兩人在討論電影開演前要做什麼事。題目問的是兩人接下來首先要做什麼。一樣要注意事情的先後順序。

解題技巧

- 正確答案是４。男士表示想自己先去咖啡廳吃東西「僕だけ先にそこの喫茶店で何か食べてきてもいい？」。女士最後說「じゃ、いいわ。一緒に行ってあげる」，表示她改變心意願意跟男士一起去。所以兩人接下來要去咖啡廳用餐。
- 選項１是錯的。男士說「チケットはもう買ってある」，也就是說他已經買好票了，所以不用排隊。
- 選項２是錯的。男士雖然有說「コンビニでサンドイッチでも買ってきて、あとで見ながら食べる？」，但是女士以「でも、この映画館って食べ物持って入っちゃいけないはずだよ」反駁他的意見。所以兩人沒有要買超商的三明治進場吃。
- 選項３是錯的。男士說「君は先にデパートで買い物でもしていたら？」，是要女士自己一個人去百貨公司買東西。更何況對此女士表示「１時間じゃ足りない」，說她時間不夠所以沒有要去百貨公司。

單字と文法

- □ **チケット【ticket】** 票、入場券
- □ **（おなかが）すく** 肚子餓
- □ **サンドイッチ【sandwich】** 三明治
- □ **我慢** 忍耐、忍受
- □ **無理** 不可能、辦不到

小知識

☞ 如何在日本看便宜的電影？

在日本看電影，入場買券的話成人一人要價大概是 1,800 圓。想要以便宜的價位看電影，不妨參考看看以下幾種方法。

1. 買預售票。
2. 在「金券ショップ」（金券行。可以買到便宜票券的商店）買票。
3. 選在優惠日觀看。很多電影院有優惠日，像是每月 1 日電影票只要 1,000 圓。也有電影院會推出「淑女之日」或「紳士之日」，限定對象給予入場優惠。
4. 選在優惠時段觀看。有的電影院會在平日首映場給予折扣。

もんだい1　第 21 題 答案跟解說

1-22

男の子と女の人が話しています。このあと男の子は何を飲みますか。

M：お母さん、のど渇いたよ。ジュースちょうだい。

F：朝も1杯飲んだでしょう？ジュースばかり飲んだらよくないから、お水にしておきなさい。

M：でも、運動してきたから、甘いのがほしいんだよ。

F：じゃ、牛乳は？毎朝1杯飲む約束だったのに、今朝は飲まなかったんだから、今飲みなさい。

M：牛乳じゃ甘くないよ。ジュース飲んだら、牛乳はそのあとで飲むから、いいでしょう？

F：約束よ。あ、そうだ。棚の中にスポーツドリンクがあるから、やっぱりそれにしなさい。

M：えー、それじゃ、冷えてないよ。

F：でも、有名なスポーツ選手は練習のあとも冷たい物は飲まないで、温かいお湯を飲むそうよ。あなたもそうなりたいんでしょう？

M：有名になったらそうするよ。ねえ、いいでしょう？1杯だけでいいから。

F：しかたがないわね。じゃあ、1杯だけよ。

M：はーい。

このあと男の子は何を飲みますか。

【譯】

一個男孩正在和一位女士交談。請問接下來這個男孩會喝什麼飲料呢？

M：媽媽，我口好渴喔，給我果汁！
F：你早上不是已經喝過一杯了嗎？一天到晚喝果汁對身體不好，去喝水。
M：可是我剛運動完，想要喝甜的東西嘛。
F：要不，喝牛奶吧？你不是答應我每天早上都會喝一杯嗎？今天早上的還沒喝，現在喝。
M：可是牛奶又不甜。我先喝果汁，等一下再喝牛奶，這樣總行了吧？
F：你說的喔。啊，對了，櫃子上有運動飲料，你還是喝那個好了。
M：不要啦，那個沒冰過啦。
F：可是，有名的運動選手在練習之後也都不喝冷飲，喝的都是暖呼呼的溫水喔。你不是想當運動選手嗎？
M：等我出名了以後就會照做啊。好嘛，可以吧？我只喝一杯就好。
F：真拿你沒辦法哪。那麼，只能喝一杯喔。
M：好～。

請問接下來這個男孩會喝什麼飲料呢？

ア　果汁　　イ　水　　ウ　牛奶　　エ　運動飲料　　オ　溫水

1　アイ　　2　アウ　　3　イウ　　4　ウエ

答案：2

【關鍵句】ジュースちょうだい。

ジュース飲(の)んだら、牛乳(ぎゅうにゅう)はそのあとで飲(の)むから、いいでしょう？

じゃあ、1杯(ぱい)だけよ。

對話情境と出題傾向

這一題的情境是媽媽和男孩在討論飲料。題目問的是男孩要喝什麼飲料。同樣的，遇到問「何を」的問題，就要留意「否定表現」，全程聽完！此外，從選項來看，這一題的飲料應該有兩種，要小心。

解題技巧

- 對話一開始男孩表示他想喝果汁「ジュースちょうだい」，可是媽媽說只喝果汁不好，並要他喝水「ジュースばかり飲んだらよくないから、お水にしておきなさい」。可是男孩對此表示「でも、運動してきたから、甘いのがほしいんだよ」，也就是說他不要喝水。

- 後來媽媽問他要不要喝牛奶「じゃ、牛乳は？」，並要他現在就喝「今飲みなさい」。男孩說「ジュース飲んだら、牛乳はそのあとで飲むから、いいでしょう？」，也就是說他如果可以喝果汁，就答應喝牛奶。

- 接下來都是煙霧彈了。媽媽要男孩喝運動飲料，男孩說那個不冰「えー、それじゃ、冷えてないよ」。從這個「えー」可以發現他不情願。所以運動飲料確定出局。媽媽還說有名的運動選手都喝溫水，男孩回答「有名になったらそうするよ」。雖然沒有明確拒絕，但這也是一種否定，表示等他變有名才要喝溫水。所以他也不打算喝「湯」。

- 最後男孩又拜託媽媽「ねえ、いいでしょう？１杯だけでいいから」。這個「１杯」是指什麼呢？就是一開始他吵著要喝的果汁！媽媽對此表示「しかたがないわね。じゃあ、１杯だけよ」，答應了他的請求。不過別忘了對話中途男孩有說他喝了果汁就會喝牛奶。所以正確答案是２。

單字と文法

□ のどが渇く 口渴
□ ちょうだい 給我…
□ スポーツドリンク【sports drink】 運動飲料
□ 冷える 冰涼
□ しかたがない 沒辦法
□（が）ほしい 想要…

小知識

☞ **數量詞的用法**

日語的數量詞除了「ひとつ」（一個）之外，也會依照形狀外觀給予不同的稱呼。例如：

⇨ ～人（にん）（人數）
⇨ ～台（だい）（機器、汽車、自行車）
⇨ ～枚（まい）（較薄的物品〈像是紙、T恤〉）
⇨ ～回（かい）（次數）
⇨ ～番（ばん）（號碼）
⇨ ～匹（ひき）（小型動物或昆蟲〈像是狗、貓、青蛙〉）
⇨ ～本（ほん）（長型物品〈像是鉛筆、傘、玻璃瓶裝啤酒〉）
⇨ ～杯（はい）（容量〈像是杯、碗〉）

もんだい1　第22題 答案跟解說

1-23

会社で男の人と女の人が話しています。女の人はこのあと、まず何をしますか。

M：さっき頼んでおいた書類のコピー、終わった？

F：それが、コピーの機械が故障したみたいで、動かないんです。先ほど電話で修理は頼んだんですが。

M：そう？２時の会議まではまだ時間があるから、そんなにあわてることはないよ。

F：でも、修理の人が来てくれるのも２時頃になるそうなんです。

M：え、それは困ったね。

F：外の印刷屋さんに持っていってコピーしてきましょうか。

M：そうだね。４時にはお客さんが来るから会議を遅らせることはできないし、全部で50枚あるから手で書き写すわけにもいかないし。そうするよりほかないね。

F：それじゃ、今すぐ行ってきます。

M：頼んだよ。気をつけて。

女の人はこのあと、まず何をしますか。

【譯】

一位男士和一位女士正在公司裡交談。請問這位女士接下來會先做什麼事呢？

M：剛才麻煩妳影印的文件，印好了沒？

F：影印機好像故障，整台當機了。我剛才已經打電話請人來修理了。

M：這樣啊？離２點的會議還有時間，不必那麼著急吧。

F：可是，維修人員說他們大概也是２點左右才會來。

M：啊，那就麻煩了。

F：還是要我送去外面的影印店影印？

M：說得也是。客戶４點會到，總不能延後開會，而且總共有50張，也沒辦法一張張用人工抄寫的。看來也只能拿去外面印了。

F：那麼，我現在馬上去。

M：拜託妳了。路上小心。

請問這位女士接下來會先做什麼事呢？

1　等維修人員來　　2　去影印店影印

3　通知大家會議延後　　4　以人工方式抄寫文件

答案：2

【關鍵句】外の印刷屋さんに持っていってコピーしてきましょうか。
それじゃ、今すぐ行ってきます。

對話情境と出題傾向

這一題的情境是兩人在討論會議資料的影印問題。題目問的是女士接下來首先要做什麼。既然題目鎖定了女士，就要注意女士負責做什麼事、這些事情的順序。此外，從兩人的發言來看，男士用常體，女士用敬體，男士很有可能是女士的上司，可能在交辦什麼事情，所以要注意男士說了什麼。

解題技巧

- 正確答案是２。女士說「外の印刷屋さんに持っていってコピーしてきましょうか」，表示她在詢問是否要把資料拿去外面的影印店。對此男士說「そうだね」，表示贊同。而女士最後也說「今すぐ行ってきます」，表示她要去影印。
- 選項１是錯的。對話當中提到「修理の人が来てくれるのも２時頃になるそうなんです」。表示修理影印機的人要２點左右才會到。不過男士說「え、それは困ったね」，暗示了這樣的話會來不及。也就是說沒有要等修理影印機的人來。
- 選項３是錯的。男士有說「会議を遅らせることはできない」，表示會議不能延遲，當然不會要女士去通知大家會議要延遲。
- 選項４是錯的。男士有提到「手で書き写すわけにもいかない」，表示會議資料不能用手謄寫。

單字と文法

- □ **故障** 故障
- □ **修理** 修理
- □ **あわてる** 慌張
- □ **印刷** 影印、印刷
- □ **書き写す** 手寫、手抄
- □ **ことはない** 用不著…、無須…

說法百百種

▸ 遇到故障時的各種說法

急に動かなくなっちゃったんですけど…。／它突然不會動了…。

電源ちゃんと入ってるのに、動かないんです。
／開關我已經開了，但它就是不會動。

壊れちゃったみたいで…。／好像壞掉了…。

コピーできないんです。／不能影印耶。

困ってるんです。／我很困擾。

できるだけ早めにお願いしたいんですが…。／希望您能盡早把它修好…。

もんだい１　第㉓題 答案跟解說

1-24

英会話のレッスンのあと、男の人と女の人が話しています。来週のレッスンはいつですか。

M：それじゃ、今日はここまでにしましょう。来週も同じ水曜日の夜７時でいいですか。

F：あの、すみません。来週はちょっと時間がないので、土曜日にしていただきたいのですが。土曜の午後２時ごろはお時間ありますか。

M：それが、土曜の午後はお休みにしてるんですよ。午前中はだめですか。

F：ええ、ちょっと用事があるんです。もし、ご無理なようでしたら、来週はお休みにしていただいても…。

M：そうですか。僕は平日のもっと遅い時間でも大丈夫ですよ。

F：あ、そうですか。何時から…。

M：そうですね。来週は火曜日の８時からと金曜日の９時からが空いてますね。

F：ええと、火曜日は 15 日で金曜日は 17 日ですよね。どちらもその時間なら空いてますが、９時だとちょっと遅いから…。

M：それじゃ、15 日にしましょう。よろしいですか。

F：はい、お願いします。

来週のレッスンはいつですか。

【譯】

英語會話課結束後，一位男士和一位女士正在交談。請問下週會在什麼時候上課呢？

M：那麼，今天的課程就上到這裡為止。下星期同樣是星期三的晚上７點，可以嗎？

F：那個，不好意思，我下星期不太有空，想要改到星期六上課。請問您星期六下午２點左右有沒有空呢？

M：這樣啊，星期六的下午不上課。不能在上午時段來嗎？

F：是的，上午有點事情。如果會造成您的困擾，下星期停課一次也沒關係…。

M：這樣啊。如果是週一到週五晚一點的時段，我可以配合喔。

F：啊，真的嗎？請問是幾點以後…？

M：讓我看看。下星期的話，星期二的８點以後，還有星期五的９點以後，目前都有空。

F：我看一下…，星期二是15號、星期五是17號，對吧。我這兩個時段都有空，可是９點恐怕有點晚…。

M：那麼，就訂15號吧。這樣可以嗎？

F：沒問題，麻煩您了。

請問下週會在什麼時候上課呢？

1　星期二的晚上８點　　2　星期三的晚上７點

3　星期五的晚上９點　　4　星期六的下午２點

解題關鍵と訣竅

答案：1

【關鍵句】来週は火曜日の８時からと金曜日の９時からが空いてますね。
火曜日は 15 日で金曜日は 17 日ですよね。
それじゃ、15 日にしましょう。

對話情境と出題傾向

這一題的情境是男老師和女學生在討論調課時間。題目問的是下週什麼時候要上課。像這種問「いつ」的問題，就要注意所有相關的時間點、星期、月份…等等。從選項來看，這題問的是星期幾和時間，所以要從這兩方面來著手。

解題技巧

▶ 一開始老師表示「来週も同じ水曜日の夜７時でいいですか」。不過同學說「あの、すみません。来週はちょっと時間がないので」，表示週三晚上７點不行。選項２是錯的。

▶ 接著女同學又說「土曜日にしていただきたいのですが。土曜の午後２時ごろはお時間ありますか」，表示她想調課調到週六下午２點。可是老師也表示他那個時段不行「それが、土曜の午後はお休みにしてるんですよ」。所以選項４是錯的。

▶ 老師後來表示自己週二８點和週五９點有空「来週は火曜日の８時からと金曜日の９時からが空いてますね」。女同學說「火曜日は 15 日で金曜日は 17 日ですよね。どちらもその時間なら空いてますが、９時だとちょっと遅いから…」。這句話暗示了她週五不行。所以選項３是錯的。老師便以一句「それじゃ、15 日にしましょう」來敲定下週上課時間是 15 日，也就是週二８點。正確答案是１。

單字と文法

□ **英会話** 英語會話
□ **平日** 平日
□ **レッスン【lesson】** 課程
□ **よろしい** 可以、方便

小知識

☞ **日本的補習班**

日語裡面並沒有一個詞和中文的「補習班」一樣可以涵括多種學習機構。中文的「補習班」在日本分成三種：

① 塾（じゅく）。這是指在學校以外的地方進行課業補習。特別針對跟不上學校進度的同學，或是想超前學校進度的同學所設立的。
② 予備校（よびこう）。這是為了升學（考大學、研究所），或是取得證照資格（例如：行政代書、會計師）的人所設立的。廣義而言包含在「塾」裡面。
③ 習い事（ならいごと）。課業以外的學習，像是插花、鋼琴、書法、游泳…等等。

もんだい 1　第 24 題 答案跟解說

1-25

男の人と女の人が話しています。女の人は何曜日の何時の飛行機に乗りますか。

M：今度の出張は金曜日までだったよね？帰りの飛行機は何時？

F：うーん、夜 7 時のに乗るつもりだったんだけど、最後の日の晩にもう一つやらなくちゃいけないことができちゃって、それが 8 時ぐらいまでかかるから、その日のうちに帰ろうとすると一番遅い飛行機になっちゃうんだ。

M：一番遅いのは何時のがあるの？

F：10 時が一番最後。でも、それだとこっちの空港に着いたら 11 時になっちゃうから、家までタクシーに乗らないといけなくて。

M：それなら、空港まで迎えに行ってあげるよ。

F：そうしてもらえる？よかった。向こうでもう 1 泊して土曜日の朝 8 時ので帰ってこようかと迷ってたんだ。でも迎えに来てくれるなら、その必要はないわね。

女の人は何曜日の何時の飛行機に乗りますか。

【譯】

一位男士和一位女士正在交談。請問這位女士要搭的班機是星期幾的幾點呢？

M：我記得妳這次出差是到星期五吧？回程的班機是幾點？

F：唔…，我原本打算搭晚上7點的班機，可是最後一天的晚上還有一件非完成不可的工作，應該會弄到 8 點左右，如果要趕在當天回來的話，就只能搭最晚的那班飛機了。

M：最晚到幾點還有班機呢？

F：10點是最後一班。不過，如果搭那班的話，抵達這邊的機場已經是11點，就非得搭計程車回家不可了。

M：這樣的話，我去機場接妳回家吧。

F：你可以去機場接我嗎？太好了！我原本猶豫著是不是該在那邊多住一晚，再搭星期六早上 8 點的班機回來。不過既然你可以去接我，就不必多留一天了。

請問這位女士要搭的班機是星期幾的幾點呢？

1　星期五晚上 7 點　　2　星期五晚上10點

3　星期五晚上11點　　4　星期六早上 8 點

答案：2

【關鍵句】今度の出張は金曜日までだったよね？
10時が一番最後。でも、…、家までタクシーに乗らないといけなくて。
空港まで迎えに行ってあげるよ。

對話情境と出題傾向

這一題的情境是兩人在討論去機場接女士的問題。題目問的是女士搭乘星期幾、幾點的飛機。要注意題目問了兩個時間的問題，可別漏聽了。

解題技巧

▶ 男士一開始指出女士的出差是到星期五「今度の出張は金曜日までだったよね」，女士沒有否認。後面女士又說「最後の日の晩にもうひとつやらなくちゃいけないことができちゃって、それが8時ぐらいまでかかるから、その日のうちに帰ろうとすると一番遅い飛行機になっちゃうんだ」，表示她在考慮要不要搭那天（星期五）最後一班班機回來。男士接著問她是幾點的飛機，她說「10時が一番最後」。從這邊就可以得知女士雖然有猶豫過，但最後決定要搭星期五晚上10點的班機。正確答案是2。

▶ 選項1是錯的。從「夜7時のに乗るつもりだったんだけど」可以得知星期五晚上7點是原本的預定時間。

▶ 選項3是錯的。從「それだとこっちの空港に着いたら11時になっちゃうから」可以得知這是女士搭的班機預定抵達時間。

▶ 選項4是錯的。女士有提到「向こうでもう1泊して土曜日の朝8時ので帰ってこようかと迷ってたんだ。でも迎えに来てくれるなら、その必要はないわね」，表示她原本在想要不要搭星期六早上8點的班機，但是還是決定不要。

單字と文法

□ **できる** 有、發生（＝「生じる」の意）
□ **空港** 機場
□ **迎えに行く** 去迎接
□ **～泊**（住上）…晚
□ **迷う** 猶豫、遲疑（＝「判断に迷う」）

說法百百種

▶關於「待ち合わせ」（約定碰面）的一些說法

日曜日の待ち合わせ、どうしましょうか。／星期天的碰面，該怎麼辦呢？

何時にしましょうか。／要約幾點呢？

12時ごろはどうですか。／約 12 點左右你覺得如何？

何時ごろが都合がいいですか。／你大概幾點方便呢？

駅の交番の前のほうがいいよ。／約在車站的派出所前比較好。

デパートの前にしない？／要不要約在百貨公司前碰面呢？

場所って、北口の改札でしたっけ。／我們約的地點是在北邊出口的驗票閘門嗎？

- メモ -

1-26 25ばん

答え：①②③④

1 北海道（ほっかいどう）

2 九州（きゅうしゅう）

3 韓国（かんこく）

4 台湾（たいわん）

1-27 26ばん

答え：①②③④

1 小（ちい）さな扇風機（せんぷうき）を買（か）ってほしいこと

2 エアコンをつけてほしいこと

3 移動中（いどうちゅう）はネクタイをしなくてもいいようにしてほしいこと

4 一日中（いちにちじゅう）オフィスにいてもいいようにしてほしいこと

1-28 27ばん

答え：①②③④

1 ポチを連（つ）れてスーパーに行（い）ってから、手紙（てがみ）を出（だ）す

2 手紙（てがみ）を出（だ）してから、ポチを散歩（さんぽ）に連（つ）れていく

3 ポチを散歩（さんぽ）に連（つ）れていって、途中（とちゅう）で手紙（てがみ）を出（だ）す

4 ポチを連（つ）れて公園（こうえん）で森田君（もりたくん）と遊（あそ）んでから、手紙（てがみ）を出（だ）す

1-29 28 ばん

答え：①②③④

1　学習書(がくしゅうしょ)コーナー

2　一般書(いっぱんしょ)コーナー

3　トイレ

4　書店(しょてん)のレジ

1-30 29 ばん

答え：①②③④

1　課長(かちょう)に頼(たの)まれた資料(しりょう)を整理(せいり)する

2　男(おとこ)の人(ひと)に頼(たの)まれた資料(しりょう)を整理(せいり)する

3　資料(しりょう)のリストを作(つく)る

4　課長(かちょう)に話(はな)しに行(い)く

1-31 30 ばん

答え：①②③④

ア　ラジオ
イ　薬(くすり)
ウ　電池(でんち)
エ　ガスコンロ
オ　缶詰(かんづめ)

1　ア　イ
2　イ　ウ
3　ウ　エ
4　エ　オ

1-32 31 ばん

答え：①②③④

1　部屋(へや)を変(か)わるための準備(じゅんび)をする

2　ほかのホテルに移(うつ)る準備(じゅんび)をする

3　フロントに電話(でんわ)する

4　騒音(そうおん)を我慢(がまん)する

もんだい1　第25題答案跟解說

1-26

学校で、女の学生と男の学生が修学旅行の行き先について話しています。男の学生はどこを選びますか。

F：中西君、修学旅行についてのアンケート、もう書いた？

M：あ、そういえば、まだだった。机の中にしまってあったから、すっかり忘れてたよ。北海道と九州と韓国と台湾の中から行きたいところを一つ選ぶんだよね。どこにしようかな。伊藤さんはどこにするの？

F：外国は両親が心配みたいだから、北海道か九州にすると思う。

M：へえ、うちの親と反対だね。うちはいい機会だから外国にしろって言ってるよ。

F：じゃあ、中西君は韓国か台湾だね。

M：でも、僕は北海道か九州の方がいいんだ。どちらもまだ行ったことがないから、外国に行くより先に行ってみたいんだ。どっちのほうがいいかな。

F：修学旅行は６月だよね。その季節なら九州より北海道の方が涼しそうだから、北海道のほうがいいかな？あ、でも、中西君は歴史が好きだったよね。予定のコースを比べてみると、九州の方が歴史に関係あるところをたくさん回るみたいだから、そっちのほうがいいんじゃない？

M：そうなの？ 実はまだちゃんと見てなかったんだ。それなら、そのほうがいいな。じゃ、そっちにしよう。

男の学生はどこを選びますか。

【譯】

一個女學生和一個男學生正在學校裡討論畢業旅行的地點。請問這個男學生會選什麼地方呢？

F：中西同學，畢業旅行的問卷，你填好了沒？

M：啊，對喔，我還沒寫呢。我把它收到抽屜裡以後，就忘得一乾二淨了。要從北海道、九州、韓國、台灣之間選一個想去的地方，對吧？該選哪裡好呢？伊藤同學選的是哪裡呢？

F：去國外的話，我爸媽好像不放心，所以我想選北海道或九州。

M：是喔，我家爸媽正好相反呢。他們說，趁這個好機會去國外走一走。

F：那麼，中西同學會挑韓國或台灣囉。

M：可是，我比較想去北海道或九州。這兩個地方我都還沒去過，想在去國外之前先到這些地方看看。不知道該去哪一個才好。

F：畢業旅行是排在６月吧。那個季節的話，北海道應該比九州來得涼爽，所以北海道比較好吧？啊，不過，我記得中西同學很喜歡歷史。依照安排的行程來看，九州這條路現好像會去很多跟歷史有關的地點，不如選那邊如何？

M：是喔？其實我還沒仔細看過問卷。既然這樣，那個行程比較好吧。那麼，就挑那裡囉。

請問這個男學生會選什麼地方呢？

1　北海道　　2　九州　　3　韓國　　4　台灣

解題關鍵と訣竅

答案：2

【關鍵句】中西君は歴史が好きだったよね。…、九州の方が歴史に関係あるところをたくさん回るみたいだから、そっちのほうがいいんじゃない？
じゃ、そっちにしよう。

對話情境と出題傾向

這一題的情境是兩個學生在討論畢業旅行的地點。題目問的是男學生要選擇去哪裡。既然題目問到了「どこ」，就要特別鎖定場所地點，特別是選項的這四個地點。而且要注意題目問的是男學生喔！要仔細聽他的發言。此外，這題不妨用刪去法來作答。

解題技巧

- 男學生表示「僕は北海道か九州の方がいいんだ」，也就是說他想去北海道或九州，從這邊就可以先把 3 、 4 刪掉了。
- 接著女學生說「九州の方が歴史に関係あるところをたくさん回るみたい」，表示九州之旅和歷史有關係，男學生就說「それなら、そのほうがいいな。じゃ、そっちにしよう」。很明確地表示他要選擇九州。正確答案是 2 。

單字と文法

- □修学旅行 畢業旅行
- □機会 機會
- □行き先 目的地
- □コース【course】套裝行程
- □アンケート【法 enquête】問卷

說法百百種

▶和「相談」（找人商量）相關的說法

彼にやってもらおうと思うんだ。どうかな？
／我想讓他來做這件事。你覺得呢？

髪を切ろうと思ってるんだ。どう思う？／我想剪頭髮。你覺得要不要啊？

強くなるには、どうしたらいい？／要如何才能變強呢？

どうでしょうか。やはり長いでしょうか？／如何呢？果真還是太長了嗎？

曇ってるね。どうする？／天氣陰陰的耶。怎麼辦？

もんだい 1　第 26 題 答案跟解說

(1-27)

会社で男の人と女の人が話しています。男の人はこのあと課長に何を話しますか。

M：今年は、電気を節約するために、エアコンをつけられないから、外からオフィスに帰ってきても暑くてたまりませんね。

F：営業の人はその格好で外を歩いていたら暑いでしょう？移動中だけでもネクタイをしなくてもいいように課長にお願いしてみたらどうですか。最近はそういう会社もあるそうですよ。

M：そうですね。あとで課長に話してみます。それにしても、一日中オフィスにいる人はもっと大変でしょう？少し温度が高くてもいいから、エアコンをつけてくれるように、僕からも課長にお願いしてみましょうか。

F：いえ、実は前に一度お願いしてみたことがあるんです。でも、社長が決めたことだからって言われて。その代わり一人に 1 台小さな扇風機を買ってくれたんですよ。机の下に置いてあるんです。

M：へえ、課長は部下思いですね。僕も欲しいけど扇風機を持って歩くわけにはいかないですからね。

男の人はこのあと課長に何を話しますか。

【譯】

一位男士和一位女士正在公司裡交談。請問這位男士接下來會去找課長商量什麼事呢？

M：今年為了節約用電都沒開空調，就算從外面回到辦公室也熱得受不了。

F：跑業務的人穿著那一身西裝在外面走來走去，一定很熱吧？要不要拜託課長讓你們至少在前往客戶那裡的途中，可以把領帶拿下來呢？最近好像有別的公司同意這樣做了。

M：說得也是。我等下去找課長商量看看。不過話說回來，一整天都待在辦公室裡的人比我們更辛苦吧？要不要我也順便拜託課長，讓你們可以開空調，就算把溫度調高一點也沒關係。

F：不用了，其實之前我曾經向課長提過一次這樣的建議了。可是，課長說那是社長的決定，沒辦法更動。不過，他已經幫我們每個人都買了一台小電扇，就放在桌子下面。

M：是喔，課長還真體貼下屬呀。我也好想要一台，可是總不能帶著電風扇在路上走吧。

請問這位男士接下來會去找課長商量什麼事呢？

1　希望能買小電扇

2　希望能開空調

3　希望能在前往客戶那裡的途中不必繫領帶

4　希望能一整天都待在辦公室裡

解題關鍵と訣竅

答案：3

【關鍵句】移動中だけでもネクタイをしなくてもいいように課長にお願いしてみたらどうですか。
そうですね。あとで課長に話してみます。

對話情境と出題傾向

這一題的情境是兩人在討論對抗高溫。題目問的是男士接下來要向課長說什麼。要注意題目問的是男士，要仔細聽他的發言。

解題技巧

▶ 正確答案是 3。女士建議他「移動中だけでもネクタイをしなくてもいいように課長にお願いしてみたらどうですか」。男士接受了她的提議，並明確地表示他會去跟課長說「そうですね。あとで課長に話してみます」。也就是說，他要去跟課長說在拜訪客戶的途中不必打領帶。

▶ 選項 1 是錯的。小台電風扇是課長買給辦公室內勤人員的東西「その代わり一人に 1 台小さな扇風機を買ってくれたんですよ」。男士是業務員，就算想要，也沒辦法帶在外面跑「僕も欲しいけど扇風機を持って歩くわけにはいかないですからね」。

▶ 選項 2 是錯的。男士雖然有說「エアコンをつけてくれるように、僕からも課長にお願いしてみましょうか」，表示他要去拜託課長將空調打開。可是女士表示這是徒勞無功「いえ、実は前に一度お願いしてみたことがあるんです。でも、社長が決めたことだからって言われて」。

▶ 選項 4 是錯的。對話從頭到尾都沒提到這方面的情報。

單字と文法

- □ **節約** 節約能源、節省
- □ **格好** 裝扮、樣子
- □ **溫度** 溫度
- □ **扇風機** 電風扇
- □ **～思い** 替…著想的
- □ **てたまらない** …得…不得了

說法百百種

▶ 在職場的提議說法

では、来週の月曜日はいかがですか（でしょうか）。
／那麼，下週一如何呢？

もう一度Ａ社に相談してみるというのはどうですか（でしょうか）。
／您覺得再和Ａ公司談一次如何呢？

次回の会議は来週の月曜日にしたほうがよろしいかと…。
／我覺得下次會議選在下週一可能會比較好…。

～たらどうかと思うんですが、いかがでしょうか。
／我在想是不是要～，不知您意下如何？

もんだい1 第27題答案跟解說

1-28

家で女の人と男の子が話しています。男の子はこのあとどうしますか。

F：健太、一日中ゲームばかりしてないで、明るいうちにポチを散歩に連れてってよ。

M：でも、4時から森田君と公園で遊ぶ約束してるんだ。

F：それなら、まだあと2時間もあるでしょう？

M：分かったよ。

F：あ、そうだ。帰りにスーパーに寄って卵と牛乳買ってきてくれる？それから、この手紙をポストに入れてきて。

M：でも、犬を連れてスーパーの中に入れないよ。手紙を出すのはいいけど。

F：あ、そうか。じゃ、お母さんが行くからいいわ。手紙だけお願い。

M：うん。じゃ、行ってくるよ。

男の子はこのあとどうしますか。

【譯】

一位女士和一個男孩正在家裡交談。請問這個男孩接下來會做什麼事呢？

F：健太，不要一整天只顧著打電動遊戲，趁著天色還亮，帶波奇去外面散步嘛。

M：可是，我跟森田約好4點要去公園玩了。

F：離現在不是還有2個小時嗎？

M：好啦。

F：啊，對了，回來的時候可以幫忙順便去超市買雞蛋和牛奶嗎？還有，把這封信投到郵筒裡。

M：可是帶著狗不能進去超市呀。不過，我可以去幫忙寄信。

F：啊，對喔。那麼，媽媽去就行了。麻煩幫忙寄信就好。

M：嗯。那，我出門囉。

請問這個男孩接下來會做什麼事呢？

1　帶著波奇去超市以後，再去寄信

2　先去寄信，再帶波奇去散步

3　帶波奇去散步，途中去寄信

4　帶波奇去公園和森田玩耍以後，再去寄信

解題關鍵と訣竅

答案：3

【關鍵句】明るいうちにポチを散歩に連れてってよ。
手紙だけお願い。

對話情境と出題傾向

這一題的情境是媽媽要男孩牽狗去散步並幫忙做事情。題目問的是男孩接下來要做什麼事情。雖然這一題從提問來看，並沒有要考事情的先後順序，但請各位注意選項！從選項來看，男孩要做的事情不只一樣，而且其中有「てから」等表示事情先後順序的用法。也就是說，這一題一定要聽出每一件事情的先後順序才能作答。

解題技巧

- 媽媽一開始要男孩帶狗去散步「明るいうちにポチを散歩に連れてってよ」。男孩雖然有找藉口，表示自己要和森田約好要去玩，但最後還是說「分かったよ」，表示答應。
- 接著媽媽要男孩在回家的路上順道去超市買雞蛋和牛奶，並要他幫忙寄信「帰りにスーパーに寄って卵と牛乳買ってきてくれる？それから、この手紙をポストに入れてきて」。不過男孩對此表示「でも、犬を連れてスーパーの中に入れないよ。手紙を出すのはいいけど」。也就是說帶狗的話不能去超市。接著媽媽說「手紙だけお願い」，表示要男孩幫忙寄信就好。
- 現在來看看帶狗去散步和寄信這兩件事情的先後順序。關鍵就在「帰りにスーパーに寄って卵と牛乳買ってきてくれる？それから、この手紙をポストに入れてきて」這句。從這邊可以得知寄信是在散步的途中。也就是說帶狗去散步的路上再寄信。正確答案是 3 。

單字と文法

- ☐ **ポチ** 波奇（狗名）（＝犬の名前）
- ☐ **連れていく** 帶去
- ☐ **ポスト【post】** 郵筒

小知識

在日本，最具代表性的狗名就是「ポチ」（波奇）。而最常具代表性的貓名是「タマ」（小玉）。至於最具代表性的日本人名字，男的是「太郎」，女的是「花子」。事實上除了「太郎」之外，其他名字都沒有那麼常見。

もんだい１　第㉘題答案跟解說

1-29

デパートの中の本屋で、男の人と店の人が話しています。男の人はこのあと最初にどこに行きますか。

M：すみません。図鑑を探してるんですが。

F：図鑑でしたら、あちらの学習書コーナーにございます。

M：あ、図鑑といっても子供向けのじゃなくて。最近いろいろ出ている大人向けのなんですが。

F：それでしたら、一般書コーナーにございます。ここをまっすぐ行ったところです。

M：ありがとうございます。あ、すみません。その前にトイレをお借りしたいんですが。

F：お手洗いは書店の中にはございませんので、お手数ですが、一度お店の外に出ていただきまして、右側のエレベーターの後ろでございます。

M：ありがとうございます。

F：あ、お客様。大変失礼ですが、今、手にお持ちになっている本のお会計がまだお済みでなかったら、先にお会計をお済ませになってくださいね。

M：あ、これですか。うっかり忘れるところでした。ありがとうございます。

男の人はこのあと最初にどこに行きますか。

【譯】

一位男士正在百貨公司裡和一個書店店員交談。請問這位男士接下來會先去哪裡呢？

M：打擾一下，我想要找圖鑑。
F：圖鑑的話，放在那邊的學習書書區。
M：啊，我要找的圖鑑不是給小孩子看的，是最近出版了很多適合大人看的那種。
F：那一類的話，放在一般書的書區。請從這裡往前直走。
M：謝謝您。啊，不好意思，我想先借個洗手間。
F：洗手間不在書店裡面，麻煩您先走出書店，就在右邊電梯的後面。
M：非常謝謝您的幫忙。
F：啊，這位客人，非常抱歉，如果您拿在手上的書還沒結帳的話，麻煩先去結帳喔。
M：啊，你是說這些書喔。我完全忘記該先結帳了。謝謝你。

請問這位男士接下來會先去哪裡呢？

1　學習書書區　　2　一般書書區
3　洗手間　　4　書店的結帳櫃臺

解題關鍵と訣竅

答案：4

【關鍵句】大変失礼(たいへんしつれい)ですが、…、先(さき)にお会計(かいけい)をお済(す)ませになってくださいね。

對話情境と出題傾向

這一題的情境是男士在逛書店並詢問店員一些問題。題目問的是男士接下來最先要去哪裡。提問中既然有提到「最初に」，就表示他要去的地方可能不只一個。和詢問「接下來首先要做什麼事情」的題型一樣，要特別注意先後順序。

解題技巧

- 一開始男士表示要找圖鑑，店員說「あちらの学習書コーナーにございます」。暗示男士接下來要去的地方是學習書書區。不過男士表示他要的是針對大人出版的圖鑑。所以店員又改口「一般書コーナーにございます」。在這邊已經可以確定選項 1 是錯的。而男士要去的是一般書書區。
- 不過男士接下來又說「その前にトイレをお借りしたいんですが」。「その前」指的就是「去一般書書區之前」，也就是他要先去廁所再去一般書書區。從這邊可以得知選項 2 是錯的。
- 不過最後店員表示「手にお持ちになっている本のお会計がまだお済みでなかったら、先にお会計をお済ませになってくださいね」。意思是說男士如果要上洗手間，就必須先結帳才行。而男士也回應「あ、これですか。うっかり忘れるところでした」。表示他是要去結帳的，只是一時忘了。所以選項 3 也是錯的。
- 男士接下來最先要去做結帳這件事，也就是要去「レジ」（收銀台）那邊。這一題要能從「会計」聯想到「レジ」，平時就要擴充字彙量。不過其他答案很明顯都是錯的，所以即使不懂「レジ」是什麼，也能用刪去法來作答才對。

單字と文法

- □ **図鑑**(ずかん) 圖鑑
- □ **コーナー【corner】** 區域
- □ **一般書**(いっぱんしょ) 一般書
- □ **会計**(かいけい) 結帳
- □ **うっかり** 不小心、不注意
- □ **向け**(む) 針對…、為…而…

說法百百種

▶和「お手数ですが」類似的說法

1. 如果不是很棘手的請託，用這句就行了。

お手数ですが。／麻煩一下…。

2. 商業書信或電子郵件當中經常使用。

お手数ではございますが。／要請您麻煩一下…。

お手数をおかけしますが。／不好意思要請您麻煩一下…。

3. 如果自己的請託對對方而言是個燙手山芋，就使用這句。

お手数をおかけし恐縮ですが 。／真的很不好意思，有事情想要麻煩您…。

ご迷惑をおかけしますが 。／可能會造成您的不便…。

ご面倒かとは存じますが。／雖然會造成您的困擾…。

もんだい 1　第 29 題 答案跟解說

1-30

男の人と女の人が会社で話しています。女の人はこのあと、まず何をしますか。

M：すみませんが、この資料を整理してくださいませんか。

F：はい。でも、今、課長に頼まれた別の資料を整理している最中なので、そのあとでよろしいですか。

M：そちらの資料は、あとどれぐらいかかりますか。

F：ちょうどやりかけたところなので、あと 30 分ぐらいかかると思います。でも、課長はお昼までに終わらせればいいとおっしゃってましたから、もしお急ぎでしたら、そちらを先にやってもかまいませんよ。

M：それじゃ、申し訳ありませんが、この表だけ先に作ってくださいませんか。資料のリストなんです。それがあれば、あとは自分で整理できますから。課長には僕の方から話しておきますので。

F：分かりました。すぐにやります。

女の人はこのあと、まず何をしますか。

【譯】

一位男士和一位女士正在公司裡交談。請問這位女士接下來會先做什麼事呢？

M：不好意思，可以請妳幫忙彙整這份資料嗎？

F：好的。不過，現在我正在彙整課長囑派的其他資料，可以先做完這邊的，再做你的嗎？

M：妳手上的資料，大概還要多久才能做完呢？

F：我才剛開始處理，我想大概還要花30分鐘左右。不過課長交代只要中午之前做完就可以了，如果你手上的是急件，我也可以先幫你做喔。

M：那麼，非常不好意思，可以請妳先幫忙做出這份表格就好嗎？這是資料的清單。只要有了那個表格，接下來的我就能自己彙整了。課長那邊由我去向他說一聲。

F：好的，我馬上做。

請問這位女士接下來會先做什麼事呢？

1　彙整課長囑派的資料　　2　彙整那位男士拜託她幫忙的資料

3　製作資料的清單　　4　去向課長說一聲

解題關鍵と訣竅

答案：3

【關鍵句】この表だけ先に作ってくださいませんか。資料のリストなんです。
分かりました。すぐにやります。

對話情境と出題傾向

這一題的情境是男士想拜託女士整理資料。題目問的是女士接下來最先要做什麼。看到提問中的「まず」，就要想到在聆聽時要特別注意先後順序才對。此外，題目也鎖定女士，所以要分清楚男士做什麼、女士做什麼。

解題技巧

- 解題關鍵在男士説的「この表だけ先に作ってくださいませんか。資料のリストなんです」。「先に」呼應到提問中的「まず」，也就是要女士先做資料清單。而女士也以「分かりました。すぐにやります」表示自己會先做資料的清單。正確答案是 3。
- 選項 1 是錯的。「今、課長に頼まれた別の資料を整理している最中」，表示課長的資料她正做到一半。只是男士要她先做資料清單。
- 選項 2 是錯的。從男士發言「この表だけ先に作ってくださいませんか。資料のリストなんです。それがあれば、あとは自分で整理できますから」，可以得知資料是男士之後要自己整理的。
- 選項 4 是錯的。男士表示「課長には僕の方から話しておきますので」，所以要向課長報告的是男士，不是女士。

單字と文法

- □ **整理** 整理
- □ **表** 表單、表格
- □ **リスト【list】** 清單
- □ **かけた** 剛…

說法百百種

▶ 依頼を受ける（接受請託）的說法

はい、わかりました。／好的，我知道了。

ええ、かまいません。／好的，沒問題。

はい、やっておきます。／是，我會先做好。

はい、よろしいですよ。／好，沒問題的！

もんだい1　第30題 答案跟解說

1-31

家で男の人と女の人が話しています。男の人はこれから何を買いに行きますか。

M：何やってるの？

F：うん、最近地震が多いでしょう？もし大きな地震が起きてもあわてないように、必要なものをまとめてるの。まだいくつか足りないものがあるから、あとで買ってきてくれる？

M：いいけど、そのバッグの中には何が入ってるの？

F：これ？ええと、小さなラジオとか薬なんかが入ってるんだ。あと足りないのは電池と小さなガスコンロね。あと缶詰なんかも入れたほうがいいわね。あ、でも、缶詰はあとで私が自分で買ってくるからいいわ。あなたは他のものを買ってきてくれる？

M：でも、電池ならこっちの引き出しにまだ使ってないのがあるよ。これ、大きさはどう？

F：それじゃ大きすぎるわ。一番小さいサイズのでなきゃだめなんだ。

M：そう？あ、それから、ガスコンロは去年キャンプで使ったのが押し入れに入ってるはずだけど。

F：あれなら、壊れてたから捨てちゃったよ。

M：そうなんだ。それじゃしかたないね。分かった。じゃ、ちょっと行ってくるよ。

男の人はこれから何を買いに行きますか。

【譯】

一位男士和一位女士正在家裡交談。請問這位男士接下來會去買什麼東西呢？

M：妳現在在幹嘛？

F：嗯，最近不是常常發生地震嗎？我正在把必需用品放在一起，萬一大地震發生的時候就不會慌張了。這裡還缺了幾項東西，等一下可以幫忙去買嗎？

M：可以啊，不過，那個包包裡面放了些什麼？

F：你是說這個嗎？我看看，小型收音機和藥品之類的已經放進去了，還缺電池和小型的瓦斯爐。還有最好也擺些罐頭進去。啊，不過，罐頭我之後自己去買就行了。你可以幫忙買其他的嗎？

M：可是，電池的話，這個抽屜裡還有沒用過的呀。就是這個，尺寸對不對？

F：那個太大了，要最小號的才行。

M：是喔？啊，還有，去年露營時用的瓦斯爐放在壁櫥裡。

F：那個已經壞了，被我丟掉了。

M：是喔。那就沒辦法了。好，那麼，我去去就回來。

請問這位男士接下來會去買什麼東西呢？

ア　收音機　　イ　藥品　　ウ　電池　　エ　瓦斯爐　　オ　罐頭

1　アイ　　2　イウ　　3　ウエ　　4　エオ

解題關鍵と訣竅

答案：3

【關鍵句】あと足りないのは電池と小さなガスコンロね。あと缶詰なんか…。
缶詰はあとで私が自分で買ってくるからいいわ。あなたは他のものを買ってきてくれる？

對話情境と出題傾向

這一題的情境是女士在整理防災用品。題目問的是男士接下來要去買什麼。遇到問物品的題目，就要特別留意「否定用法」。比如說「でも」、「だけど」、「いや」、「いいえ」…等。

這種題型的構成多半是這樣的：Ａ提出意見，Ｂ反駁。就這樣一來一往提出了好幾個意見，最後終於定案。有時答案甚至會是原本否定過的東西，所以一定要聽到最後才知道答案。

解題技巧

- 女士首先說「小さなラジオとか薬なんかはもう入ってるんだ」，表示不缺收音機和藥物。也就是說可以刪掉ア和イ，所以選項１、２都是錯的。
- 接下來女士又說「足りないのは電池と小さなガスコンロね。あと缶詰なんかも入れたほうがいいわね」，表示目前缺了電池（ウ）、瓦斯爐（エ）、罐頭（オ）。但是對於罐頭，女士說「あとで私が自分で買ってくるからいいわ」，所以選項４也可以刪除了。剩下的只有選項３。男士雖然說家裡有電池也有瓦斯爐，但是女士分別以「尺寸不合」、「壞了、丟掉了」這兩句話來表示否定，暗示一定要買新的。所以正確答案是３無誤。

單字と文法

- □まとめる 整理、統整
- □缶詰 罐頭
- □押し入れ 壁櫥
- □ガスコンロ 瓦斯爐
- □キャンプ【camp】露營

小知識

☞ **常見的接續詞**

順接型：將全文內容做為條件，於後文敘述其結果。例：「だから」（所以）、「それで」（因此）、「そのため」（因為如此）…等等。

逆接型：於後文敘述與前文相反的內容。例：「しかし」（然而）、「けれども」（不過）、「だが」（可是）…等等。

添加型：於後文添加前文內容的補充等等。例：「そして」（於是）、「それから」（還有）、「それに」（再加上）、「また」（此外）…等等。

もんだい１　第31題答案跟解說

1-32

ホテルで、係りの人が放送しています。２階に泊まっているお客さんはこのあと、まずどうしますか。

F：ご宿泊のお客様に、お知らせいたします。ただいま、３階、３０２号室の水道が故障し、水が床にあふれています。修理の人が来るまで、しばらく水が流れ続けますので、下の階のお部屋は全室、ご利用いただけなくなる恐れがあります。他の空いているお部屋にご案内いたしますので、恐れ入りますがお荷物をおまとめになり、お部屋でお待ちください。これから係りの者が２階から１階の順番におうかがいいたします。３階のお客様は、３０２号室に近いお部屋には水が流れていくかもしれませんので、その際にはフロントまでお電話ください。このあと、水道の修理の際には騒音が発生するかもしれません。ご迷惑をおかけすることをおわび申し上げます。

２階に泊まっているお客さんはこのあと、まずどうしますか。

【譯】

旅館人員正在館內廣播。請問住在２樓的房客接下來該先做什麼事呢？

F：各位住宿的貴賓請注意。目前３樓302號房的水管故障，造成地板積水。在維修人員趕來之前，漏水的狀況還會持續一陣子，３樓以下樓層的房間可能全部無法住宿，我們將會引導各位貴賓換到其他的空房。非常抱歉，請先整理好您的行李，在房間裡稍候片刻。館方人員將會依照先到２樓、再到１樓的順序，引導各位換房。至於３樓的貴賓，在302號房附近的房間，可能也會有溢出來的水流過去，屆時請打電話告知櫃臺。稍後在修理水管時，可能會發出噪音，造成各位貴賓的困擾，謹致上十二萬分的歉意。

請問住在２樓的房客接下來該先做什麼事呢？

1　先做好稍候要更換房間的準備

2　先做好稍候要換到其他旅館的準備

3　打電話到櫃臺

4　忍耐噪音

解題關鍵と訣竅

答案：1

【關鍵句】他の空いているお部屋にご案内いたしますので、恐れ入りますがお荷物をおまとめになり、お部屋でお待ちください。

對話情境と出題傾向

這一題的情境是旅館廣播通知水管故障問題。題目問的是 2 樓的房客接下來首先要做什麼事情。要特別注意的是，除了聽到「まず」要能想到先後順序；同時提問也鎖定了「2 樓」，所以一定要留意廣播中所提到的樓層。

解題技巧

- 廣播中首先說 3 樓 302 號房水管故障漏水「3 階、302 号室の水道が故障し、水が床にあふれています」。接著又說「下の階のお部屋は全室、ご利用いただけなくなる恐れがあります。他の空いているお部屋にご案内いたしますので、恐れ入りますがお荷物をおまとめになり、お部屋でお待ちください」。這邊雖然沒有明確地提到 2 樓，不過有說到「下の階」，也就是 1 、 2 樓。旅館表示要讓 1 、 2 樓房客換到其他空房間，請這些房客收拾行李做好準備。正確答案是 1 。
- 選項 2 是錯的。題目當中只有提到要換到其他房間，並沒有說要請這些房客去其他旅館。
- 選項 3 是錯的。這對應到「3 階のお客様は、302 号室に近いお部屋には水が流れていくかもしれませんので、その際にはフロントまでお電話ください」。有發生漏水問題的 3 樓房客才要打電話給櫃檯，不過題目問的是 2 樓房客。
- 選項 4 是錯的。題目中提到噪音的部分是「このあと、水道の修理の際には騒音が発生するかもしれません」。這邊用的句型是「かもしれない」（可能），代表不一定會有噪音，所以房客也不一定需要忍受噪音。

單字と文法

□ **あふれる** 溢出　□ **フロント【front】** 櫃台　□ **迷惑** 困擾

□ **うかがう** 前去、拜訪　□ **騒音** 噪音　□ **際には** …時

小知識

日語的「４」（し）音同於「死」，「９」（く）音同於「苦」。所以在飯店、公寓大廈、醫院等建築當中常沒有４樓和９樓（也就是說，３樓的上一層是５樓，８樓的上一層是 10 樓）。除此之外，有些地方也沒有 304 號房、309 號房等含「４」和「９」的房號。不過百貨公司等倒是沒有這樣的禁忌。

問題二

ポイント理解

▼ 前ページで解法テクニックを確認したら、次の演習問題にチャレンジしてください。▼

ポイント理解　問題２

2-1

問題２では、まず質問を聞いてください。そのあと、問題用紙を見てください。読む時間があります。それから話を聞いて、問題用紙の１から４の中から、最もよいものを一つえらんでください。

2-2　１ばん

答え：①②③④

1　韓国料理が嫌いだから

2　彼女とデートするから

3　英会話の教室に行くから

4　課長に遠慮しているから

2-3　２ばん

答え：①②③④

1　今週の週末

2　来週の水曜日

3　平日の会社が終わったあと

4　今月末

2-4　３ばん

答え：①②③④

1　工場の仕事が大変だったから

2　いろいろな人に会う仕事がしてみたかったから

3　営業の仕事の方が給料がいいから

4　若いうちにいろいろな仕事をするほうがいいと思ったから

2-5 4ばん

答え：① ② ③ ④

1 先輩がとても元気そうだから

2 先生の教え方が丁寧だから

3 場所が近くて料金が安いから

4 先輩と同じ教室に通いたいから

2-6 5ばん

答え：① ② ③ ④

1 2,500円

2 2,502円

3 2,503円

4 2,504円

2-7 6ばん

答え：① ② ③ ④

1 帽子をかぶっていて、髪が長い人

2 帽子をかぶっていて、髪が短い人

3 帽子をかぶっていなくて、髪が長い人

4 帽子をかぶっていなくて、髪が短い人

もんだい 2　第 1 題 答案跟解說

2-2

会社で女の人と男の人が話しています。男の人はどうして一緒に食事に行きませんか。

F：あ、山口さん。ちょうどよかった。今週の金曜日、会社終わったあと、時間ある？

M：え、どうしてですか。

F：営業課のみんなでご飯食べに行こうって、さっき話してたの。課長がおいしい韓国料理のお店知ってるから紹介してくれるって。課長のおごりよ。

M：ああ、そうですか。でも、すみません。僕はちょっと…。

F：どうして？韓国料理は嫌い？それとも、金曜の夜は彼女とデート？あ、それとも、もしかしたら…。

M：いえ、そうじゃなくて、金曜の夜は英会話の教室に通ってるんです。

F：あら、そうだったの。偉いわね。私は、この前山口さんがミスして課長にしかられたから、遠慮してるのかと思ったわ。

M：いえ、あのことは自分が悪かったんですから、全然気にしてないです。

F：でも、一緒に行けないのは残念ね。またこの次の機会にね。

男の人はどうして一緒に食事に行きませんか。

【譯】

一位女士和一位男士正在公司裡交談。請問這位男士為什麼不和大家一起去聚餐呢？

F：啊，山口先生，我正要找您！這個星期五下班以後，您有空嗎？
M：咦，有什麼事嗎？
F：剛剛業務部的同事說好了，大家一起去吃飯。課長知道一家好吃的韓國料理餐廳，介紹我們去吃。是課長請客喔！
M：喔，原來是這樣啊。可是，不好意思，我恐怕不太方便…。
F：怎麼了嗎？您不喜歡吃韓國菜嗎？還是，星期五晚上要和女朋友約會？啊，該不會是因為…。
M：不，不是那些原因，我星期五晚上有英語會話課。
F：哎呀，原來是這麼回事啊，真讓人佩服。我還以為是上次山口先生出了差錯時被課長訓了一頓，所以覺得面對課長有點尷尬。
M：沒的事。那次挨罵以後反省了，知道錯在自己，所以完全沒放在心上。
F：不過，這次沒能一起聚餐真可惜。再等下次的機會囉。

請問這位男士為什麼不和大家一起去聚餐呢？

1　因為他討厭韓國菜
2　因為他要去和女朋友約會
3　因為他要去上英語會話課
4　因為他覺得面對課長有點尷尬

解題關鍵と訣竅

答案：3

【關鍵句】いえ、そうじゃなくて、金曜(きんよう)の夜(よる)は英会話(えいかいわ)の教室(きょうしつ)に通(かよ)ってるんです。

對話情境と出題傾向

這一題的情境是女士邀請男士參加聚餐。題目問的是男士為什麼不和大家一起去，要特別留意男士的發言。題目用「どうして」來詢問理由，不妨可以找出「から」、「ので」、「ため」、「のだ」…等表示原因、理由的句型，答案也許就藏在這些地方。

解題技巧

- 女士說「韓国料理は嫌い？それとも、金曜の夜は彼女とデート？」，來猜測男士可能是討厭韓國料理或是要和女朋友約會，才不能出席聚餐。對此，男士回答「いえ、そうじゃなくて」，從這個否定句就可以得知選項１、２都不正確。
- 接著男士又說「金曜の夜は英会話の教室に通ってるんです」。這個「んです」在這邊是當解釋的用法，也就是說，男士在說明自己不去聚餐，是因為他星期五晚上要去上英語會話課。正確答案是３。
- 至於選項４，女士說「私は、この前山口さんがミスして課長にしかられたから、遠慮してるのかと思ったわ」。男士回覆「いえ、あのことは自分が悪かったんですから、全然気にしてないです」。從這邊可以得知男士不去聚餐並不是在迴避課長，所以選項４是錯的。

單字と文法

- □ おごり 請客
- □ 気(き)にする 介意、在意
- □ デート【date】約會
- □ って …說是

小知識

這一題對話當中，女士有一句「私は、この前山口さんがミスして課長にしかられたから、遠慮してるのかと思ったわ」（我還以為是上次山口先生出了差錯時被課長訓了一頓，所以覺得面對課長有點尷尬）。其實這是為了出題方便才特地放進來的一句台詞，一般而言並不會這麼直接地把心裡話說出來。像女士這樣的說法，在日文裡面就叫「ずけずけ（と）言う」（說話毫不客氣）。

もんだい 2　第 ② 題 答案跟解說

2-3

家で女の人と男の人が話しています。二人はいつ美術館に行きますか。

F：市立美術館で西洋絵画の展覧会やってるよ。週末に見に行こうよ。

M：僕、今週の土日はゴルフの約束があるんだ。それ、いつまでやってるの？

F：今月末までみたい。それなら、来週の水曜日はどう？祝日でお休みでしょう？

M：その日は、君が友達と買い物に行く約束だったんじゃないの？

F：あ、そうだった。それじゃ、平日は夜8時まで開いてるみたいだから、二人が会社終わったあとにしようか。

M：それじゃ、忙しすぎてゆっくり見られないよ。

F：それもそうね。しかたがないから、友達に電話して買い物に行く日を変えてもらうわ。急ぎの買い物じゃないから。

M：君がそれでいいなら、そうしよう。

二人はいつ美術館に行きますか。

【譯】

一位女士和一位男士正在家裡交談。請問這兩個人什麼時候要去美術館呢？

F：市立美術館正在展覽西洋繪畫喔。我們週末去參觀吧。

M：我這星期六日和人約好了要打高爾夫球。那個展覽到什麼時候結束？

F：好像到這個月底。不然，下星期三行不行？那天是放假日，不上班吧？

M：那一天妳不是和朋友約好要去買東西嗎？

F：啊，對喔。那麼，美術館好像在週一到五都開到晚上８點，我們兩個約下班以後去看吧。

M：那樣太趕了，沒辦法好好欣賞。

F：說得也對。那就沒辦法了，我還是打電話給朋友改約其他時間去買東西吧。反正又不急著買。

M：如果妳可以改時間，就挑那天吧。

請問這兩個人什麼時候要去美術館呢？

1　這個週末　　　2　下個星期三

3　週一到五下班後　　　4　這個月底

答案：2

【關鍵句】来週の水曜日はどう？
その日は、君が友達と買い物に行く約束だったんじゃないの？
友達に電話して買い物に行く日を変えてもらうわ。

對話情境と出題傾向

這一題的情境是兩人在討論何時要去美術館。聽到「いつ」這個疑問詞，就要特別留意對話當中出現的時間、日期、星期…等情報。而且要小心，題目問的是去美術館的時間喔！

解題技巧

- 一開始女士是提議「週末に見に行こうよ」，表示要週末去美術館。不過對此男士回覆「僕、今週の土日はゴルフの約束があるんだ」，雖然沒有明確地拒絕，但是男士這番話已經暗示了他這個週末不行。所以選項 1 是錯的。

- 接著女士又說「来週の水曜日はどう？」，用「どう？」來詢問男士的意願，不過男士又說「その日は、君が友達と買い物に行く約束だったんじゃないの？」，表示女士下週三應該沒空。聽到這邊可別急著把選項 2 刪掉！因為最後女士其實有改變心意，以「友達に電話して買い物に行く日を変えてもらうわ」這句表示她要和朋友約改天購物，也就是說，下週三她可以去美術館了。兩人去美術館的日期就是下週三。正確答案是 2。

- 像這樣反反覆覆、改來改去，好像在繞圈子的說話方式是日檢聽力考試的一大特色。不聽到最後是不曉得正確答案的，千萬要耐住性子。

- 選項 3 也是女士的提議之一，不過對於平日下班過後，男士說「それじゃ、忙しすぎてゆっくり見られないよ」，表示時間太趕了。

- 選項 4 對應到「それ、いつまでやってるの？」、「今月末までみたい」，「這個月底」是指西畫展覽的期限，並不是兩人要去參觀的日期。

單字と文法

□ 西洋絵画（せいようかいが） 西畫
□ ゴルフ【golf】 高爾夫球
□ 祝日（しゅくじつ） 國定假日
□ 変更（へんこう） 變更
□ 急ぎ（いそぎ） 趕時間

小知識

☞ **美術館、博物館的展覽種類**

常設展（常設展）：

そこの収蔵品の普段の展示のこと。ただし、いつ行っても同じ展示とは限らない。展示品は収蔵品の一部なので、常設展であっても入れ替えをする。（該館收藏品的一般展覽。不過，不一定每次去都是一樣的展覽內容。展示品是館藏的一部分，即使是常設展也會有所更換變動。）

企画展（企劃展）：

一定の期間、何かテーマを決めて、そこの収蔵品を主としながらよそから借りた物も合わせて展示すること。）（在一定的期間內，決定某個展出主題，並以該館館藏為主，再外借展示品進行聯合展覽。）

特別展（特別展）：

企画展と同じ意味の場合もあるが、一般には、一定の期間、よそから借りた物を主として開催する展示会のこと。（有時和企劃展一樣，不過一般而言，是指在某個期間，以外借展示品為主，來進行展出。）

もんだい 2　第 ❸ 題 答案跟解說

2-4

女の人と男の人が話しています。男の人はどうして仕事を変えましたか。

F：最近お仕事を変えたそうですね。

M：ええ、今は営業の仕事をしてます。

F：確か以前は工場でお仕事されてましたよね。やっぱり大変だったんでしょうね。

M：いえ、それほどじゃなかったんですが、一日中ずっと室内で作業をしてるのが嫌になっちゃったんです。外を回っていろんな人に会う仕事の方が性格に合ってると思ったんですよ。給料は前のほうが少し良かったんですけどね。

F：若いうちにいろんな仕事をやってみるのもいいかもしれませんね。頑張ってください。

M：ありがとうございます。

男の人はどうして仕事を変えましたか。

【譯】

一位女士和一位男士正在交談。請問這位男士為什麼換了工作呢？

F：聽說你最近換工作了。

M：嗯，現在在跑業務。

F：我記得你以前是在工廠裡工作。是不是那種工作太辛苦了？

M：不是，那工作倒不至於太累，只是我不想再繼續一整天都待在室內工作而已。我覺得在外面到處見到不一樣的人，比較適合自己的個性吧。不過，之前的工作薪水比較高一些就是了。

F：趁年輕時多多嘗試各式各樣的工作也挺不錯的。加油！

M：謝謝您。

請問這位男士為什麼換了工作呢？

1　因為工廠的工作太辛苦了

2　因為他想嘗試能見到不一樣的人的工作

3　因為業務工作的薪水比較高

4　因為他覺得趁年輕時多多嘗試各式各樣的工作比較好

答案：2

【關鍵句】外を回っていろんな人に会う仕事の方が性格に合ってると思ったんですよ。

對話情境と出題傾向

這一題的情境是兩人在聊男士換工作一事。題目用「どうして」來詢問男士為什麼要換工作。和第1題一樣，題目問的是「為什麼」，除了要留意男士的發言，不妨找出「から」、「ので」、「ため」、「のだ」…等表示原因、理由的句型，答案也許就藏在這些地方。

解題技巧

- 解題關鍵就在「外を回っていろんな人に会う仕事の方が性格に合ってると思ったんです」這一句。表示他之所以會改當業務，就是因為他覺得自己適合在外接觸各式各樣的人。正確答案是2。
- 選項1之所以是錯的，是因為女士針對工廠的工作有詢問男士「やっぱり大変だったんでしょうね」，不過男士回答「いえ、それほどじゃなかったんです」，表示他不覺得辛苦。
- 關於薪水，男士有提到「今は営業の仕事をしてます」、「給料は前のほうが少し良かったんですけどね」，表示現在跑業務薪水反倒比之前的工作還少。選項3的敘述正好和他的發言相反，所以也是錯的。
- 選項4對應到「若いうちにいろんな仕事をやってみるのもいいかもしれませんね」這句話，不過這是女士的發言，男士對此倒是沒有說什麼。

單字と文法

- □ **室内**（しつない） 室內
- □ **嫌になる**（いやになる） 討厭
- □ **いろんな** 各式各樣的
- □ **性格**（せいかく） 性格、個性
- □ **給料**（きゅうりょう） 薪水、薪資

小知識

⇨ 転職：仕事を変えること（轉職：換工作）

⇨ 転勤：仕事は変わらないが、勤務地が変わること（調職：雖沒換工作，但工作地點有所改變）

⇨ Uターン：進学や就職のために都市部に出た人が、地元に戻ること（回流：到都市求學或工作的人返回家鄉）

もんだい 2　第 4 題 答案跟解說

2-5

会社で女の人と先輩が話しています。女の人はどうしてダンス教室に興味を持ちましたか。

Ｆ１：佐藤先輩、最近すごくお元気そうですね。顔色がとても良くて。

Ｆ２：そう？ありがとう。３か月ぐらい前からダンス教室に通ってるから、そのおかげかな。

Ｆ１：ダンス教室ですか。私も最近運動不足で疲れやすいから、何かスポーツをしたいと思ってたんです。佐藤先輩のご様子を拝見すると、ダンスってよさそうですね。でも、難しくありませんか。

Ｆ２：初めての人には先生がひとつひとつ丁寧に教えてくれるから安心よ。

Ｆ１：週に何回ぐらい通ってらっしゃるんですか。

Ｆ２：毎週金曜日の夜、会社が終わったあとに行ってるの。市民センターだからここから近いし、料金も安いからおすすめよ。興味があるなら、今度一緒に行ってみる？

Ｆ１：ぜひ、お願いします。

女の人はどうしてダンス教室に興味を持ちましたか。

【譯】

一位女士正在公司裡和前輩交談。請問這位女士為什麼想上舞蹈課呢？

Ｆ１：佐藤前輩，您最近看起來神采奕奕，氣色也很紅潤呢。

Ｆ２：真的？謝謝。我大概從三個月前開始去上舞蹈課，可能是身體變好了吧。

Ｆ１：上舞蹈課喔。我最近也缺乏運動，很容易疲倦，打算開始找個運動來做。看到佐藤前輩充滿活力的模樣，跳舞好像很不錯喔。不過，會不會很難呢？

Ｆ２：剛開始學的人，老師會很仔細地一個步驟、一個步驟慢慢教導，不必擔心。

Ｆ１：請問您每星期去上幾次課呢？

Ｆ２：我是每個星期五下班之後的晚上去上課的。教室就在市民中心，離這裡很近，而且費用也便宜，我很推薦喔。如果妳有興趣的話，要不要下回和我一起去試試看？

Ｆ１：請您一定要帶我去！

請問這位女士為什麼想上舞蹈課呢？

1	因為前輩看起來神采奕奕	2	因為老師的教法很仔細
3	因為地點近而且費用便宜	4	因為能和前輩在同一個教室裡上課

解題關鍵と訣竅

答案：1

【關鍵句】佐藤先輩、最近すごくお元気そうですね。顔色がとても良くて。
佐藤先輩のご様子を拝見すると、ダンスってよさそうですね。

對話情境と出題傾向

這一題的情境是兩位女士在討論舞蹈課相關事宜。題目問的是女士為什麼會對舞蹈課產生興趣，這裡女士指的其實是第一位女士（後輩），不是佐藤前輩。

解題技巧

- 解題關鍵在對話的開頭前幾句。公司的後輩（Ｆ１）說「佐藤先輩、最近すごくお元気そうですね」。前輩（Ｆ２）回答「３か月ぐらい前からダンス教室に通ってるから、そのおかげかな」，解釋可能是因為她有在上舞蹈課，所以氣色才這麼好。後輩接著說「佐藤先輩のご様子を拝見すると、ダンスってよさそう」，表示她看到前輩的樣子，覺得跳舞好像不錯。而這段對話便說明了看到前輩因練舞而精神奕奕，自己也萌生念頭想學舞。正確答案是１。雖然這句話沒有直接連結到學舞的原因，不過整段對話聽下來就可以發現這是最適合的答案。
- 選項２對應到「初めての人には先生がひとつひとつ丁寧に教えてくれるから安心よ」。選項３對應到「市民センターだからここから近いし、料金も安いからおすすめよ」。這些都是前輩推薦該舞蹈教室的優點，並不是吸引後輩練舞的主要原因。
- 至於選項４，對話從頭到尾都沒有提到這一點，所以是錯的。

單字と文法

- □ダンス【dance】舞蹈、跳舞
- □顔色 臉色
- □運動不足 運動不足
- □市民センター 市民中心
- □おすすめ 推薦
- □おかげだ 託…之福

小知識

學習才藝時，每個月付給老師的錢稱為「月謝」（げっしゃ）。一般而言是一個月給一次，不過像是按次付費或是當期課程開始前即付費的情況，就沒有固定的説法了。如果硬要説的話，那應該稱為「受講料」（じゅこうりょう），但很少人這麼稱呼。如果是「同好会」（同好會）的話，就稱為「会費」（かいひ）。「学費」（がくひ）指的是付給正規學校的金錢，不用在補習班。本題當中是用「料金」（費用）這個詞，從這邊看來，這個舞蹈教室的性質可能不是一種才藝學習，這筆費用應該是場地費之類的。

至於所謂的「受講料」（聽講費），知名教學機構是採取每個月從銀行扣款，小規模的機構或是個人講師多半採取現金支付。大部分的老師都會準備「月謝袋」（學費袋），讓學生把聽講費放進袋裡交給老師。就日本禮儀而言，「月謝袋」裡面要放新鈔才行。

もんだい 2　第 5 題 答案跟解說

2-6

男の人がスーパーで買い物しています。男の人はいくら払いますか。

F：全部で 2500 円になります。袋はいかがなさいますか。

M：お願いします。

F：この量ですと、Lサイズの袋になりますので、3円いただきますが。

M：え、お金がかかるんですか。

F：申し訳ありません。今月からレジ袋は有料になったんです。Mサイズが一つ２円でＬサイズが一つ３円です。入り口のところにもお知らせが貼ってあるんですが。

M：全然気がつきませんでした。でも、大きな袋一つに入れると持ちにくいから、小さな袋二つもらえますか。

F：かしこまりました。

男の人はいくら払いますか。

【譯】

一位男士正在超市裡買東西。請問這位男士需付多少錢呢？

F：總共2500圓。請問您要袋子嗎？
M：麻煩妳了。
F：以您購買的數量來看，需要用L號的袋子，收您３圓。
M：什麼，袋子要花錢買喔？
F：非常抱歉，從這個月開始塑膠袋需要付費購買。M號每個２圓，L號每個３圓。入口處也貼了公告，周知顧客。
M：我根本沒注意到那張公告。不過，全部裝在一個大袋子裡不好提，可以給我兩個小袋子嗎？
F：好的。

請問這位男士需付多少錢呢？

1　2500圓
2　2502圓
3　2503圓
4　2504圓

答案：4

【關鍵句】 全部で 2500 円になります。
Mサイズが一つ２円で…。
小さな袋二つもらえますか。

對話情境と出題傾向

這一題的情境是男士在超市結帳時要加買購物袋。題目問的是他總共付多少錢。當題目出現詢問數量、價錢的疑問詞「いくら」時就要豎起耳朵仔細聽囉！

在Ｎ４、Ｎ５當中，雖然也有數目價錢題，但是答案多半在題目中，只要聽出數字就行了。不過到了Ｎ３可沒這麼簡單囉！題目裡面一樣會出現許多數字，但還需要做加減乘除才有辦法算出正確答案！所以在做筆記時，別忘了把每個數字都寫下，並預留空間計算吧！

解題技巧

▶ 這一題首先要聽出女店員說的「全部で 2500 円になります」，表示男士的消費金額是 2500 圓。接著男士說要購物袋。女士又說「Ｌサイズの袋になりますので、３円いただきますが」，表示要酌收３圓的Ｌ號袋子費用。後面又提到Ｍ號一個２圓，Ｌ號一個３圓「Ｍサイズが一つ２円でＬサイズが一つ３円です」。至於男士到底要買什麼尺寸的袋子？數量又是多少呢？他的決定是「小さな袋二つもらえますか」，也就是說他要買兩個小的袋子（＝Ｍ號 × ２），Ｍ號一個是２圓，２個是４圓。再加上他的消費金額，「４＋ 2500 ＝ 2504」。正確答案是４。

單字と文法

- □ **レジ袋** 塑膠袋
- □ **有料** 收費
- □ **気がつく** 注意
- □ **かしこまりました** 我知道了、我明白了

小知識

過去有很多日本店家為了鼓勵民眾自行攜帶購物袋，便實施集點優惠活動。如果自行備妥袋子，就可以在集點卡上蓋章，集點換取該家商店的折價優惠（大多為集滿 20 點可以折抵 100 圓）。一直到最近才有一些店家開始酌收購物袋費用。也有部分店家是客人自行攜帶袋子就能直接給予購物折扣。

第 6 題 答案跟解說

2-7

女の人と男の学生が話しています。男の学生のガールフレンドはどの人ですか。

F：写真、見せてもらってもいい？

M：ああ、これですか。どうぞ。友達や彼女と一緒に釣りに行ったときの写真なんです。

F：きれいに撮れてるじゃない。それで、あなたの彼女はどの人？

M：帽子をかぶってる子です。髪が長い方の。

F：この子？

M：あ、間違えた。その写真のときはかぶってなかったんだ。こっちの子です。

F：でも、髪の毛長く見えないけど。

M：後ろでしばってるからそう見えないんですよ。

男の学生のガールフレンドはどの人ですか。

【譯】

一位女士正在和一個男學生交談。請問這個男學生的女朋友是哪一個呢？

F：可以借我看一下照片嗎？

M：喔，妳是說這張呀，請看。這是我和朋友還有女朋友一起去釣魚時拍的照片。

F：拍得挺好的嘛。那，你的女朋友是哪一位呢？

M：戴著帽子的女孩。長頭髮的那個。

F：這個女孩嗎？

M：啊，不對。拍這張照片時她沒戴帽子。是這邊這一個。

F：可是，看起來頭髮不長呀。

M：她把頭髮往後綁，所以看不出長度。

請問這個男學生的女朋友是哪一個呢？

1 戴著帽子、長頭髮的人

2 戴著帽子、短頭髮的人

3 沒有戴帽子、長頭髮的人

4 沒有戴帽子、短頭髮的人

解題關鍵と訣竅

答案：3

【關鍵句】その写真のときはかぶってなかったんだ。
髪の毛長く見えないけど。
後ろでしばってるからそう見えないんですよ。

對話情境と出題傾向

這一題的情境是兩個人在邊看照片邊討論。題目問的是男學生的女朋友是哪一位。像這種詢問人的題目，就要留意對於五官、髮型、衣服、配件、姿勢、位置…等敘述。

解題技巧

- 解題關鍵在「帽子をかぶってる子です。髪が長い方の」、「あ、間違えた。その写真のときはかぶってなかったんだ」這兩句，一開始男學生說他的女朋友戴著帽子、留著長髮，但後面又改口說她沒有戴帽子。也就是說，沒戴帽子的長髮女性是他的女朋友。正確答案是３。
- 這題還有一個陷阱在女士最後一句話「でも、髪の毛長く見えないけど」，表示女孩的髮型不像長髮。聽到這邊可別以為答案是短髮喔！對此男學生有解釋「後ろでしばってるからそう見えないんですよ」，表示只是因為頭髮綁在後面所以才看不出來而已。女孩是長髮沒錯。

單字と文法

- □ **ガールフレンド【girlfriend】** 女朋友
- □ **彼女** 女朋友
- □ **釣り** 釣魚
- □ **しばる** 綁起

說法百百種

▶ 在美髮沙龍可能會用到的一些說法

耳が見えるくらいに切ってください。／請修剪到讓我的耳朵能露出來。

耳が隠れるようにしてください。／請讓我的頭髮能蓋住耳朵。

まゆ毛が見えるようにしてください。／瀏海請短到能看到我的眉毛。

まゆ毛が隠れるようにしてください。／請讓瀏海蓋住我的眉毛。

まゆ毛の上でそろえてください。／瀏海請齊眉。

髪をあごの線にそろえてください。／頭髮請剪到下巴位置。

髪の色を変えたいんです。／我想改變髮色。

少し短くしてください。／請稍微修短一下。

2-8 7ばん

答え：①②③④

1　最後(さいご)まで自分(じぶん)だけでする

2　姉(あね)に代(か)わりにやってもらう

3　姉(あね)に教(おし)えてもらう

4　途中(とちゅう)でやめる

2-9 8ばん

答え：①②③④

1　写真(しゃしん)やビデオを撮(と)ること

2　小(ちい)さな魚(さかな)に触(さわ)ること

3　魚(さかな)を水(みず)の中(なか)から出(だ)すこと

4　休憩(きゅうけい)コーナーで飲(の)み物(もの)を飲(の)むこと

2-10 9ばん

答え：①②③④

1　勉強(べんきょう)が忙(いそが)しくて見(み)る時間(じかん)がないから

2　番組(ばんぐみ)がつまらないから

3　ニュースに興味(きょうみ)がないから

4　生活(せいかつ)に困(こま)っているから

2-11 10ばん

答え：①②③④

1 お金(かね)を100円(えん)しか持(も)っていなかったから

2 本人(ほんにん)かどうかを確認(かくにん)できる物(もの)を持(も)っていなかったから

3 印鑑(いんかん)を持(も)っていなかったから

4 外国人(がいこくじん)だったから

2-12 11ばん

答え：①②③④

1 一日中大雨(いちにちじゅうおおあめ)だった

2 一日中(いちにちじゅう)晴(は)れだった

3 一日中(いちにちじゅう)降(ふ)ったり止(や)んだりだった

4 昼間(ひるま)は晴(は)れて夕方(ゆうがた)過(す)ぎから雨(あめ)が降(ふ)り始(はじ)めた

2-13 12ばん

答え：①②③④

1 土曜日(どようび)の午後(ごご)7時(じ)

2 土曜日(どようび)の午後(ごご)8時(じ)

3 日曜日(にちようび)の午後(ごご)7時(じ)

4 日曜日(にちようび)の午後(ごご)8時(じ)

もんだい 2　第 7 題 答案跟解說

2-8

女の学生が話しています。宿題ができないとき、どうしますか。

F：私は数学が苦手です。それで数学の宿題をするのにはとても時間がかかります。できるだけ自分の力でやりたいので、いつも参考書を見ながら頑張っていますが、どうしても分からないときは姉に聞きます。姉は数学が得意なので、本当は代わりにやってもらいたいのですが、それでは自分のためになりません。途中で嫌になってやめてしまいたくなるときもありますが、そういうわけにもいかないので、終わらせるのにいつも遅くまでかかります。

宿題ができないとき、どうしますか。

【譯】

一個女學生正在說話。請問她功課不會寫的時候，是如何處理的呢？

F：我看到數學就頭痛，所以每次寫數學習題時都要花很多時間。我想盡量靠自己的力量解題，所以平常都是看著參考書努力解答，可是如果實在不懂的時候，就會去請教姊姊。姊姊對數學很拿手，其實我很想請姊姊幫我寫，可是這樣對自己沒有好處。有時候解到一半，會煩得不想再寫下去了，但是總不能就這樣扔著不管，結果等到全部寫完的時候，已經很晚了。

請問她功課不會寫的時候，是如何處理的呢？

1　從頭到尾都靠自己獨力完成
2　請姊姊代為寫完
3　請姊姊教導
4　寫到一半放棄

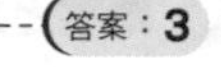

【關鍵句】どうしても分(わ)からないときは姉(あね)に聞(き)きます。

對話情境と出題傾向

這一題的情境是一位女學生在説明她寫數學習題的情況。題目問的是當她習題不會寫的時候，她會怎麼做。除了要注意「宿題ができない」這個情況，聽到「どうしますか」（是如何處理的呢），就要留意題目出現的所有動作行為。

解題技巧

▶ 解題關鍵就在「どうしても分からないときは姉に聞きます」這句。「宿題ができない」對應到「分からない」。「どうしますか」對應到「姉に聞きます」。也就是説，女學生遇到難題時，會去請教她的姊姊。正確答案是３。

▶ 選項１對應到「できるだけ自分の力でやりたい」，這個「たい」表示説話者的願望，這畢竟只是她的希望，實際遇上不會的題目時她還是沒辦法靠自己解決。

▶ 選項２對應到「本当は代わりにやってもらいたいのですが、それでは自分のためになりません」，表示她雖然很希望姊姊能替自己寫習題，但她也知道這對自己沒好處（＝她不會這麼做）。這和選項１一樣都只是用「たい」來表示心願而已。

▶ 選項４對應到「途中で嫌になってやめてしまいたくなるときもありますが、そういうわけにもいかない」。這是在説她有時也想半途而廢，但她也很清楚不可以這麼做，所以也是錯的。「たくなる」也是從「たい」變來的用法，這都只是停留在「想」的階段，並沒有實際這麼做。而「わけにもいかない」則表示當事人很想這麼做，卻因為道德規範等原因而不能這麼做。

單字と文法

□ 苦手（にがて） 不擅長、棘手

□ できるだけ 盡可能地、盡量

□ どうしても 無論如何…也…

□ 得意（とくい） 擅長、在行

□ ためになる 為了…好

□ 代わりに（か） 代替、取而代之

說法百百種

▸ **和「努力」相關的慣用句、諺語**

石の上にも三年／有志者事竟成、鐵杵磨成繡花針。

雨（あま）だれ石を穿（うが）つ／滴水穿石。

千里の道も一歩から／千里之行始於足下。

ローマは一日にして成らず／羅馬不是一天造成的。

もんだい 2　第 8 題 答案跟解說

2-9

水族館の入り口で男の人と係りの人が話しています。水族館の中でしてはいけないことはどれですか。

M：すみません。中で写真を撮ってもいいですか。
F：ええ、かまいません。ビデオを撮影されても結構です。
M：手で触れる魚もいるんですか。
F：はい、小さな魚に触れるコーナーもございますが、水の中から出すことはしないでください。
M：中で飲み物を飲んでもいいですか。
F：休憩コーナー以外の場所ではご遠慮ください。
M：分かりました。ありがとうございます。

水族館の中でしてはいけないことはどれですか。

【譯】

一位男士正站在水族館的入口和館方人員交談。請問在水族館裡不可以做的事是以下哪一項呢？

M：不好意思，請問裡面可以拍照嗎？
F：可以，沒有問題。拿錄影機攝影也可以。
M：有沒有可以用手觸摸的魚呢？
F：有，館內設有小魚觸摸區，但是請不要把魚捉出水面。
M：在裡面可以喝飲料嗎？
F：除了休息區，請不要在其他地方飲食。
M：我知道了，謝謝你。

請問在水族館裡不可以做的事是以下哪一項呢？

1　拍照或錄影
2　觸摸小魚
3　把魚捉出水面
4　在休息區裡喝飲料

答案：3

【關鍵句】水の中から出すことはしないでください。

對話情境と出題傾向

這一題的情境是男士去水族館參觀，並向館方人員詢問一些水族館的規定。題目問的是不能在水族館裡面做什麼事情，要特別注意是「してはいけない」，可別選到守規矩的項目了。為了節省時間，可以直接用這四個選項配合刪去法來作答。

解題技巧

- 選項１是錯的。關於拍照錄影部分，男士提問「中で写真を撮ってもいいですか」。館方人員回答「ええ、かまいません。ビデオを撮影されても結構です」，先用「かまいません」來表示館內可以拍照。接著又提到錄影也是可行的。「結構です」有兩種意思，一種是否定、拒絕，一種是肯定、允許。在這邊是當後者所使用。館內可以拍照錄影，所以不是「不可以做」的事情。

- 選項２是錯的。這對應到「小さな魚に触れるコーナーもございます」這句話，表示有個區域開放可以摸小魚，所以這也不是「不可以做」的事情。

- 正確答案是３。這對應到「水の中から出すことはしないでください」這句話，館方人員請遊客不要把魚從水中抓出來，所以這是被禁止的事。

- 選項４是錯的。關於飲食部分，男士提問「中で飲み物を飲んでもいいですか？」，館方人員回答「休憩コーナー以外の場所ではご遠慮ください」。表示只要是在休息區，就可以喝東西沒關係。所以這不是「不可以做」的事情。

單字と文法

- □ **水族館**（すいぞくかん） 水族館
- □ **ビデオ【video】** 錄影帶
- □ **撮影**（さつえい） 錄影
- □ **結構**（けっこう） 沒關係、不要緊（＝「かまわない」）
- □ **休憩**（きゅうけい） 休息
- □ **れる（可能）** 可以…、能…

說法百百種

▶ 各種「禁止」的說法（態度：客氣→嚴厲）

水の中から出すことはご遠慮ください。／請避免從水中取出。

水の中から出すことはしないでください。／請勿從水中取出。

水の中から出してはいけません。／禁止從水中取出。

水の中から出すな。／不要從水中取出！

もんだい2　第 9 題 答案跟解說

2-10

学校で女の学生と男の学生が話しています。男の学生はどうしてテレビを持っていませんか。

Ｆ：昨日９時からのＮＨＫの番組、見た？

Ｍ：いや、実はうち、今、テレビがないんだ。

Ｆ：え、そうなんだ。でも、どうして？勉強忙しくて見る時間もないの？

Ｍ：僕がそんなわけないじゃない。だって、最近のテレビって、同じような番組ばかりで全然新鮮みがないでしょう？どれ見ても面白くないから、売っちゃったんだ。

Ｆ：でも、映画やニュースも見ないの？

Ｍ：今はインターネットでも見られるニュースがあるし、見たい映画はＤＶＤ借りればいいから、パソコンがあれば十分だよ。

Ｆ：そうなんだ。生活に困ってるのかと思って心配しちゃった。

Ｍ：そういうわけじゃないよ。

男の学生はどうしてテレビを持っていませんか。

【譯】

一個女學生和一個男學生正在學校裡交談。請問這位男學生為什麼沒有電視機呢？

F：昨天 9 點開始播的NHK節目，看了嗎？
M：沒有。其實我家現在沒有電視機。
F：啊，是喔。可是為什麼沒有呢？是不是忙著用功，所以沒時間看？
M：不是那個原因。最近的電視節目全都是相同類型，一點都沒有新鮮感，對吧？不管看哪一台都很無聊，所以就把電視機賣了。
F：可是，你連電影和新聞都不看嗎？
M：現在可以看網路新聞，如果有想看的電影，去租DVD就行了，只要有電腦就夠了。
F：原來是這樣喔。還以為你家經濟有困難，害我擔心了一下。
M：不是那樣的啦。

請問這位男學生為什麼沒有電視機呢？

1　因為忙著用功沒時間看　2　因為電視節目很無聊

3　因為對新聞沒興趣　4　因為經濟有困難

解題關鍵と訣竅

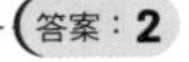

答案：2

【關鍵句】だって、最近のテレビって、同じような番組ばかりで全然新鮮みがないでしょう？どれ見ても面白くないから、…。

對話情境と出題傾向

這一題的情境是兩位學生在討論電視。題目問的是男學生為什麼沒有電視機。和前面一些題目一樣，用「どうして」詢問理由原因的題型，可以留意一些表示因果，或是解釋説明的句型。

解題技巧

▶ 男同學一開始説自己沒有電視機「実はうち、今、テレビがないんだ」。女同學聽了之後就問他「どうして？勉強忙しくて見る時間もないの？」。聽到這個「どうして」耳朵可要豎起來囉！解題關鍵就在接下來男同學的回應「最近のテレビって、同じような番組ばかりで全然新鮮みがないでしょう？どれ見ても面白くないから、売っちゃったんだ」。表示他是因為覺得近來的電視節　目都很無聊，所以把電視機賣掉了。這就是他家裡沒有電視機的理由。正確答案是２。

▶ 選項１對應到女同學的「勉強忙しくて見る時間もないの？」，詢問男同學是不是因為忙於唸書才沒在看電視。不過男同學回應「僕がそんなわけないじゃない」。「そんなわけないじゃない」是否定的用法，意思同於「そんなわけはないでしょう」，比較用於親近的人身上。也就是説，男同學並不是因為忙於唸書，沒時間看電視才沒有電視機。

▶ 選項３對應到「今はインターネットでも見られるニュースがあるし」這句。表示他可以上網看新聞，所以不是對新聞沒興趣。

▶ 選項４對應到女學生的發言「生活に困ってるのかと思って心配しちゃった」，表示她原本還擔心男學生是不是因為很窮所以才沒有電視機。不過男學生對此以「そういうわけじゃないよ」否定了她的猜測。

單字と文法

□ ＮＨＫ　ＮＨＫ（日本放送協會）

□ 番組（ばんぐみ）　節目

□ 新鮮（しんせん）　新鮮

□ インターネット【internet】網路

□ 十分（じゅうぶん）　足夠

□ み　帶有…、…感

小知識

ＮＨＫ的正式名稱是「日本放送協会」（日本放送協會）。其簡稱是從全名：Nippon Housou Kyoukai 的第一個英文字母而來的。就連有很多日本人也會誤認ＮＨＫ是國營頻道，其實正確來説它是「公共放送」（公共廣播）。經營ＮＨＫ的並不是日本政府，而是特殊法人集團。

もんだい 2　第 10 題 答案跟解說

2-11

銀行で男の留学生が係りの人に話しています。男の留学生はどうして口座を作れませんでしたか。

M：すみません。口座を作りたいんですが。

F：ご利用ありがとうございます。ご印鑑と何かご本人様であることを確認できる物をお持ちですか。

M：あ、印鑑は持ってません。外国人の在留カードは持ってきてますが。これだけじゃだめですか。

F：はい、申し訳ありませんが。

M：分かりました。それじゃ、あとでもう一度来ます。あ、それから、費用はかかりますか。

F：いいえ、費用はかかりませんが、作った口座に最初にいくらかのお金を入れていただく必要があります。金額はおいくらでもかまいません。

M：100 円でも大丈夫ですか。

F：はい、結構です。

男の留学生はどうして口座を作れませんでしたか。

【譯】

一位男留學生正在銀行裡和行員交談。請問這位男留學生為什麼不能開戶呢？

M：不好意思，我想要開個戶頭。

F：感謝惠顧本行。請問您是否帶著印鑑和本人的證明文件呢？

M：啊，我沒帶印鑑來。但是帶了外國人的居留卡，只憑這一項不能開戶嗎？

F：是的，非常抱歉。

M：我明白了。那麼，我之後再來一趟。啊，對了，請問需要手續費嗎？

F：不用，不必收手續費，但是在完成開戶以後，必須先存入一些錢才行，不限金額。

M：只存100圓也可以嗎？

F：是的，沒有問題。

請問這位男留學生為什麼不能開戶呢？

1　因為他只帶了100圓　　2　因為他沒有帶能夠核對本人的證件

3　因為他沒帶印鑑　　4　因為他是外國人

解題關鍵と訣竅

答案：3

【關鍵句】あ、印鑑は持ってません。外国人の在留カードは持ってきてますが。
これだけじゃだめですか。
はい、申し訳ありませんが。

對話情境と出題傾向

這一題的情境是男留學生到銀行去開戶。題目問的是他為什麼開戶不成，這時就要聯想到他是不是忘了帶什麼？或是不符合什麼資格？由於把關的是銀行行員，也要特別留意銀行行員説的話。

解題技巧

- 一開始行員詢問「ご印鑑と何かご本人様であることを確認できる物をお持ちですか」，表示開戶是需要印章以及身分證明的。不過男留學生表示「あ、印鑑は持ってません。外国人の在留カードは持ってきてますが。これだけじゃだめですか」，也就是説，他只有帶外國人居留卡（＝身分證明）來，並沒有帶到印章。從這邊可以得知選項 2 是錯的。接著行員也以「はい、申し訳ありませんが」來表示這樣是沒辦法開戶的。所以答案已經很明顯囉！就是「沒有帶印章」。正確答案是 3 。
- 選項 1 對應到「100 円でも大丈夫ですか」、「はい、結構です」。這是提到開戶必須要存入的金額，就算只有 100 圓也沒關係。也就是説，只要有 100 圓就能開戶了。
- 選項 4 是錯的。關於國籍問題，行員從頭到尾都沒有提到外國人不能開戶。
- 值得注意的是，日本政府從 2012 年開始實施新制度。以往在日外國人拿的證明都是「外国人登録証明書」，現在則改為「在留カード」。

單字と文法

- □ **口座**（こうざ） 戶頭
- □ **印鑑**（いんかん） 印章、印鑑
- □ **在留カード**（ざいりゅう） 在留卡（外籍人士身分證明文件）
- □ **費用**（ひよう） 費用
- □ **金額**（きんがく） 金額

小知識

☞ **各種職業的稱呼方式**

⇨ 銀行：行員、銀行員（銀行：行員、銀行員）

⇨ 郵便局：局員（郵局：郵局人員）

⇨ 図書館：図書館員、職員、司書（特別な資格を持つ図書館員のみ）（圖書館：圖書館館員、職員、圖書館專業館員〈只指擁有特殊資格的圖書館館員〉）

⇨ デパート、スーパー、本屋、パン屋など店全般：店員（百貨公司、超市、書店、麵包店等一般店家：店員）

⇨ 市役所、県庁、税務署など：職員（市公所、縣政府、國稅局等：職員）

⇨ どこであれ、安全を守る人：警備員、ガードマン（不分地點，守護大家安全者：保全、警衛）

もんだい 2 第 11 題 答案跟解說

2-12

女の人と男の人が話しています。土曜日の海の天気はどうでしたか。

F：ずいぶん日に焼けましたね。

M：はい。土曜日に海へ行ったもので。

F：それはよかったですね。あれっ、でも雨に降られませんでしたか。こっちは土曜日はずっと大雨でしたよ。昨日はいい天気でしたけど。

M：ええ、天気予報では向こうも雨が降ると言ってたんで心配だったんですが、行ってみたら全然問題なくて、昼間はずっといい天気でした。日が暮れる頃になってから降り始めましたけどね。昨日は降ったり止んだりだったみたいですね。土曜日に行っておいてよかったですよ。

F：それは運が良かったですね。

土曜日の海の天気はどうでしたか。

【譯】

一位女士和一位男士正在交談。請問星期六海邊的天氣如何呢？

F：你曬得好黑喔。

M：是啊，因為我星期六去了海邊。

F：好羨慕喔。咦？可是那裡沒下雨嗎？這裡星期六一整天都下大雨呢。不過昨天放晴了。

M：是啊，之前的天氣預報也說那邊也會下雨，所以出發前也很擔心，不過到了那裡完全沒問題，白天一直都是大晴天，一直到了傍晚的時候才開始下雨。昨天好像時下時停的。幸好我挑在星期六去。

F：運氣真好呀。

請問星期六海邊的天氣如何呢？

1　一整天都是下大雨

2　一整天都是大晴天

3　一整天時下時停

4　白天是晴天，過了傍晚才開始下雨

解題關鍵と訣竅

答案：4

【關鍵句】昼間はずっといい天気でした。日が暮れる頃になってから降り始めましたけどね。

對話情境と出題傾向

這一題的情境是兩人在討論上週末的天氣。問題問的是星期六海邊的天氣，既然有特定限定是哪一天、哪個區域，就要做好心理準備，題目當中可能會出現其他情報來干擾考生，一定要專注於「土曜日」、「海」這兩個關鍵字。

解題技巧

- 男士首先提到自己星期六去了海邊一趟「土曜日に海へ行ったもので」，從這邊就要知道，要鎖定男士的發言。
- 女士也有提到星期六的天氣，但這是陷阱。「こっちは土曜日はずっと大雨でしたよ」的「こっち」指的不是海邊。選項1是錯的。
- 解題關鍵在「行ってみたら全然問題なくて、昼間はずっといい天気でした。日が暮れる頃になってから降り始めましたけどね」。表示他去的時候（＝星期六，在海邊），白天一直是好天氣，一直到傍晚才下起雨來。正確答案是4。

單字と文法

- □ **日に焼ける** 曬傷
- □ **日が暮れる** 日落
- □ **大雨** 大雨
- □ **運がいい** 運氣好
- □ **天気予報** 氣象預報
- □ **もので** 因為、由於

小知識

☞ 各式各樣的雨

⇨ 霧雨（きりさめ）（毛毛雨）

⇨ 小雨（こさめ）⇔大雨（おおあめ）（小雨⇔大雨）

⇨ 豪雨（ごうう）…大雨災害の名称などに用いる。天気予報や日常会話には出てこない。

（豪雨…使用於大雨災情的名稱等等。不會出現在氣象預報和日常會話當中。）

⇨ 天気雨（空は晴れているのに降る雨）

（太陽雨〈天空晴朗卻一邊下雨〉）

⇨ にわか雨（一時的に降ってすぐやむ雨）

（驟雨〈只下一陣子就馬上停止的雨〉）

⇨ 夕立（夏の夕方に多い、激しいにわか雨）

（午後雷陣雨〈夏天傍晚經常下的激烈驟雨〉）

もんだい2 第⑫題 答案跟解說

2-13

電話で男の人と女の人が話しています。男の人はいつレストランに行きますか。

M：すみません。明日の夜7時に予約したいのですが。

F：7時ですね。少々お待ちください。…申し訳ありません。明日の夜はもう閉店までいっぱいです。土曜日はいつも早くいっぱいになってしまうもので。

M：それじゃ、あさっての7時はどうですか。

F：あさってですか。大変申し訳ありません。あさっても7時はもういっぱいです。8時からでしたら、まだ空いていますが。

M：それでも結構です。2名でお願いします。

F：かしこまりました。それではお名前をお願いします。

男の人はいつレストランに行きますか。

【譯】

一位男士和一位女士正在電話裡交談。請問這位男士會在幾點到餐廳呢？

M：不好意思，我想預約明天晚上7點。

F：您要預約7點嗎？請稍待一下。…非常抱歉，明天晚上到打烊前全部預約額滿了。星期六總是很早就預約額滿了。

M：那麼，後天的7點還有空位嗎？

F：您是說後天嗎？非常抱歉，後天的7點也已經額滿了。如果是8點以後還有空位。

M：那也可以。請幫我留2個人的位置。

F：好的。請給我您的大名。

請問這位男士會在幾點到餐廳呢？

1　星期六晚上7點

2　星期六晚上8點

3　星期日晚上7點

4　星期日晚上8點

解題關鍵と訣竅

答案：4

【關鍵句】あさってですか。…8時からでしたら、まだ空いていますが。
それでも結構です。

對話情境と出題傾向

這一題的情境是男士打去餐廳預約用餐時間。聽到疑問詞「いつ」就要小心時間點、日期、星期…等等。從選項來看，這一題要特別注意的是星期幾以及時間點。

解題技巧

- 男士一開始表示他想預約明晚7點「明日の夜7時に予約したいのですが」。不過餐廳人員回覆「明日の夜はもう閉店までいっぱいです」，表示明晚客滿。這時她又補了一句「土曜日はいつも早くいっぱいになってしまうもので」。從這邊可以推斷，明天指的應該就是星期六。星期六7點不行，所以選項1是錯的。
- 另外，從「閉店まで」也可以得知選項2是錯的。
- 接著男士又說「あさっての7時はどうですか」，表示他想訂後天（星期日）7點。不過餐廳人員也表示星期日7點客滿「あさっても7時はもういっぱいです」。從這邊可以得知，選項3是錯的。
- 接著餐廳人員又說「8時からでしたら、まだ空いていますが」，表示星期日8點是有位子的。而男士也回答「それでも結構です」。從後面的預約台詞「2名でお願いします」可以斷定這裡的「結構です」是肯定用法。也就是說男士要預約星期日8點。正確答案是4。

單字と文法

- ☐ 予約（よやく） 預約
- ☐ 閉店（へいてん） 關店、打烊
- ☐ 少々（しょうしょう） 稍微

小知識

本題當中「8時からでしたら、まだ空いていますが」（如果是8點以後還有空位）這一句，句尾的「が」作用是所謂的「開場白」。原本後面要接「それでもよろしいですか」（這樣您也能接受嗎）等疑問句，但被省略掉了。透過這個句尾的「が」，就能讓對方知道自己是在詢問意願，所以後面也就不必再多問了。如果省略掉「が」，只說：「まだ空いています」，就成了不自然的說法。

2-14 13ばん

答え：①②③④

1 年(とし)をとったから

2 残業(ざんぎょう)が多(おお)かったから

3 寝不足(ねぶそく)だから

4 運動不足(うんどうぶそく)だから

2-15 14ばん

答え：①②③④

1 前(まえ)のアパートは狭(せま)かったから

2 前(まえ)のアパートは学校(がっこう)から遠(とお)かったから

3 前(まえ)のアパートの家賃(やちん)は高(たか)かったから

4 前(まえ)のアパートはバスに乗(の)るのが不便(ふべん)だったから

2-16 15ばん

答え：①②③④

1

	月(げつ)	火(か)	水(すい)	木(もく)	金(きん)	土(ど)	日(にち)
東日本(ひがしにほん)	晴(は)れ	晴(は)れ	晴(は)れ	晴(は)れ	曇(くも)り／雨(あめ)	曇(くも)り／雨(あめ)	曇(くも)り／雨(あめ)
西日本(にしにほん)	晴(は)れ	晴(は)れ	曇(くも)り	曇(くも)り	雨(あめ)	雨(あめ)	雨(あめ)

2

	月(げつ)	火(か)	水(すい)	木(もく)	金(きん)	土(ど)	日(にち)
東日本(ひがしにほん)	晴(は)れ	晴(は)れ	曇(くも)り	曇(くも)り	雨(あめ)	雨(あめ)	雨(あめ)
西日本(にしにほん)	晴(は)れ	晴(は)れ	晴(は)れ	晴(は)れ	曇(くも)り／雨(あめ)	曇(くも)り／雨(あめ)	曇(くも)り／雨(あめ)

3

	月(げつ)	火(か)	水(すい)	木(もく)	金(きん)	土(ど)	日(にち)
東日本(ひがしにほん)	晴(は)れ	晴(は)れ	曇(くも)り	曇(くも)り	曇(くも)り／雨(あめ)	曇(くも)り／雨(あめ)	曇(くも)り／雨(あめ)
西日本(にしにほん)	晴(は)れ	晴(は)れ	雨(あめ)	雨(あめ)	雨(あめ)	雨(あめ)	雨(あめ)

4

	月(げつ)	火(か)	水(すい)	木(もく)	金(きん)	土(ど)	日(にち)
東日本(ひがしにほん)	晴(は)れ	晴(は)れ	晴(は)れ	晴(は)れ	曇(くも)り	曇(くも)り	曇(くも)り
西日本(にしにほん)	曇(くも)り	曇(くも)り	曇(くも)り	曇(くも)り	雨(あめ)	雨(あめ)	雨(あめ)

2-17 16ばん

答え：①②③④

1 午後(ごご)6時(じ)まで

2 午後(ごご)9時(じ)まで

3 午後(ごご)10時(じ)まで

4 午後(ごご)11時(じ)まで

2-18 17ばん

答え：①②③④

1 今年(ことし)の冬(ふゆ)は去年(きょねん)より寒(さむ)いから

2 上着(うわぎ)を着(き)ないで出(で)かけたから

3 家(いえ)でストーブをつけなかったから

4 薬代(くすりだい)を節約(せつやく)したから

2-19 18ばん

答え：①②③④

1　山本(やまもと)さんが来(く)るのを待(ま)っている

2　説明(せつめい)が始(はじ)まるのを待(ま)っている

3　時間(じかん)が11時(じ)になるのを待(ま)っている

4　誰(だれ)かが山本(やまもと)さんに電話(でんわ)するのを待(ま)っている

もんだい 2 第⑬題 答案跟解說

2-14

家で男の人と女の人が話しています。女の人は男の人が疲れやすいのはどうしてだと言っていますか。

M：最近疲れやすくて嫌になるよ。年をとったせいかな。

F：何言ってるの。まだ若いじゃない。でも、おかしいわね。最近は残業もそんなに多くないし…。いつも座って仕事してるから、運動不足になりがちなんじゃないの？もうずいぶん体を動かしてないでしょう？

M：そういえば、そうだね。

F：たぶんそのせいよ。今度のお休みに一緒に運動しに行きましょうよ。

M：でも面倒くさいな。僕は疲れやすいのは運動不足のせいじゃなくて寝不足のせいだと思うんだ。だから休みの日はもっと遅くまで寝かせてよ。

F：いつもちゃんと眠れてないの？

M：いや、ふとんに入ったらすぐに眠れるよ。

F：それなら7時間は眠れてるんだから、寝不足のわけがないでしょう。いい？今度のお休みに運動しに行くのよ。

女の人は男の人が疲れやすいのはどうしてだと言っていますか。

【譯】

一位男士和一位女士正在家裡交談。請問這位女士說這位男士容易疲倦的原因是什麼呢？

M：最近很容易累，真討厭，會不會是上了年紀的關係啊。

F：瞧你說的什麼話，還那麼年輕哪。不過，好奇怪喔，最近又不常加班…會不會是因為你老是坐著工作，導致缺乏運動的關係呢？你不是已經有好長一段時間都沒有活動筋骨了嗎？

M：說起來好像是這樣沒錯。

F：我想應該是這個原因吧。下次放假時我們一起去運動吧。

M：可是好麻煩喔。我覺得我容易疲倦的原因不是因為缺乏運動，而是睡眠不足。所以放假的日子讓我睡晚一點吧。

F：你平常都沒睡好嗎？

M：不會，一鑽進被窩裡就馬上睡著了。

F：這樣的話你都有睡滿7個小時，不可能是睡眠不足的緣故吧。這次放假要去運動喔，知道了嗎？

請問這位女士說這位男士容易疲倦的原因是什麼呢？

1　因為上了年紀　　2　因為加班太多

3　因為睡眠不足　　4　因為缺乏運動

答案：4

【關鍵句】いつも座って仕事してるから、運動不足になりがちなんじゃないの？

對話情境と出題傾向

這一題的情境是兩個人在聊這位男士容易疲累的情形。問題問的是女士認為男士容易疲累的理由。所以要特別注意女士的發言。

解題技巧

- 選項１是錯的。當男士說「年をとったせいかな」，女士則是回答「何言ってるの。まだ若いじゃない」。也就是說，女士不覺得男士是上了年紀才容易疲累。
- 選項２是錯的。關於加班話題，女士是說「最近は残業もそんなに多くないし」，表示男士最近不常加班。
- 選項３是錯的。對話當中提到睡眠不足是在女士的推測「寝不足のわけがないでしょう」。但這是在說男士並沒有睡眠不足。
- 正確答案是４。面對女士的推測「運動不足のせいじゃないの？」，男士雖然表示自己覺得是因為睡眠不足才容易疲累，但女士並沒有接受他的說法，最後還說「今度のお休みに運動しに行くのよ」，要男士去運動。

單字と文法

- □ **年をとる** 年齡增長、變老
- □ **残業** 加班
- □ **面倒くさい** 麻煩的
- □ **寝不足** 睡眠不足
- □ **せいだ** 因…害的、…的錯
- □ **がちだ** 容易、有…的傾向

翻譯與題解
もんだい 1
もんだい 2
もんだい 3
もんだい 4

小知識

☞ 確信的程度（低→高）

⇨ もしかしたら、もしかすると、ひょっとすると（後ろは「かもしれない」などが来ることが多い）

（或許、有可能、該不會〈後面常接「かもしれない」（也不一定）等〉）

⇨ たぶん、おそらく（後ろは「だろう」などが来ても来なくてもよい、どちらかといえば来ることが多い）

（大概、恐怕〈後面可接「だろう」也可不接，不過有「だろう」的情況比較常見〉）

⇨ きっと（後ろは「だろう」などが来ても来なくてもよい、どちらかといえば来ないことが多い）

（一定〈後面可接「だろう」也可不接，不過沒有「だろう」的情況比較常見〉）

⇨ 間違いなく、必ず、絶対に（後ろに推量は来ない、断定が来る）

（肯定、必定、絕對〈後面不接推測表現，而是接斷定表現〉）

もんだい 2　第 14 題 答案跟解說

2-15

男の人と女の人が話しています。女の人はどうして引っ越ししましたか。

M：新しいマンションに引っ越したそうですね。

F：おかげさまで。よかったら一度遊びにいらしてください。

M：ええ、ぜひ。今度のおうちは広いそうですね。お子さんが大きくなってくるとやはり広いほうがいいですよね。

F：いえ、前のアパートも狭くはなかったんですけど、子供の学校からちょっと離れてて、毎朝バスで行くよりほかなかったんですよ。それで探してたら、ちょうど学校の近くにいいのが見つかったんです。家賃は前よりちょっと高いんですけどね。

M：じゃあ、これからはお子さんも歩いて学校に行けるんですね。

F：ええ、そうなんです。

女の人はどうして引っ越ししましたか。

【譯】

一位男士和一位女士正在交談。請問這位女士為什麼搬了家呢？

M：聽說您最近搬家了。

F：託您的福。下次請來我那裡坐坐。

M：好的，一定去。聽說這次的新家很大喔。孩子長大了，還是要換個大一點的地方比較好吧。

F：不是的，之前的公寓雖然也不算小，但是離小孩的學校有點距離，每天都一定要搭巴士上學。後來找了一下，剛好在學校附近找到不錯的地方，雖然房租比之前的貴了一些。

M：那麼，往後您的孩子就可以走路上學囉。

F：嗯，是呀。

請問這位女士為什麼搬了家呢？

1　因為之前的公寓太小了

2　因為之前的公寓離學校太遠了

3　因為之前的公寓房租太貴了

4　因為之前的公寓要去搭巴士很不方便

答案：2

【關鍵句】子供の学校からちょっと離れてて、毎朝バスで行くよりほかなかったんですよ。

對話情境と出題傾向

這一題的情境是兩人在討論女士搬新家。題目問的是女士搬家的理由。同樣地，看到「どうして」就要留意「から」、「ので」、「ため」、「のだ」…等表示原因、理由的句型。

解題技巧

- 解題關鍵在「子供の学校からちょっと離れてて、毎朝バスで行くよりほかなかったんですよ。それで探してたら、ちょうど学校の近くにいいのが見つかったんです」。表示女士是因為之前住處離小孩的學校遠，所以才搬到現在的地方。這段話一連用了兩個「んです」來解釋自己搬家的理由。正確答案是２。
- 選項１是錯的。因為女士有提到「前のアパートも狭くはなかったんです」，表示之前住的公寓其實不小。
- 選項３是錯的。關於房租，女士有提到「家賃は前よりちょっと高いんですけどね」。也就是說，之前住的公寓房租比現在的大樓還便宜才對。
- 選項４是錯的。提到公車的部分只有在「毎朝バスで行くよりほかなかったんですよ」。這是在說之前住公寓時，小孩每天早上都要搭公車上學。並沒有說搭公車不方便。

單字と文法

- □マンション【mansion】公寓大樓、大廈
- □おかげさまで 託您的福
- □アパート【apartment house 的略稱】公寓
- □家賃 房租
- □不便 不方便
- □よりほかない 除了…也沒辦法、只好…

說法百百種

▸將曖昧的應答方式辨分明！

日本人常常以猜不透真心話的「曖昧回答」來回應他人。下面幾句會話當中，B的真正想法究竟是 "yes" 還是 "no" 呢？讓我們來練習看看。

A：僕と、付き合ってください。／請和我交往。
B：ごめんなさい。（→いいえ）／對不起。〈→ no〉

A：新聞とってもらえませんかね。／可以訂個報紙嗎？
B：いいです。うちは、まにあってます。（→いいえ）
／不用了。我們家已經有訂了。〈→ no〉

A：今夜いっぱいどう？／今晚要不要喝一杯啊？
B：いいですねえ。（→はい）／好啊。〈→ yes〉

もんだい 2　第 15 題 答案跟解說

2-16

天気予報を聞いています。今週の天気として一番正しいものはどれですか。

M：今週１週間の全国の天気をお知らせします。月曜日と火曜日は全国的に晴れるでしょう。水曜日と木曜日は、東日本は晴れますが、西日本は曇りになりそうです。木曜日までは全国的に雨が降ることはありませんが、金曜日から日曜日にかけては西日本では雨で、広い地域にわたって大雨になる恐れがあります。金曜日から日曜日の東日本は曇りで、ところによって雨が降るでしょう。

今週の天気として一番正しいものはどれですか。

【譯】

您正在聽氣象預報。請問哪一張表格最能代表本週的天氣呢？

M：為您報告這一週的全國氣象。星期一和星期二全國各地都是晴天。星期三和星期四，東日本是晴天，但是西日本可能是多雲的天氣。在星期四之前，全國各地都不會下雨，但是從星期五開始到星期日，西日本有雨，並且可能會在廣域地區降下大雨。從星期五到星期日，東日本是多雲的天氣，局部地區有降雨機率。

請問哪一張表格最能代表本週的天氣呢？

1

	星期一	星期二	星期三	星期四	星期五	星期六	星期日
東日本	晴	晴	晴	晴	多雲 有雨	多雲 有雨	多雲 有雨
西日本	晴	晴	多雲	多雲	雨	雨	雨

2

	星期一	星期二	星期三	星期四	星期五	星期六	星期日
東日本	晴	晴	多雲	多雲	雨	雨	雨
西日本	晴	晴	晴	晴	多雲 有雨	多雲 有雨	多雲 有雨

3

	星期一	星期二	星期三	星期四	星期五	星期六	星期日
東日本	晴	晴	多雲	多雲	多雲 有雨	多雲 有雨	多雲 有雨
西日本	晴	晴	雨	晴	雨	雨	雨

4

	星期一	星期二	星期三	星期四	星期五	星期六	星期日
東日本	晴	晴	晴	晴	多雲	多雲	多雲
西日本	多雲	多雲	多雲	多雲	雨	雨	雨

解題關鍵と訣竅

答案：1

【關鍵句】月曜日と火曜日は全国的に晴れるでしょう。
水曜日と木曜日は、東日本は晴れ…、西日本は曇り…。
金曜日から日曜日にかけては西日本では雨で、…。
金曜日から日曜日の東日本は曇りで、ところによって雨が降るでしょう。

對話情境と出題傾向

這一題的情境是氣象預報。問題問的是本週天氣。由於選項是表格形式，裡面有太多情報，所以最好是用刪去法來作答。比方說，聽到星期一的天氣時就快速瀏覽四個選項的星期一天氣，不對的項目直接刪除。

解題技巧

- 由於這是氣象預報，情報不會反反覆覆，所以已經刪除的答案就不用再管。另外，從表格中可以發現，聆聽時要特別注意東日本和西日本這兩個部分。
- 男士一開始說「月曜日と火曜日は全国的に晴れるでしょう」。從這裡就可以知道全國（＝東日本、西日本）星期一和星期二都是晴天。不過選項 4 的西日本都是陰天，所以選項 4 可以先剔除掉。
- 接著又說「水曜日と木曜日は、東日本は晴れますが、西日本は曇りになりそうです」。表示東日本星期三、四都是晴天。不過選項 2 、3 都是陰天，所以這兩個選項都不正確。題目聽到這邊就已經可以確定答案是 1 了。
- 不過為了保險起見，讓我們繼續驗證選項 1 是否正確。星期三、四西日本兩天都是陰天沒錯。接下來星期五到星期天西日本的天氣是「金曜日から日曜日にかけては西日本では雨で」，表示五、六、日這三天西日本都是雨天。至於東日本則是「金曜日から日曜日の東日本は曇りで、ところによって雨が降るでしょう」，意思是多雲，部份地區降雨。正確答案是 1 無誤。

單字と文法

□ 全国的（ぜんこくてき） 全國

□ 地域（ちいき） 區域、地方

□ から～にかけて 從…到…

□ にわたって 橫越、涵括某範圍

小知識

雖然「東日本」、「西日本」是經常使用的說法，不過事實上並沒有明確的界線來界定這兩個區域。這是因為界定觀點常根據文化、方言、地質等的不同而產生改變。此外，企業在為分公司命名時也常因為自己的方便而任意決定。一般而言，東日本包括北海道、東北、關東地區，西日本則是指近畿、中國、四國、九州、沖繩等地。至於日本中部地區，通常甲信越（山梨縣、長野縣、新潟縣）是東日本，其他縣就被視為是西日本。

此外，日本氣象廳在播報時基本上是採取「北日本、東日本、西日本」的三分法，不過本題將之簡化為「東日本」、「西日本」。

もんだい 2　第 16 題 答案跟解說

2-17

大学で男の人と女の人が話しています。女の人は来週から何時まで研究室を利用できますか。

M：先輩、新しい規則のこと聞きました？

F：何の規則？

M：研究室の使用時間のことですよ。これまでは夜 11 時まで開いてましたが、来週からは 6 時には閉めてしまうそうですよ。

F：え、そうなんだ。ずいぶん早いのね。9 時までは使いたい時があるのに。

M：この前、夜、誰もいないときに泥棒が入ったらしくて、そのためみたいです。でも、自分で鍵を持ってる人は、10 時までは使ってもいいそうです。

F：それで安心したわ。6 時じゃ、ちょっと早すぎるものね。

M：あ、先輩は鍵をお持ちなんですね。僕はないから困ってるんですよ。

F：それなら、使いたいときは私に言って。9 時までならつきあってあげるから。

女の人は来週から何時まで研究室を利用できますか。

【譯】

一位男士和一位女士正在大學裡交談。請問這位女士下星期能夠在研究室待到幾點呢？

M：學姊，妳聽說新的規定了嗎？

F：什麼規定？

M：就是研究室的使用時間呀。以往研究室開到晚上11點，可是從下星期開始到 6 點就要關門了。

F：啊，真的喔。這麼早就關了啊。有時候我想要待到 9 點耶。

M：前幾天晚上大家都離開研究室以後，好像被小偷入侵了，可能是那個緣故吧。不過，如果是持有鑰匙的人，據說可以待到10點。

F：這樣我就放心了。6 點就關實在是太早了。

M：啊，學姊有鑰匙吧。我沒有，所以不知道該怎麼辦才好。

F：這樣的話，你想留下來的時候跟我講一聲。我可以陪你到晚上 9 點左右。

請問這位女士下星期能夠在研究室待到幾點呢？

1　到晚上 6 點　　2　到晚上 9 點

3　到晚上10點　　4　到晚上11點

解題關鍵と訣竅

答案：3

【關鍵句】でも、自分(じぶん)で鍵(かぎ)を持(も)ってる人(ひと)は、10時(じ)までは使(つか)ってもいいそうです。それで安心(あんしん)したわ。

對話情境と出題傾向

這一題的情境是學弟在向學姊說明研究室新的使用規則。題目問的是這名女士下週開始可以在研究室待到幾點。要特別注意提問的重點是「女の人」、「来週」、「何時」，有多方設限，就要鎖定焦點在這三個項目上。其中特別要注意時間點，題目當中勢必會出現好幾個時間點來干擾考生，一定要聽出每個時間點代表什麼意思。

解題技巧

▶ 關於研究室新的使用規則，學弟提到「来週からは6時には閉めてしまうそうです」，表示下週開始研究室6點就會關閉了。不過後面他又說「自分で鍵を持ってる人は、10時までは使ってもいいそうです」。表示持有鑰匙的人可以待到10點沒關係。現在就來看看這名學姊有沒有鑰匙呢？答案是有的。因為學姊說「それで安心したわ」，表示學姊其實有鑰匙。也就是說，她最晚可以待到10點。正確答案是3。

▶ 選項1是錯的。這是沒有鑰匙的人待研究室的最遲時間。

▶ 選項2是錯的。對應到「9時までは使いたい時があるのに」，這只是學姊在抱怨自己有時會想使用研究室到9點。

▶ 選項4是錯的。這是舊的研究室閉館時間「これまでは夜11時まで開いてましたが」。

單字と文法

□ 研究室(けんきゅうしつ) 研究室、實驗室

□ 規則(きそく) 規則、規定

□ 泥棒(どろぼう) 小偷

□ つきあう 陪、陪伴

小知識

☞「規則」與「規定」

▸ 規則：

行動や手続きについての決まり。法律の場合もある。（規則：對於行動或手續的規範。也用於法律。）

▸ 規定：

物事のあり方ややり方について決めること。また、その決まり。決めた条文を指すこともある。（規定：決定事物該有的樣子或做法。或是指該決定。也可指稱制定的條文。）

雖然兩者意思有些許的不同，不過基本上也有重複的部分。有時很明確地只能擇一使用，不過也有兩者皆通的情況。比方說，「研究室の利用規則」和「研究室の利用規定」，這兩種說法都沒有問題。不過本題當中的「新しい規則のこと聞きました？」就無法置換成「新しい規定のこと聞きました？」。這是因為在口語當中可以使用「規則」這個詞，但「規定」則不然。此外，可以當サ変動詞的只有「規定」，「規則」則不行。例如：「新しい利用規則では、研究室の使用時間は６時までと規定されている」（依據新的利用規則，規定研究室的使用時間是到６點為止）

もんだい２ 第 17 題答案跟解說

2-18

女の人と男の人が話しています。男の人はどうして風邪をひきましたか。

F：具合が悪そうね。大丈夫？

M：ええ、ちょっと風邪気味なんです。去年の冬は今年よりずっと寒くても一度も風邪をひかなかったのに、変ですよね。

F：外に出るとき、ちゃんと上着着てる？去年よりは暖かいといってもやっぱり冬なんだから、ちゃんと着ないとだめよ。

M：それは大丈夫ですけど、実はこのごろ、家にいる間、全然ストーブをつけてなかったんです。

F：石油代の節約？いくら最近は石油の値段が上がる一方だといっても、そのために我慢してたら、反対に薬代の方が高くなっちゃうわよ。

M：そうですね。これから気をつけます。

男の人はどうして風邪をひきましたか。

【譯】

一位女士和一位男士正在交談。請問這位男士為什麼感冒了呢？

F：你看起來身體不太舒服，還好吧？

M：是啊，好像有點感冒。去年冬天比今年冷多了，但是我連一次都沒感冒，今年反而生病了，好奇怪喔。

F：你外出時有沒有穿上外套？雖說氣溫比去年暖和，可是畢竟是冬天，不穿外套還是不行的。

M：出門時穿得都夠，倒是在家裡，老實說，我根本沒有開暖氣。

F：是為了節約油費嗎？就算最近油費持續高漲，要是為了省油錢，反而增加了藥費的支出喔。

M：說得也是。往後我會小心的。

請問這位男士為什麼感冒了呢？

1　因為今年冬天比去年冷

2　因為他沒有穿外套就外出了

3　因為他在家裡沒開暖氣

4　因為他要節省藥費

解題關鍵と訣竅

答案：3

【關鍵句】実はこのごろ、家にいる間、全然ストーブをつけてなかったんです。

對話情境と出題傾向

這一題的情境是兩人在討論男士感冒一事。問題問的是男士感冒的原因。同樣地，當問題出現疑問詞「どうして」，就要留意一些表示原因理由的句型了。

解題技巧

▶ 解題關鍵在「実はこのごろ、家にいる間、全然ストーブをつけてなかったんです」。男士表示自己最近在家都沒有開暖氣。這個「んです」就是在解釋他著涼的原因，也就是他感冒的因素。正確答案是 3。

▶ 選項 1 是錯的。男士提到「去年の冬は今年よりずっと寒くても一度も風邪をひかなかったのに」，表示今年的冬天沒有去年冷。

▶ 選項 2 是錯的。女士詢問「ちゃんと上着着てる？」，男士回答「それは大丈夫です」。由此可見男士穿著其實是保暖的。這邊的「大丈夫です」是肯定用法。

▶ 選項 4 是錯的。關於藥費，只有出現在「反対に薬代の方が高くなっちゃうわよ」這句話。這是女士的發言，而且是種推測而已。男士從頭到尾都沒有表示自己是為了節省醫藥費才會感冒。

單字と文法

□ **具合**（ぐあい） 情況、身體狀況
□ **上着**（うわぎ） 上衣
□ **値段**（ねだん） 價格
□ **薬代**（くすりだい） 醫藥費
□ **気をつける**（き） 小心、留意
□ **気味**（ぎみ） 稍微…、略有…
□ **一方だ**（いっぽう） 不斷地…、越來越…

說法百百種

▶ 各種用藥方式用日文該怎麼說？

粉薬を飲みます。／吃藥粉。

錠剤を飲みます。／吃錠劑。

カプセルを飲みます。／吃膠囊。

水薬を飲みます。／喝藥水。

湿布をはります。／貼藥布。

塗り薬をぬります。／塗藥膏。

目薬をさします。／點眼藥水。

うがい薬でうがいします。／使用漱口藥。

もんだい 2　第 18 題 答案跟解說

2-19

男の先生と女の学生が話しています。先生は何を待っていますか。

M：みんな、集まりましたか。

F：先生、山本さんがまだです。

M：それは困りましたね。全員が集まってからでないと、説明が始められませんよ。

F：11 時には来ると言ってましたから、もうすぐ来るはずなんですが。

M：誰か山本さんの家か携帯に電話してみてくれませんか。

F：それが、番号を知ってる人が一人もいないから、連絡のしようがないんです。

M：それじゃ、もう少し待つよりほかありませんね。

先生は何を待っていますか。

【譯】

一位男老師和一個女學生正在交談。請問這位老師正在等什麼呢？

M：大家都到齊了嗎？
F：老師，山本同學還沒到。
M：那就傷腦筋了。如果所有人沒到齊，就沒辦法開始講解了呀。
F：她之前說了11點會到，應該馬上就來了。
M：有沒有誰可以幫忙打個電話到山本同學的手機或是她家裡呢？
F：沒有任何人知道她的電話號碼，所以沒辦法聯絡。
M：這樣的話，就只好再稍微等一等了。

請問這位老師正在等什麼呢？

1　正在等山本同學來
2　正在等開始說明
3　正在等時間到11點
4　正在等某個人打電話給山本同學

答案：1

【關鍵句】先生、山本さんがまだです。
全員が集まってからでないと、説明が始められませんよ。
それじゃ、もう少し待つよりほかありませんね。

對話情境と出題傾向

這一題的情境是有位學生在集合時不見蹤影。題目問的是男老師在等候什麼。光憑提問無法事前猜出什麼，這時除了要留意對話當中出現的「待つ」，還可以從選項著手。當題目出現選項提到的四件事情時，請注意老師的反應。

解題技巧

- 正確答案是１。當女學生說出「山本さんがまだです」時，老師回說「全員が集まってからでないと、説明が始められませんよ」。這也表示少了山本同學一人，老師就無法開始進行說明。接著老師要其他同學聯絡山本同學，但沒有人知道她的電話號碼。最後老師只好說「もう少し待つよりほかありませんね」。這邊出現了關鍵字「待つ」，可見答案應該就在這裡。而既然找不到人，這個「待つ」的對象應該是指山本同學才對。
- 選項２是錯的。負責說明的人是老師，所以說老師在等說明就顯得矛盾。
- 選項３是錯的。對話當中提到11點是在「11時には来ると言ってました」。這是山本同學說要來的時間，並不表示她一定會在這個時間點現身。所以老師也不會刻意等11點的到來。
- 選項４是錯的。從「番号を知ってる人が一人もいないから、連絡のしようがないんです」這句話可以得知，沒有人知道山本同學的電話，所以無法打給她。

單字と文法

- □ 番号（ばんごう） 號碼
- □ 連絡（れんらく） 聯絡
- □ ようがない 無法…

小知識

☞ 在日本一到冬天就會有載著灯油（燈油）的車輛沿著大街小巷叫賣。也可以向燈油店購買並請店家宅配外送。

☞「みんな」是口語説法。「皆」（みな）主要用於書面。一般來説不太會説「皆、集まりましたか」（各位都到齊了嗎）。不過如果是「全員、集まりましたか」（所有人都到齊了嗎）就沒問題。

2-20 19 ばん

答え：① ② ③ ④

1 病院に行きたくないから

2 体育の授業があるから

3 給食がハンバーグだから

4 本当は具合が悪くないから

2-21 20 ばん

答え：① ② ③ ④

1 山本さんが本当は親切な人だと分かったから

2 自分が悪いわけではないらしいと分かったから

3 男の人があいさつの仕方を教えてくれたから

4 男の人もしかられた理由が分からなかったから

2-22 21 ばん

答え：① ② ③ ④

1 死にそうになったから

2 おなかがすいたことを忘れたから

3 サッカーの練習で疲れたから

4 お菓子を食べすぎたから

2-23 22 ばん

答え：①②③④

1 火事(かじ)のとき学校(がっこう)にいなかったから

2 小(ちい)さな火事(かじ)だったから

3 補習(ほしゅう)があって帰(かえ)るのが遅(おそ)かったから

4 男(おとこ)の学生(がくせい)がうそをついたから

2-24 23 ばん

答え：①②③④

1 9時(じ)

2 9時(じ)30分(ぷん)

3 10時(じ)

4 11時(じ)

2-25 24 ばん

答え：①②③④

1 居間(いま)でテレビを見(み)ている

2 居間(いま)でお客(きゃく)さんと話(はな)している

3 居間(いま)で寝(ね)ている

4 ふとんで寝(ね)ている

もんだい 2　第 ⑲ 題 答案跟解說

2-20

男の子と女の人が家で話しています。男の子はどうして学校に行きたがっていますか。

F：ちょっと熱があるわね。今日は学校お休みして病院に行きましょう。

M：大丈夫だよ。行けるよ。

F：どうしたの。いつもなら学校休めるって聞いたら大喜びなのに、今日はそんなに行きたがって。病院に行きたくないからって、無理しちゃだめよ。

M：そうじゃないよ。

F：分かった。今日は体育の授業があるからでしょう？でも、学校に行ったとしても、体育の授業なんか出ちゃだめよ。

M：そうじゃないって。

F：それじゃ…。あ、分かった。今日の給食がハンバーグだからね。それなら、あとでちゃんと病院に行ったら、お昼にお母さんが作ってあげるから。

M：うん、それならいいよ。

男の子はどうして学校に行きたがっていますか。

【譯】

一個男孩和一位女士正在家裡交談。請問這個男孩為什麼很想去上學呢？

F：有點發燒耶。今天向學校請假，去醫院看病吧？

M：我沒事啦！可以上學啦！

F：怎麼了？你平常聽到不必上學都開心得不得了，今天怎麼這麼想去學校？就算不想去醫院，也不可以這樣逞強呀。

M：不是啦！

F：我知道了。今天有體育課吧？可是，就算去了學校，也不可以去上體育課喔。

M：就跟妳說不是了…。

F：那麼就是…，啊，我知道了！因為今天的營養午餐有漢堡排吧。如果是這樣的話，等一下乖乖去醫院回家以後，媽媽中午做漢堡排給你吃。

M：嗯，這樣我就不去學校了。

請問這個男孩為什麼很想去上學呢？

1　因為他不想去醫院　　2　因為他想上體育課

3　因為營養午餐有漢堡排　4　因為他身體其實沒有不舒服

解題關鍵と訣竅

答案：3

【關鍵句】今日の給食がハンバーグだからね。

對話情境と出題傾向

這一題的情境是男孩反常地不想請假，堅持去上學。題目問的是男孩為什麼這麼想去學校。這一題比較特別的是，對話當中沒有直接指出答案，所以考生在聆聽時，必須要轉個彎思考每句話暗示了什麼，才能正確作答。

解題技巧

- 媽媽一開始猜測男孩想去學校的理由是他不想上醫院「病院に行きたくないからって、無理しちゃだめよ」。對此男孩反駁「そうじゃないよ」。由此可知選項 1 是錯的。
- 接著媽媽又猜測因為今天有體育課所以男孩才想去上學「今日は体育の授業があるからでしょう？」，不過男孩也以「そうじゃないって」反駁了。這裡的「って」用來強調自己的心情、主張，在這邊有「就跟妳說了不是嘛」的語感。選項 2 也是錯的。
- 接下來媽媽又說「今日の給食がハンバーグだからね」，推測男孩想去學校的理由是因為今天的營養午餐是漢堡排。接著媽媽又說「それなら、あとでちゃんと病院に行ったら、お昼にお母さんが作ってあげるから」，表示若男孩乖乖去看醫生，中午就要做漢堡排給他吃。對此男孩回應「うん、それならいいよ」。表示他接受了這個提議。雖然沒有正面回應，但可以推測他是因為想吃漢堡排所以想去上學。正確答案是 3。
- 選項 4 是錯的。從媽媽一開始說的「ちょっと熱があるわね」可以知道男孩正在發燒，所以他是真的身體不舒服。

單字と文法

- □ **大喜び** 非常高興
- □ **給食** 營養午餐
- □ **ハンバーグ【hamburg】** 漢堡排
- □ **としても** 即使、就算

小知識

依照日本法律規定，病床數達 20 床以上的醫療機構稱為「病院」（醫院），而未滿 20 床以及沒有住院設備的醫療機構稱為「診療所」（診所），不過在日常會話當中民眾並沒有特別區分，將醫療機構一律概稱為「病院」。像本題的情況，如果只是輕微發燒，那要去就診的地方很有可能是「診療所」。不過對話當中並不會特別指出「今日は学校お休みして診療所に行きましょう」。此外，有關各診所的命名，除了「〇〇診療所」之外，也有不少是取名「〇〇クリニック」、「〇〇医院」。日本的「〇〇医院」很有可能指的是中文的「診所」才對。

もんだい 2　第 20 題 答案跟解說

2-21

会社で男の人と女の人が話しています。女の人はどうして安心しましたか。

M：元気がありませんね。どうしたんですか。

F：さっき、山本先輩にあいさつの仕方が悪いって、ひどくしかられたんですけど、どこが悪かったのか分からないんです。

M：山本さんの言うことなんか、気にすることありませんよ。あの人はわざと意地悪してるに決まってるんですから。

F：え、そうなんですか。

M：うん。あの人って親切そうに見えて、意地悪なところがあるんですよ。僕も会社に入ったばかりの頃は、よくしかられましたが、何でしかられたか分からなかったから、それからは何を言われても気にしないようにしてるんですよ。他のみんなもそうです。

F：それを聞いて、ちょっと安心しました。

女の人はどうして安心しましたか。

【譯】

一位男士和一位女士正在公司裡交談。請問這位女士為什麼放心了呢？

M：看妳沒什麼精神的樣子，怎麼了嗎？

F：剛剛被山本前輩臭罵了一頓，說我問候的方式很差勁，可是我真的不知道哪裡做錯了。

M：山本前輩說的話，妳根本不必放在心上。反正那個人老是故意整人。

F：啊，是那樣的嗎？

M：嗯。她看起來待人親切，其實心地不好。我剛進公司的時候，常常挨她的罵，可是根本不知道為什麼要罵我，後來不管她說什麼，我都不在意了，其他人也都一樣。

F：聽您講完以後，我稍微放心一點了。

請問這位女士為什麼放心了呢？

1　因為知道了山本小姐其實是個親切的人
2　因為知道了不是自己做錯事了
3　因為這位男士教了她問候的方式
4　因為這位男士也不知道挨罵的理由

答案：2

【關鍵句】あの人って親切そうに見えて、意地悪なところがあるんですよ。
それを聞いて、ちょっと安心しました。

對話情境と出題傾向

這一題的情境是兩人在討論山本前輩愛罵人的習性。題目問的是女士為何感到放心。要特別注意女士的發言。

解題技巧

- 女士最後一句話指出「それを聞いて、ちょっと安心しました」。可見「それ」就是讓她放心的理由。指示詞「それ」通常都是指前不久出現過的人事物。而這個「それ」指的是男士的一番話「あの人って親切そうに見えて、意地悪なところがあるんですよ」。先指出山本前輩其實有壞心眼。接著便以自己及其他人的例子要女士別在意「僕も会社に入ったばかりの頃は、よくしかられましたが、何でしかられたか分からなかったから、それからは何を言われても気にしないようにしてるんですよ。他のみんなもそうです」。正確答案是 2。山本前輩常常故意罵人，有錯的並不是挨罵的那方。

- 選項 1 是錯的。因為男士是説「あの人って親切そうに見えて」，用的是「そうだ」的樣態用法，指出山本前輩只是「看起來」很親切，但個性並不是真的如此。

- 選項 3 是錯的。因為男士從頭到尾都沒有教導女士如何打招呼。

- 選項 4 是錯的。男士挨罵的事和自己沒什麼關係。而且男士説大家之所以會被山本前輩罵，是因為「山本前輩心地不好」。女士知道自己沒犯什麼錯所以感到安心。

單字と文法

- □ **ひどく** 狠狠地
- □ **わざと** 故意地
- □ **意地悪** 壞心眼、心地不好
- □ **なんか（「軽視」の用法）** 什麼的、真是太…（表示輕視）

小知識

☞「叱る」（責罵）與「怒る」（生氣）

叱る：

相手の非を説明して厳しく注意する。「優しく叱る」ということも可能。「叱りっぽい」「あの人はすぐ叱るから嫌だ」ということはできない。（責罵：說明對方的不是並嚴厲告誡。像「溫柔地責罵」這樣的表現是ＯＫ的。不過，「容易責罵」、「那個人動不動就責罵所以我討厭他」這些說法是行不通的。）

怒る：

腹を立てる。「優しく怒る」はあり得ない。「怒りっぽい」「あの人はすぐ怒るから嫌だ」ということができる。（生氣：火大。沒有「溫柔地生氣」這種說法。不過，「容易生氣」、「那個人動不動就生氣所以我討厭他」這兩種說法都成立。）

もんだい2 第21題答案跟解說

2-22

家で女の人と男の子が話しています。男の子はなぜおなかがすいていませんか。

F：ご飯、できたよ。

M：はーい。ええっ。こんなにいっぱい食べきれないよ。

F：さっきはお腹がすいて死にそうだって言ってたくせに、何言ってるの。

M：そんなこと言ったっけ？

F：忘れっぽい子ね。今日はサッカーの練習で泥だらけになるほど頑張ったから、おなかぺこぺこだって言ったじゃない？

M：(小さい声で）さっき、あんなにたくさんお菓子食べなきゃよかった。

F：今、何言ったの。聞こえたわよ。お母さんがご飯の準備してる間に何したの？

M：ごめんなさい。

F：とにかく、残さずに食べなくちゃだめよ。

男の子はなぜお腹がすいていませんか。

【譯】

一位女士和一個男孩正在家裡交談。請問這個男孩為什麼肚子不餓呢？

F：飯煮好囉。

M：來囉。啊，這麼多，我吃不完啦。

F：你剛剛不是說肚子餓到快要死掉了，現在又說吃不下！

M：我剛才有那樣說嗎？

F：你這孩子真不長記性！你不是說了，今天非常拚命練習足球，踢到渾身都是泥巴，肚子餓得扁扁的嗎？

M：（小聲說）早知道，剛才不要吃那麼多餅乾就好了。

F：你說什麼？我聽到囉。媽媽在做飯的時候你做了什麼？

M：對不起。

F：總之，你要全部吃光光才行喔。

請問這個男孩為什麼肚子不餓呢？

1　因為他快要死掉了　　2　因為他忘了自己肚子餓

3　因為他練習足球太累了　4　因為他吃了太多餅乾

解題關鍵と訣竅

答案：4

【關鍵句】さっき、あんなにたくさんお菓子(かし)食(た)べなきゃよかった。

對話情境と出題傾向

這一題的情境是媽媽正在和兒子討論他肚子餓不餓。題目問的是男孩為什麼肚子不餓。「なぜ」和「どうして」一樣，問的都是理由、原因。這一題頗有難度，對話中沒有明確地指出答案，所以要聽出弦外之音。如果沒把握能推敲出答案，建議使用刪去法作答。

解題技巧

- 正確答案是 4。關鍵句在男孩說的「さっき、あんなにたくさんお菓子食べなきゃよかった」。為什麼他會說剛剛不要吃那麼多零食就好了呢？從整段對話來看，媽媽因為他吵著說肚子餓，所以煮了很多菜，但是男孩又改口說他吃不下。看來「偷吃」零食就是事情的主因！
- 選項 1 是錯的。男孩雖然有跟媽媽說「死にそうだ」，但這是形容「おなかがすいて」這件事，也就是誇張地說自己快餓死了，並不是真的快死掉了。
- 選項 2 是錯的。雖然媽媽有說「忘れっぽい子ね」，但這是指男孩忘記自己說過的話，很健忘。並不是指男孩忘記了飢餓。
- 選項 3 是錯的。這對應到「今日はサッカーの練習があったから、おなかぺこぺこだって言った」這句話，指出男孩踢足球踢到肚子很餓。況且，因為踢足球踢得很累而肚子不餓，這也不合常理。

單字と文法

- □ **ぺこぺこ** （肚子）餓扁了
- □ **きる** …光、…完
- □ **っぽい** 感覺像…
- □ **とにかく** 總之
- □ **くせに** 明明就…
- □ **だらけ** 都是、全是

小知識

「おなかがすいた」、「おなかが減った」、「腹がすいた」、「腹が減った」這四句話中文都翻譯成「肚子餓了」，也都用來表示飢餓的狀態。不過女性較常使用「おなかがすいた」，男性則依據說話對象的不同，有時使用「腹が減った」，有時則使用「おなかがすいた」。以上四種說法意思都等同於「おなかがぺこぺこだ」（肚子餓扁了）。不過，這四句話都是把重點放在「剛剛肚子不餓，不過現在餓了」這個變化，但是「ぺこぺこ」的重點是強調「現在很餓」。

もんだい 2　第 22 題答案跟解說

2-23

学校で、男の学生と女の学生が話しています。女の学生はどうして火事に気がつきませんでしたか。

M：昨日、学校で火事があったの知ってる？

F：え、本当？何時頃？

M：ちょうど僕が帰ろうとしたところだったから、4時頃かな。実験室から火が出たらしいよ。

F：おかしいわね、昨日は私、4時半まで学校にいたけど、気がつかなかったわ。本当にその時間？

M：うん。火事といっても小さくて、消防車を呼ぶこともなかったから、気がつかなかったんじゃない？

F：でも、帰るとき実験室の前を通ったけど、何もなかったよ。うそじゃないでしょうね？

M：本当だよ。あ、そうだ。昨日は僕は数学の補習があったから、帰るの1時間遅かったんだ。

女の学生はどうして火事に気がつきませんでしたか。

【譯】

一個男學生和一個女學生正在學校裡交談。請問這個女學生為什麼沒有察覺發生了火災呢？

M：妳知道昨天學校失火的事嗎？

F：什麼，真的假的？幾點的事？

M：剛好是我要回去的時候，所以應該是 4 點左右吧。聽說火是從實驗室裡竄出來的耶。

F：好奇怪喔，我昨天在學校待到 4 點半，可是完全沒有發現呀。真的是那個時間嗎？

M：嗯。雖說發生火災，可是只是小火，連消防車也沒叫，所以妳才沒有發現吧。

F：可是，我回去時還經過了實驗室前面，當時沒有任何異狀呀。你該不會是騙我的吧？

M：是真的啦！啊，對了，我昨天有補數學，所以回家的時間比平常晚一個小時。

請問這個女學生為什麼沒有察覺發生了火災呢？

1　因為發生火災時她不在學校了

2　因為是小火災

3　因為有補習，回去的時候太晚了

4　因為男學生說了謊

解題關鍵と訣竅

答案：1

【關鍵句】ちょうど僕が帰ろうとしたところだったから、4時頃かな。
昨日は僕は数学の補習があったから、帰るの1時間遅かったんだ。

對話情境と出題傾向

這一題的情境是兩名學生在討論昨天學校發生的火災。題目問的是為什麼女學生沒有注意到火災。這題也沒有直接地指出答案，頗有難度。

解題技巧

- 這一題玩的是數字遊戲。男學生先說火災發生的時間是在 4 點左右「ちょうど僕が帰ろうとしたところだったから、4 時頃かな」。不過女學生覺得很奇怪，因為她昨天在學校待到 4 點半「昨日は私、4 時半まで学校にいた」，照理說應該會注意到有火災。不過後面男學生又改口「昨日は僕は数学の補習があったから、帰るの 1 時間遅かったんだ」，指出他昨天回家時間晚了一個鐘頭，也就是 5 點才對。從這邊可以得知，5 點時女學生已經回家了，所以她當然不知道發生了火災。正確答案是 1。
- 選項 2 是錯的。雖然對話當中確實有提到「火事といっても小さくて」，表示火勢不大。但是女學生有說「帰るとき実験室の前を通ったけど、何もなかったよ」。表示她經過事發地點卻什麼也都沒看到。
- 選項 3 是錯的。因補習而晚回家的是男學生，不是女學生。
- 選項 4 是錯的。對話當中並沒有任何證據指出男同學撒謊。

單字と文法

- □ **火事** 火災
- □ **実験室** 實驗室
- □ **消防車** 消防車
- □ **うそ** 撒謊、謊言
- □ **補習** 補習
- □ **といっても** 雖說如此…

小知識

日文所謂的「補習」（課後輔導），是指在學校正規授課時間以外的時間上課，或是指該課程。而這個課程最主要是針對考試成績不理想的學生，請這些學生放學後留下來額外上課補強。至於學校以外的授課機構，像是「塾」（補習班）教授的內容就不能稱之為「補習」。

もんだい 2　第 23 題 答案跟解說

2-24

会社で男の人と女の人が話しています。会議は何時から始まりますか。

M：上田さんと伊藤さん、知らない？

F：お二人でしたら、30 分ほど前から会議室でお話しになってますけど。

M：え、今まだ 10 時だよね？

F：ええ、そうですけど、どうかしましたか。

M：今日の会議、たしか 11 時からだったよね？

F：ああ、それでしたら。会議の前に、何か別の相談があるそうですよ。

M：それじゃ、会議が早く始まるというわけじゃないよね？

F：ええ、先ほど確認しましたが、予定どおりだそうです。

M：そう。ありがとう。

会議は何時から始まりますか。

【譯】

一位男士和一位女士正在公司裡交談。請問會議是從幾點開始的呢？

M：妳知不知道上田先生和伊藤小姐在哪裡？
F：您問的那兩位，大概從30分鐘前就在會議室裡討論了。
M：咦，現在才10點呀？
F：嗯，是呀，怎麼了嗎？
M：我記得今天的會議應該是從11點開始的吧？
F：喔，原來您是這個意思。他們好像要在開會前先討論其他事情的樣子。
M：那麼，不是會議提早開始了吧？
F：是的，我剛才確認過了，應該是依照原訂時間舉行。
M：是喔。謝謝。

請問會議是從幾點開始的呢？

1　9點
2　9點30分
3　10點
4　11點

解題關鍵と訣竅

答案：4

【關鍵句】今日の会議、たしか11時からだったよね？
ええ、先ほど確認しましたが、予定どおりだそうです。

對話情境と出題傾向

這一題的情境是男士在向女士確認會議的時間。題目問的是幾點開會，既然出現「何時」，就要特別留意時間點。題目當中勢必會出現許多時間點來混淆視聽，請務必聽出每個時間點代表什麼意思。

解題技巧

- 男士先指出「今日の会議、たしか11時からだったよね？」，表示會議是11點開始。這個「だった」不是表示過去式，而是確認的用法。後面他又再次確認「会議が早く始まるというわけじゃないよね？」，而女士也回答「ええ、先ほど確認しましたが、予定どおりだそうです」，表示開會時間並沒有改變，的確是11點沒錯。正確答案是4。
- 選項1是錯的。對話當中並沒有特別提到9點這個時間點。
- 選項2是錯的。9點30分是指上田先生和伊藤先生兩人開始討論的時間，和會議沒什麼關係。
- 選項3是錯的。從「今まだ10時だよね？」這邊可以得知現在是10點。不過現在的時間點和會議並沒有關係。

單字と文法

□**たしか** 好像是… □**相談** 商量 □**予定** 預定 □**とおり** 如同…

小知識

☞ **「～分」的音變現象**

「～分」（ふん）前面的數字如果是「2」、「5」、「7」、「9」以外的數字，就會產生音變現象，而讀作「ぷん」。例如：

⇨ 1分＝いっぷん（1分）
⇨ 2分＝にふん（2分）
⇨ 3分＝さんぷん（3分）
⇨ 4分＝よんぷん（4分）
⇨ 5分＝ごふん（5分）
⇨ 6分＝ろっぷん（6分）
⇨ 7分＝ななふん（7分）
⇨ 8分＝はっぷん（8分）
⇨ 9分＝きゅうふん（9分）
⇨ 10分＝じっぷん、じゅっぷん（10分）

也就是說，「ん」跟「っ」的後面，「ふ」會產生音變而唸成「ぷ」。

もんだい 2　第 24 題 答案跟解說

2-25

女の人と男の人が話しています。今のおばあちゃんの様子はどうですか。

F：おばあちゃんは？

M：おばあちゃんなら、さっきは居間でテレビ見てたよ。

F：え、お客さんはもう帰ったの？

M：うん、君が買い物に出かけてる間にね。30 分ぐらい前かな。

F：もう一度様子を見てきてくれる？

M：うん、いいよ。

（おばあちゃんの様子を見に行く）

F：どうだった？

M：テレビつけたまま、眠ってたよ。

F：今日はお客さんが来てたくさんしゃべったから、疲れたんでしょうね。
　風邪ひくといけないから、おふとんで寝るように言ってくれる？

M：うん、分かった。

今のおばあちゃんの様子はどうですか。

【譯】

一位女士和一位男士正在交談。請問奶奶現在的狀態如何？

F：奶奶呢？
M：奶奶剛才在客廳看電視呀。
F：咦，客人回家了喔？
M：嗯，妳出去買東西的時候回去的。大概在30分鐘前走的吧。
F：可以幫忙再去看一下奶奶的狀況嗎？
M：嗯，好啊。

（去看了奶奶的狀況）
F：怎麼樣？
M：開著電視睡著了。
F：今天有客人來，聊了不少，所以累了吧。要是感冒就糟糕了，可以幫忙去請奶奶到床上睡嗎？
M：嗯，知道了。

請問奶奶現在的狀態如何？

1　正在客廳看電視　　2　正在客廳和客人聊天

3　正在客廳睡覺　　4　正在床上睡覺

答案：3

【關鍵句】さっきは居間でテレビ見てたよ。
テレビつけたまま、眠ってたよ。

對話情境と出題傾向

這一題的情境是兩人在討論奶奶的狀況。題目問的是奶奶現在的狀況。要特別小心題目有設定「今」這個限制，問的是「現在的」，從這邊就要聯想到題目當中勢必會出現好幾個時態來干擾考生，要仔細聽出這些時間副詞或是動詞時態！

解題技巧

▶ 一開始女士先詢問奶奶的去向。男士回答「さっきは居間でテレビ見てたよ」。「さっき」的意思是「剛剛」，也就是說奶奶「剛剛」在客廳看電視。不過題目問的是奶奶「現在」的情形。所以選項 1 是錯的。

▶ 接著女士又拜託男士去看一下奶奶的狀況。男士回答「テレビつけたまま、眠ってたよ」。雖然對話當中沒有明確地說出「今」，不過這是此時此刻發生的事情沒錯。奶奶現在正在睡覺，而且電視也沒關。

▶ 從選項來看，睡覺的選項有 3 和 4 ，差別在於地點不同。這時「テレビつけたまま」就是重要的解題關鍵了！還記得男士說奶奶剛剛在做什麼嗎？沒錯！她在「客廳」看電視。既然是開著電視睡著了，可見她人應該是在客廳。正確答案是 3 。

▶ 選項 2 是錯的。這對應到「今日はお客さんが来てたくさんしゃべった」，表示奶奶今天和客人聊了很久。這邊要注意的是「しゃべった」，用的是過去式，代表奶奶現在已經沒有在和客人聊天了。

▶ 選項 4 是錯的。雖然女士有拜託男士「おふとんで寝るように言ってくれる？」，但這是要奶奶去床上睡覺，是還沒發生的事情，不是奶奶現在的狀態。

單字と文法

□ 様子（ようす） 樣子

□ しゃべる 說話

□ 居間（いま） 客廳

□ ように言う（い） 告訴要…

小知識

☞ **聆聽單字時的注意事項**

用聽覺來理解「漢語」（相較於「和語」的概念，指的是古代從中國借音借字的語詞），和用視覺來讀出文字，兩者所需要的能力是截然不同的。耳朵不像眼睛一樣可以直接確認文字，而日語當中又有太多同音異義語（例如：期間／機関）。此外，也有一些聽起來相似的和語單字是連日本人都分不太清楚的。比方說，「橋」、「端」、「箸」三者都唸成「はし」，只有重音有些許的不同。像這種時候，最好是靠前後的語意文脈來推敲現在到底是在講什麼。

另外，有些詞的發音和重音聽起來幾乎差不多，像是「選手」（せんしゅ）和「先週」（せんしゅう）、「大学」（だいがく）和「退学」（たいがく）、「関心」（かんしん）和「肝心」（かんじん）。這些單字如果沒有一個完整的語境，就很容易混淆。為了能正確理解，只能盡量聽出每一個發音。

2-26 25ばん

答え：①②③④

1　おいしい寿司(すし)を食(た)べるため

2　寿司(すし)の作(つく)り方(かた)を学(まな)ぶため

3　日本語(にほんご)を勉強(べんきょう)するため

4　日本(にほん)とアメリカの寿司(すし)の味(あじ)を比(くら)べるため

2-27 26ばん

答え：①②③④

1　仕事(しごと)が忙(いそが)しかったから

2　酒(さけ)を飲(の)みすぎたから

3　コーヒーを飲(の)みすぎたから

4　辛(から)いものを食(た)べすぎたから

2-28 27ばん

答え：① ② ③ ④

1 子供(こども)が小学生(しょうがくせい)だから

2 子供(こども)が猫(ねこ)を無理(むり)に抱(だ)こうとするから

3 猫(ねこ)にあげる餌(えさ)を持(も)ってきたから

4 自分(じぶん)の家(いえ)の猫(ねこ)を連(つ)れてきたから

2-29 28ばん

答え：① ② ③ ④

1 1,100円(えん)

2 1,200円(えん)

3 5,200円(えん)

4 6,200円(えん)

もんだい 2 第 25 題 答案跟解說

2-26

男の留学生が自己紹介をしています。男の留学生はなぜ日本に留学しに来ましたか。

M：私はアメリカから来たジョンソンと申します。半年前に日本に来ました。以前アメリカにいたときに食べたお寿司のおいしさに感動して、ぜひ自分でも作り方を習いたいと思い日本に来ました。そうしたら、日本で食べるお寿司はアメリカで食べたお寿司とは比べられないぐらいおいしいです。今はまだ日本語学校で言葉の勉強をしていますが、もっとうまくなったら、お寿司屋さんでアルバイトして、将来はアメリカでお寿司屋さんを開きたいです。そして、たくさんのアメリカ人に本当においしいお寿司を食べてもらいたいと思っています。

男の留学生はなぜ日本に留学しに来ましたか。

【譯】

一位男留學生正在自我介紹。請問這位男學生為什麼要來日本留學呢？

M：我名叫強森，來自美國。我是半年前來到日本的。以前在美國的時候吃到美味的壽司，讓我非常感動，心想我一定要學會做壽司的方法，所以到了日本。來到這裡以後，發現在日本吃到的壽司，比在美國吃到的壽司更加好吃，簡直不能相提並論。我現在雖然還在日語學校學習語言，等我的日語比較流暢以後，想去壽司店打工，以後還要在美國開壽司店，讓更多美國人嚐到真正美味的壽司。

請問這位男學生為什麼要來日本留學呢？

1　為了吃美味的壽司

2　為了學習做壽司的方法

3　為了學日語

4　為了比較日本壽司和美國壽司的味道

解題關鍵と訣竅

答案：2

【關鍵句】以前アメリカにいたときに食べたお寿司のおいしさに感動して、
ぜひ自分でも作り方を習いたいと思い日本に来ました。

對話情境と出題傾向

這一題的情境是男留學生在自我介紹。題目問的是男留學生來日本留學的目的。要特別留意他的動機。

解題技巧

- 解題關鍵在「以前アメリカにいたときに食べたお寿司のおいしさに感動して、ぜひ自分でも作り方を習いたいと思い日本に ました」這句。表示他因為想學習做壽司的方法才來到日本。「と思い」（心想…）相當於「と思って」。而「と思って」的「て」其實也有表示原因、理由的用法。正確答案是２。

- 選項１是錯的。雖然他有提到「日本で食べるお寿司はアメリカで食べたお寿司とは比べられないぐらいおいしいです」，但這只是單純敘述日本的壽司比美國的壽司好吃而已，並不是說他為了吃好吃的壽司才來日本。

- 選項３是錯的。關於日語學習，他只有提到「今はまだ日本語学校で言葉の勉強をしていますが」，表示自己現在還在日語學校學習語言，並沒有說他是為了學日語才來日本的。而且他後面又說「もっとうまくなったら、お寿司屋さんでアルバイトして、将来はアメリカでお寿司屋さんを開きたいです」。從這句話可以得知，他學習日語是為了能在壽司店打工，並在美國開一間壽司店。日語只是他達成目標的一個工具，不是他留學的目的。

- 選項４是錯的。雖然他有說日本的壽司比美國的好吃「日本で食べるお司はアメリカで食べたお寿司とは比べられないぐらいおいしいです」，可是這只是他品嚐過後的感想，並不表示他來日本是為了比較兩國的壽司。

單字と文法

- □ **おいしさ** 美味
- □ **感動** 感動
- □ **ぐらい** 簡直…

小知識

☞ **常見的幾種壽司**

⇨ 握り寿司（にぎりずし）（握壽司〈在一團醋飯上鋪上生魚片或是煎蛋等配料〉）

⇨ 巻き寿司（まきずし）＝のり巻き（のりまき）（壽司捲〈在放有配料的醋飯外包上一層海苔，利用竹簾捲捲起來定型〉）

⇨ 散らし寿司（ちらしずし）（散壽司〈將醋飯鋪在器皿內，並隨意鋪上配料〉）

⇨ 稲荷寿司（いなりずし）（豆皮壽司〈在油豆腐皮裡填入醋飯。相傳豆皮是稻荷神的狐狸使者喜歡吃的食物〉）

⇨ 押し寿司（おしずし）（押壽司〈先把配料鋪在長木箱的底層，再放上醋飯，接著用力壓住木箱蓋子使之定型後切食〉）

⇨ 五目寿司（ごもくずし）（五目壽司〈將海鮮和蔬菜切碎拌進醋飯裡，再鋪以紅薑、煎蛋條等裝飾〉）

もんだい 2 第 26 題 答案跟解說

男の人と女の人が話しています。大西さんが、胃が悪くなったのはどうしてですか。

M：大西さん、昨日入院したそうですよ。

F：え、本当ですか。知りませんでした。

M：前からずっと胃の具合が悪くて、医者に診てもらったら、もう少しで胃に穴が開くところだったそうですよ。

F：それは大変でしたね。仕事がお忙しいですからね。ストレスでしょうね。

M：いや、医者の話によるとそうじゃないそうですよ。

F：それじゃ、お酒でしょうか。大西さん、お好きでしたよね。

M：いえ、お酒はもうずいぶん前におやめになったんですよ。実はコーヒーだそうですよ。毎日 10 杯以上飲んでたのがよくなかったみたいですね。

F：へえ、それは知りませんでした。辛いものを食べすぎると胃に悪いというのは聞いたことがありましたが。私も大好きだから、気をつけなければいけませんね。

大西さんが、胃が悪くなったのはどうしてですか。

【譯】

一位男士和一位女士正在交談。請問大西先生胃病惡化的原因是什麼呢？

M：聽說大西先生昨天住院了。

F：什麼，真的嗎？我都不曉得。

M：他的胃從以前就不太好，請醫師診察了以後，聽說差一點就要胃穿孔了。

F：那可真糟糕呀。他工作太忙了，應該是壓力太大了吧。

M：不，根據醫師的說法，好像不是那個原因。

F：那麼，大概是酒嘍。我記得大西先生滿喜歡喝酒的。

M：不是，他已經戒酒很長一段時間了。其實，聽說是咖啡的緣故。他每天都喝10杯以上，結果傷了胃。

F：是喔，我不曉得還有這一種原因。我只聽說過吃太辣的東西會傷胃而已。我也很愛喝咖啡，看來也得小心才行嘍。

請問大西先生胃病惡化的原因是什麼呢？

1　因為工作太忙了

2　因為酒喝太多了

3　因為咖啡喝太多了

4　因為吃太多辣的東西了

解題關鍵と訣竅 答案：3

【關鍵句】実はコーヒーだそうですよ。毎日10杯以上飲んでたのがよくなかったみたいですね。

對話情境と出題傾向

這一題的情境是兩人在討論大西先生的胃病情形。題目問的是大西先生胃病惡化的原因。

解題技巧

▶ 當女士在推測大西先生胃病惡化的原因時，男士説了一句「実はコーヒーだそうですよ」。這個「そうです」是傳聞用法。表示消息是從其他地方得來的，而且可信度很高。這一句直接點出大西先生的胃病是因為咖啡才會變得這麼嚴重。正確答案是3。

▶ 選項1是錯的。當女士在推測「仕事がお忙しいですからね。ストレスでしょうね」時，男士回應「いや、医者の話によるとそうじゃないそうですよ」。這邊一樣是用表示傳聞的「そうです」來引用醫生的判定。也就是説，根據醫師的看診結果，大西先生不是因為壓力才導致胃病惡化。

▶ 選項2是錯的。當女士推測「それじゃ、お酒でしょうか。大西さん、お好きでしたよね」時，男士説「いえ、お酒はもうずいぶん前におやめになったんですよ」。表示大西先生很久以前就戒酒了，所以不是因為飲酒才變成這樣。

▶ 選項4是錯的。對話當中出現「辛いもの」的地方只有「辛いものを食べすぎると胃に悪いというのは聞いたことがありましたが」，這是女士表示她只聽説過吃辣的對胃不好。並不代表大西先生吃太多辛辣食物。

單字と文法

□ 胃 胃
□ 入院 住院
□ 診る 看診、診療
□ 穴 洞
□ ストレス【stress】壓力
□ によると 根據…

小知識

☞ **可以在開頭接上「お」的形容詞、形容動詞**

- お忙しい（忙碌的）
  お忙しいこととは存じますが…（雖知道您很忙碌…）
- お美しい（漂亮的）
  お美しいお嬢さんですね。（令媛好漂亮啊！）
- おきれい（美麗的）
  おきれいなお嬢さんですね。（令媛好美麗啊！）
- お優しい（溫柔的）
  （仏像を見ながら）お優しそうなお顔の仏さまですね。（〈看著佛像〉佛祖的表情還真是柔和啊。）
- お若い（実際の年齢ではなく、見た目や気持ちについて使う）（年輕的〈並不是指實際年齡，而是指外觀或心情〉）
  退職してからは登山がご趣味だとは、お若いですね。（退休後的興趣是爬山嗎？您還真年輕啊！　）
- ×おかわいい、お賢い（「かわいい」和「賢い」前不能加「お」。）

もんだい２ 第27題答案跟解說

2-28

道で、女の人と男の人が話しています。女の人はどうして猫カフェに行くのをやめましたか。

F：すみません。この辺に猫のいる喫茶店があると思うんですが、どこだかご存じですか。

M：猫カフェですか。それなら、そこの角の店がそうですよ。

F：あそこですか。ありがとうございます。

M：あ、でも、お子さんがご一緒ですね。おいくつですか。

F：小学４年生ですが。

M：それだと、入れないはずですよ。あの店は中学生以上じゃないと入れないんです。

F：え、そうなんですか。

M：ええ、嫌がってる猫を無理に抱っこしようとしたり、自分で持ってきた餌をあげようとしたり、中には自分の家の猫を連れてきたりする子供もいて、トラブルがあったそうです。それで、子供はお断りになったんですよ。

F：うちの子はそんなことしないんですが…。でも、しかたがないので今回はあきらめます。

女の人はどうして猫カフェに行くのをやめましたか。

【譯】

一位女士和一位男士正在路邊交談。請問這位女士為什麼放棄了去貓咪咖啡廳呢？

F：打擾一下，這附近好像有一家有貓咪的咖啡廳，請問您知不知道在哪裡呢？
M：您要找貓咪咖啡廳嗎？應該就是那個轉角的那家店了。
F：就在那裡呀。非常謝謝您。
M：啊，不過，您帶著小孩一起吧。請問幾歲了呢？
F：現在是小學四年級。
M：這個年紀的話，應該沒辦法進去喔。那家店只接受中學生以上的顧客。
F：啊，這樣嗎？
M：是啊，因為之前發生過一些困擾，比如有小朋友硬要抱起不想讓人抱的貓，還有人想要餵食自己帶來的貓食，也有小朋友把家裡的貓帶進咖啡廳裡等等，所以後來就不接受年紀小的顧客了。
F：我家的孩子不會做那些事情哪…。不過，這也沒辦法，這次只好不去了。

請問這位女士為什麼放棄了去貓咪咖啡廳呢？

1　因為孩子是小學生　　2　因為孩子硬要抱起貓

3　因為她帶了要餵給貓吃的貓食　　4　因為她帶了自家的貓

解題關鍵と訣竅

答案：1

【關鍵句】あの店は中学生以上じゃないと入れないんです。

對話情境と出題傾向

這一題的情境是女士想帶小孩去貓咪咖啡廳，於是向路人問路。題目問的是女士為何改變想法不去了。

解題技巧

- 解題關鍵在「お子さんがご一緒ですね。おいくつですか」、「小学４年生ですが」、「それだと、入れないはずですよ。あの店は中学生以上じゃないと入れないんです」這段對話。「入れない」是「入る」（進入）的可能否定形。男士明確地指出女士的小孩因年齡限制所以無法進入貓咪咖啡廳。最後女士也説「うちの子はそんなことしないんですが…。しかたがないので今回はあきらめます」。「あきらめる」意思和提問的「やめる」相近，表示雖然自己的小孩不會做這些事，但因為小孩還小，她今天就不去了。正確答案是１。
- 選項２、３、４都是錯的。分別對應到「嫌がってる猫を無理に抱っこしようとしたり」、「自分で持ってきた餌をあげようとしたり」、「中には自分の家の猫を連れてきたりする」。但這都是其他的小孩以前在該咖啡廳做出的事情，並不是女士的小孩的行為。

單字と文法

□ カフェ【cafe】咖啡廳
□ 抱っこ 抱
□ 餌 飼料
□ トラブル【trouble】麻煩、問題
□ あきらめる 放棄、作罷

小知識

☞ **對動物的愛稱**

⇨ ワンちゃん（犬のこと、犬の鳴き声を「ワンワン」ということから。「犬ちゃん」とは言わない）（狗狗〈指狗。因為狗的叫聲是「汪汪」。不說成「犬ちゃん」〉）

⇨ 猫ちゃん（猫の鳴き声は「ニャーニャー」だが、「ニャーちゃん」とは言わない）（貓咪〈雖然貓的叫聲是「喵喵」，不過不稱牠們為「ニャーちゃん」〉）

⇨ お猿さん、お馬さん（「猿さん」「馬さん」とは言わない）（猴子先生、馬先生〈不說成「猿さん」、「馬さん」〉）

⇨ 熊さん、牛さん、山羊さん（「お熊さん」「お牛さん」「お山羊さん」とは言わない）（熊先生、牛先生、山羊先生〈不說成「お熊さん」、「お牛さん」、「お山羊さん」〉）

もんだい 2　第 28 題 答案跟解說

2-29

女の人は引っ越しをするので中古の家電製品を売りたいと思っています。家でリサイクルショップの店員と話しています。女の人はお金をいくらもらいますか。

M：それでは、まず冷蔵庫から拝見します。こちらですね。大きいですし、きれいに使ってますから、1,000 円で買い取らせていただきましょう。

F：1,000 円ですか。4 年前に 5 万円で買ったんですが、もう少し高くなりませんか。

M：申し訳ありませんが、ちょっと難しいですね。

F：そうですか。それじゃ、しかたありませんね。それで結構です。それから、この洗濯機なんですが。

M：そうですね。もうずいぶんお使いになったようなので、100 円でいかがでしょう？

F：たった 100 円ですか。もう少しどうにかなりませんか。

M：それじゃ、200 円ではいかがしょう。うちとしてもこれ以上は出せませんが。

F：しかたないですね。でも、こちらのテレビはまだ 2 年前に 10 万円で買ったばかりなんですから、いい値段でお願いしますよ。

M：そうですね。まだ状態もいいようですので、5,000 円でいかがですか。

F：10 万円が 2 年で 5,000 円ですか。それなら、これは引っ越し先に持っていくことにします。残りの二つだけお願いします。

M：承知しました。ありがとうございます。

女の人はお金をいくらもらいますか。

【譯】

一位女士即將要搬家，想要賣掉中古的家電製品。她正在家裡和二手回收店的店員交談。請問這位女士可以拿到多少錢呢？

M：那麼，請讓我從冰箱先看起。是這一台吧。尺寸很大，也維持得很乾淨，用1,000圓向您收購吧。
F：1,000圓喔。四年前是花 5 萬圓買的，價錢不能再高一點嗎？
M：非常不好意思，恐怕有點困難。
F：這樣呀，那就沒辦法了。這個價格就行了。接下來是這台洗衣機。
M：讓我看看，看來已經用得有點舊了，我出100圓可以嗎？
F：只有100圓而已嗎？不能再加一點點嗎？
M：那麼，200圓可以嗎？超過這個價格我就沒辦法再往上加了。
F：那就只好這樣了。不過，這台電視機是兩年前剛花10萬圓買的，請估個好價錢吧。
M：讓我看一看。看起來狀況還很好，5,000圓您覺得如何？
F：10萬圓過了兩年就變成5,000圓了喔。這樣的話，這台我就帶去新家吧。只有其他那兩台麻煩您了。
M：了解。非常感謝關照。

請問這位女士可以拿到多少錢呢？

1　1,100圓　　2　1,200圓　　3　5,200圓　　4　6,200圓

解題關鍵と訣竅

答案：2

【關鍵句】それでは、まず冷蔵庫(れいぞうこ)から拝見(はいけん)します。…、1,000円(えん)で買(か)い取(と)らせていただきましょう。
それじゃ、200円(えん)ではいかがしょう。
残(のこ)りの二(ふた)つだけお願(ねが)いします。

對話情境と出題傾向

這一題的情境是女士在和二手回收店的店員討論買賣中古家電。題目問的是女士可以得到多少錢。這一題提問同樣有「いくら」，就像之前提醒過的一樣，一旦出現「いくら」，就要特別留意題目中的每個數字，且很有可能需要加減乘除。而這一題在提問中已經有特別鎖定「お金」了，所以要注意的是每件家電的收購價是多少，可別聽到其他的數字了。

解題技巧

- 首先是冰箱。店員開價「1,000円で買い取らせていただきましょう」。雖然女士有討價還價，不過對方很為難。女士雖不情願，只好接受1,000圓這個價位「それじゃ、しかたありませんね」。
- 接著是洗衣機。店員一開始開價「100円でいかがでしょう？」。女士討價還價後，男士提高價錢到200圓「それじゃ、200円ではいかがしょう」。女士又以「しかたないですね」答應。
- 最後是電視機。男士説「5,000円でいかがですか」，表示要以5,000圓收購。可是女士回答「それなら、これは引っ越し先に持っていくことにします。残りの二つだけお願いします」。也就是説電視機她不賣了，賣其他兩樣就好。
- 1,000（冰箱）＋200（洗衣機）＝1,200（圓）。正確答案是2。

單字と文法

- □ 中古(ちゅうこ) 中古、二手
- □ 家電製品(かでんせいひん) 家電
- □ リサイクルショップ【recycle shop】回收店鋪
- □ 状態(じょうたい) 狀態
- □ 承知(しょうち)しました 我明白了、我知道了

翻譯與題解 もんだい1 もんだい2 もんだい3 もんだい4

小知識

☞ **「うちとしてもこれ以上は出せませんが」的「うち」**

本題當中有一句「うちとしてもこれ以上は出せませんが」。雖然就像下面的例句一樣，「うち」多指自己家裡。但這裡的「うち」其實是指說話者所屬的團體，也就是說話者的公司：「リサイクルショップ」。

A：「ご家族は皆さんお変わりありませんか。」（A：「府上的各位最近都還好嗎？」）

B：「おかげさまで、うちの者みな元気にしております。」（B：「託您的福，我們全家都很平安健康。」）

在客人面前提到自己服務的公司或店家時，用「うち」自稱是比較隨便一點的說法。正式一點的說法是「弊社」（敝公司）、「私ども」（我們。唸作「わたくしども」）。這個「ども」是複數形，用來表示輕視，接在第一人稱後面則有謙虛的意思，和「私達」的語意不太相同。

- メモ -

問題三

概要理解

▼ 前ページで解法テクニックを確認したら、次の演習問題にチャレンジしてください。▼

概要理解　問題３

3-1

問題３では、問題用紙に何もいんさつされていません。この問題は、ぜんたいとしてどんなないようかを聞く問題です。話の前に質問はありません。まず話を聞いてください。それから、質問とせんたくしを聞いて、１から４の中から、最もよいものを一つえらんでください。

3-2　１ばん

答え：① ② ③ ④

- メモ -

3-3　２ばん

答え：① ② ③ ④

- メモ -

3-4　３ばん

答え：① ② ③ ④

- メモ -

3-5 4ばん

答え：① ② ③ ④

- メモ -

3-6 5ばん

答え：① ② ③ ④

- メモ -

3-7 6ばん

答え：① ② ③ ④

- メモ -

もんだい3　第 1 題 答案跟解說

3-2

女の学生が友達の家に来て話しています。

F１：こんにちは。佐藤です。洋子さんの具合はいかがですか。

F２：あら、佐藤さん、来てくれたの。悪いわね。どうぞ、上がって。

F１：あ、私はここでいいです。すぐに帰りますから。洋子さんいかがですか。

F２：それが、今朝急に頭が痛いって言うから、病院で診てもらったらやっぱりインフルエンザだったわ。薬もらってきたんだけど、まだ熱が下がらないの。今、部屋で寝てるけど、佐藤さんにもうつったら大変だから、会わないほうがいいわね。

F１：いえ、今日は洋子さんの分のノートをとっておいたので、お渡ししに来ただけですから。これ、あとで洋子さんに渡してください。

F２：あら、気を使ってくれてありがとうね。お茶入れるから上がって。

F１：いえ、私、これから塾に行かなければいけないので、今日はこれで失礼します。また明日来ます。

女の学生は友達の家に何をしに来ましたか。

1　友達に会いに来た

2　ノートを渡しに来た

3　お茶を飲みに来た

4　友達を塾に誘いに来た

【譯】

一個女學生來同學家和她的家人交談。

F１：您好，我是佐藤。請問洋子同學的身體狀況如何呢？

F２：哎呀，佐藤同學，妳特地來了呀。不好意思喔，請進、請進。

F１：啊，我在門口就行了，馬上就要走了。請問洋子同學好些了沒？

F２：她今天早上突然喊頭痛，去醫院看了病，果然是染上流行性感冒了。雖然拿了藥回來吃，可是發燒還沒退，現在正在房間裡睡覺。要是傳染給佐藤同學就糟糕了，最好還是不要見面。

F１：喔不，我只是幫洋子同學留了一份筆記，今天送來給她而已。麻煩等一下把這個拿給洋子同學。

F２：哎呀，真謝謝妳這麼貼心。請進來喝杯茶吧。

F１：不了，我現在得趕去補習班，今天就先告辭了。我明天會再來的。

請問這個女學生為什麼要來同學家呢？

1　來見同學的

2　來送筆記的

3　來喝茶的

4　來邀同學一起去補習班的

解題關鍵と訣竅

答案：2

【關鍵句】今日は洋子さんの分のノートをとっておいたので、お渡ししに来ただけですから。

對話情境と出題傾向

第三大題「概要理解」。這是Ｎ４、Ｎ５沒看過的題型。在這個大題，題目一開始只會提供簡單的場景説明，並不會先告訴考生要考什麼。聆聽時比較無須重視細節項目，而是要聽出會話的主旨。考的通常會是説話者的目的、想法、感受…等等。要掌握整體大方向，並要留意每個人説了什麼。

解題技巧

- 這一題的情境是女學生到請病假的同學家，並要同學的媽媽代為轉交課堂筆記。題目問的是女學生來到朋友家的目的。
- 從「今日は洋子さんの分のノートをとっておいたので、お渡ししに来ただけですから」就可以知道她是來拿筆記給朋友的。正確答案是２。「動詞ます形＋に＋来る」表示為了某種目而前來。而「だけ」兩個字更強調了她只是要拿筆記，沒有要會面的意思，所以選項１是錯的。
- 朋友的母親説「お茶入れるから上がって」，不過女學生用「いえ」拒絕了對方的好意。從這邊也可以知道選項３是錯的。
- 女學生最後雖然説「私、これから塾に行かなければいけない」，但這句話只有表示她本人要去補習，並沒有邀約朋友一起來。所以選項４也是錯的。

單字と文法

- □ インフルエンザ【influenza】流行性感冒
- □（風邪が）うつる 傳染
- □ ノートをとる 記筆記
- □ 気を使う 費心
- □（お茶を）入れる 泡（茶）

小知識

☞ **如何在聽力考試中掌握外來語？**

現在的日語當中含有大量的外來語，談話之中若少了外來語，溝通也多了一點難度。外來語大多是來自英語，不過進入到日文後，發音就跟原來的英語唸法不太一樣，而且有些單字的意思也有些許的轉變。不少學習日語的外國人都表示外來語真是一大罩門。不熟悉外來語的人不妨可以反覆播放ＣＤ，多多練習用耳朵掌握外來語語意。例如：

⇨ ストレス【stress】（壓力）
⇨ ルール【rule】（規則）
⇨ シートベルト【seat belt】（安全帶）
⇨ イメージ【image】（形象、想像）

もんだい3　第②題 答案跟解說

3-3

女の人と男の人が話しています。

F：来週の日曜日、良枝の送別会だから空けといてね。

M：良枝って君のいとこだよね？ もう何年も会ってないから忘れちゃった。送別会って、どこか行くの？

F：また忘れたの？ 何度も言ったでしょう？ 今度、ロンドンに転勤することになったって。

M：へえ、そうなんだ。それで、どこで？

F：横浜のフランス料理店。

M：遠いから面倒だな。君だけ行けばいいじゃない？ 僕が行っても向こうも僕のこと覚えてないでしょう？

F：そんなことないわよ。良枝も久しぶりにあなたに会えるのが楽しみだって言ってるし、それに、もう返事しちゃったんだから。

M：それじゃしかたがないな。

男の人は送別会に行くことについてどう思っていますか。

1　久しぶりに会えるのが楽しみだから、行くつもりだ
2　久しぶりに会いたいが、行かないつもりだ
3　遠くて面倒だから、行かないつもりだ
4　遠くて面倒だけれども、行くつもりだ

【譯】

一位女士和一位男士正在交談。

F：下個星期日要幫良枝餞行，記得把時間空出來。

M：良枝是妳的表妹吧？已經好幾年沒見到她，都已經忘了。說要為她餞行，她要去哪裡嗎？

F：你又忘了喔？不是跟你講過好幾次了嗎？她被公司派到倫敦上班了。

M：是喔，原來是這樣。那，要在哪裡為她餞行？

F：橫濱的法國料理餐廳。

M：好遠，實在懶得去。妳一個人去就行了吧？就算我去了，她也不記得我了吧？

F：哪會不記得！良枝也說好久沒看到你了，很期待能和你見面呢，而且我都已經跟她說我們都會去了。

M：那就只好這樣了。

請問這位男士對於參加餞行有什麼想法呢？

1　很期待久別重逢，打算參加
2　好久不見了，雖然想見面，但是不打算參加
3　因為嫌太遠，所以不打算去
4　雖然嫌太遠，但還是打算去

解題關鍵と訣竅

答案：4

【關鍵句】遠(とお)いから面倒(めんどう)だな。
もう返事(へんじ)しちゃったんだから。
それじゃしかたがないな。

對話情境と出題傾向

這一題情境是男女雙方在討論要不要參加良枝的餞行。題目問的是男士對於餞行的看法。

解題技巧

- 從「遠いから面倒だな」這一句可以發現男士的心情是覺得很遠、很麻煩。不過說到最後，「それじゃしかたがないな」這一句表示他對於去參加餞行這件事沒輒，也就是說他要前往參加餞行。四個選項當中只有選項 4 完全吻合。
- 選項 1 錯誤的地方在「久しぶりに会えるのが楽しみ」，期待見面的只有良枝而已。
- 選項 2 也是錯的。男士只覺得去餞行很麻煩，並沒有表示他很想見良枝。再加上最後男士有被女士說服，所以還是決定參加。
- 選項 3 前半段敘述雖然符合男士的心情，但其實他是同意要去餞行的，所以後半段錯誤。

單字と文法

- □ **いとこ** 表兄弟姊妹、堂兄弟姊妹
- □ **ロンドン【London】** 倫敦
- □ **フランス【France】** 法國
- □ **面倒(めんどう)** 麻煩
- □ **久(ひさ)しぶり** 許久不見
- □ **って（主題(しゅだい)）** 是…、叫…

說法百百種

▶「と」（って／て）的各種用法

1.將聽來的消息或自己的想法傳達出去。

山田さんは明日来られないと言ってたよ。→山田さんは明日来られないって（言ってたよ）。
／山田先生說他明天不能來喔！

2.想更進一步瞭解而詢問。

二日って何曜日？
／二號是星期幾呢？

3.針對人事物的性質或名稱進行敘述。

ＯＬというのは大変だよね。→ＯＬって大変だよね。
／所謂的ＯＬ還真辛苦啊！

もんだい 3　第 3 題答案跟解說

3-4

ホテルで、係りの人が話しています。

M：では、続いて、ホテルでのお食事についてご説明いたします。2階のレストランのご利用時間は午後5時から午後11時まででございます。ご宿泊のお客様には、10%割引サービスがございますので、ご利用の際はお手元のサービス券をお持ちください。ご朝食につきましては、毎朝6時半より1階ロビー横のフロアにおいて、バイキング形式でご提供しております。ご宿泊のお客様は無料でご利用いただけますので、ご利用の際はお名前とお部屋番号を係りの者にお知らせください。バイキングのご利用時間は午前10時までとなっております。7時から8時の間は混雑が予想されますので、ご出発をお急ぎのお客様は、早めにご利用くださいますようお願いいたします。

係りの人が話した内容と合うのはどれですか。

1　このホテルに泊まっている人は、無料でレストランを利用できる
2　レストランで朝ご飯を食べたい人は、朝7時より前に食べに行くほうがいい
3　バイキングを利用する人は、サービス券を持っていくと割引してもらえる
4　このホテルの中にはお昼ご飯を食べられる店はない

【譯】

一位旅館人員正在館內說話。

M：那麼，接下來為您說明在館內用餐的相關事宜。2樓餐廳的供餐時間為下午5點到晚上11點。住宿的貴賓享有九折的折扣優惠，用餐時請記得攜帶您手上的折扣券。早餐是從每天早晨6點半開始，在1樓大廳旁的位置以自助餐的方式供應。住宿貴賓可以免費享用早餐，請在用餐前將您的大名與房間號碼告知館方人員。自助餐的供應時間到上午10點為止。7點到8點通常是用餐的尖峰時段，急著出發的貴賓，建議提早前往用餐。

請問以下哪一項和旅館人員所說的內容相符呢？

1　住在這間旅館的房客，可以到餐廳免費用餐
2　想在餐廳吃早餐的房客，最好在早上7點以前去吃
3　吃自助餐的房客，拿折扣券去即可享有打折優惠
4　這間旅館裡沒有能夠吃中餐的店

答案：4

【關鍵句】2階のレストランのご利用時間は午後5時から午後11時まででございます。
バイキングのご利用時間は午前10時までとなっております。

對話情境と出題傾向

這一題情境是飯店人員在介紹飯店的用餐方式。題目問的是四個選項當中哪一個符合敘述。像這種題目就只能用刪去法來作答。

解題技巧

- 選項1對應到「ご宿泊のお客様には、10%割引サービスがございます」這句話。表示餐廳對於住宿的客人是打9折，並不是免費供餐的。所以這個選項不正確。
- 選項2是錯的。錯誤的地方在「レストランで」，從「ご朝食につきましては、毎朝6時半より1階ロビー横のフロアにおいて、バイキング形式でご提供しております」這句話可以得知，吃早餐的地方是在1樓大廳旁，並不是在餐廳裡面。
- 選項3是錯的。從「2階のレストランのご利用時間は午後5時から午後11時まででございます。」這一段可以得知，能使用折扣券的不是早餐的自助餐，而是餐廳才對。接下來「ご宿泊のお客様には、10%割引サービスがございますので、ご利用の際はお手元のサービス券をお持ちください」這句可以得知，自助餐只要是住宿的客人都可以免費享用。
- 正確答案是4。雖然除了早餐自助餐服務，飯店裡也設有餐廳。不過餐廳開放時間是下午5點到晚上11點「2階のレストランのご利用時間は午後5時から午後11時まででございます」，由此可見中餐時間並無供餐。

單字と文法

□ 割引（わりびき） 打折

□ 手元（てもと） 手邊

□ ロビー【lobby】大廳

□ フロア【floor】樓層

□ バイキング形式（けいしき）【viking】自助餐形式

□ 無料（むりょう） 免費

□ 混雑（こんざつ） 混亂、擁擠

□ 予想（よそう） 預想、預測

□ において 在…方面

小知識

☞ 避免混淆的說法

容易混淆的例子	避免混淆的說法
1時（いちじ） 7時（しちじ）	將「7」唸成「なな」
科学（かがく） 化学（かがく）	將「化学」唸成「ばけがく」
市立（しりつ） 私立（しりつ）	將「市立」唸成「いちりつ」 將「私立」唸成「わたくしりつ」

此外，為了避免對方聽錯「2」，有時會將「に」改唸成「ふた」。比方說，將「2200」唸成「ふたせんふたひゃく」。

もんだい 3　第 4 題 答案跟解說

(3-5)

電話で女の人と男の人が話しています。

F：はい、山田工業です。

M：もしもし、大原電器の田中です。いつもお世話になっております。

F：あ、田中さんですか。高橋です。こちらこそ、いつもお世話になっております。

M：あのう、前日になってからで大変申し訳ないのですが、明日の会議の時間を変更していただきたいのですが、よろしいでしょうか。

F：明日の会議はたしか、午前 10 時からのお約束でしたね。

M：ええ、それが、急にどうしてもはずせない用事ができてしまって、その時間にうかがえなくなってしまったんです。

F：そうですか。それでは、何時に変更すればよろしいですか。

M：明日は、午後 2 時からは間違いなく時間がありますので、それよりあとで、そちらの都合のいい時間を指定していただけますか。

F：分かりました。上司と相談して、こちらからお電話します。

M：よろしくお願いします。

男の人が一番言いたいことは何ですか。

1　いつもお世話になっていること　　2　会議の時間を変えてほしいこと
3　明日、急な用事ができたこと　　4　自分が大原電器で働いていること

【譯】

一位女士和一位男士正在電話裡交談。

F：這裡是山田工業，您好。

M：喂，我是大原電器的田中。平常承蒙關照了。

F：啊，是田中先生嗎？我是高橋，感謝貴公司惠顧。

M：是這樣的，到了前一天才想換時間，真的非常抱歉，我想更改明天的會議時間，不知道可不可以呢？

F：我記得明天的會議應該是訂在早上10點開始吧？

M：是的，可是我臨時有事調不開，沒辦法在那個時間前往貴公司開會。

F：原來是這樣的。那麼，改到什麼時間比較好呢？

M：明天從下午 2 點以後都一定有空，只要是在那個時間以後，由貴公司指定方便的時段，我都能配合。

F：了解。我和主管討論以後，再回電話給您。

M：麻煩您了。

請問這位男士最想說的事是什麼呢？

1　平常承蒙關照　　2　想要更改會議的時間
3　明天突然有急事　　4　自己是在大原電器工作

解題關鍵と訣竅

答案：2

【關鍵句】前日（ぜんじつ）になってからで大変申（たいへんもう）し訳（わけ）ないのですが、…。
急（きゅう）にどうしてもはずせない用事（ようじ）ができてしまって、…。

對話情境と出題傾向

這一題的情境是男士打電話給公司合作對象（或是客戶）。題目問的是男士最想表達的事情，也就是説，題目考的是男士打電話到山田工業的目的。

解題技巧

- 在商務電話當中，除掉前面的招呼寒暄，緊接著就會進入到要件話題。男士的「明日の会議の時間を変更していただきたいのですが」就是這一題的答案。他之所以來電，為的是要更改明天的會議時間。正確答案是２。
- 選項１錯誤的地方在「いつもお世話になっております」只是寒暄用語，並不是這通電話最重要的部分。
- 選項３對應到「急にどうしてもはずせない用事ができてしまって」，這只是更改會議時間的理由，男士想要做的事情是告知並更改會議時間，並不是要解釋其背後原因。
- 選項４對應到「大原電器の田中です」。報上名堂只是一種禮貌，並不是這通電話的主要目的。

單字と文法

- □ **こちらこそ** （我才是）承蒙照顧了、（我才要）感謝您
- □ **変更（へんこう）** 變更
- □ **はずす** 抽身
- □ **都合（つごう）がいい** 方便、合適
- □ **指定（してい）** 指定

說法百百種

▸ 電話當中常用的句子：

1. 取得對方同意（以下均為更改預約時間的例子）

勝手なお願いで恐縮ですが、…。／我知道這是很任性的請求…。

お約束の日を変えていただけないでしょうか。
／是否能讓我更改約定的時間日期呢？

５日の午後３時に変更していただけないでしょうか。
／不知是否能更改到５號下午３點呢？

2. 表示自己的時間是否許可

水曜日なら何時でもかまいません。／如果是週三的話，不管幾點都沒問題。

８日はちょっと…。／８號有點不太方便…。

木曜日の午前ならかまいません。／如果是週四上午的話就可以。

もんだい３　第 5 題 答案跟解說

3-6

バスの中で女の人と男の人が話しています。

F：内田さん、今日はずっと外を回ってたから疲れたでしょう？

M：そうですね。朝からずっとでしたからね。

F：あそこ、席が空いてるから座ったら？

M：でも一つしか空いてませんね。伊藤さんが座ってください。

F：私は一日中会社で座って仕事してたから大丈夫よ。気にしないで座って。

M：そう言われても、年上の女の人を立たせて若い男が座るわけにはいきませんよ。どうぞ座ってください。

F：そう？悪いわね。じゃあ荷物持ってあげるわ。

男の人は一つしか空いていない席に座ることについてどう思っていますか。

1　疲れていないので、座るべきではない

2　疲れているので、座ってもよい

3　疲れているが、座るべきではない

4　疲れていないが、座りたい

【譯】

一位男士和一位女士正在巴士裡交談。

F：內田先生，今天一整天都在外面奔波，很累了吧？

M：是啊，從早上就一直在外面跑。

F：那裡有個空位，你去坐吧？

M：可是只有一個空位而已呀。伊藤小姐您請坐。

F：我一整天都在公司裡坐著工作，一點也不累。不必客氣，你去坐吧。

M：可是，總不能讓年長的女性站著、年輕男人坐著吧。您請過去坐。

F：這樣嗎？真不好意思。那麼，我幫您拿東西吧。

對於只有一個空位可坐這件事，這位男士有什麼樣的想法？

1　因為不累，所以不應該坐

2　因為很累，所以坐下也無妨

3　雖然很累，但是不應該坐

4　雖然不累，但是想坐

解題關鍵と訣竅

答案：3

【關鍵句】今日はずっと外を回ってたから疲れたでしょう？
そうですね。
年上の女の人を立たせて若い男が座るわけにはいきませんよ。

對話情境と出題傾向

這一題的情境是兩名同事下班時一起搭乘大眾交通工具。這一題問的是男士對於只有一個空位可坐這件事有什麼看法。可以從他對女士說的話當中找出答案。

解題技巧

- 「年上の女の人を立たせて若い男が座るわけにはいきませんよ」，這句話是解題關鍵。表示男士覺得他不能讓年長的女性站著，而自己卻坐在位子上。「わけにはいかない」表示說話者雖然很想這麼做，但礙於常識或道德規範等等，不能這麼做。這句話也就相當於「座ってはいけない」（不可以坐）。
- 選項１、３的「座るべきではない」都是表示他不可以坐下。不過兩者的差別在於要男性究竟累不累。
- 會話的開頭，女士有問男士是不是很累「今日はずっと外を回ってたから疲れたでしょう？」，男士回答「そうですね」，從這邊可以得知其實男士很疲憊，所以正確答案是３。

單字と文法

- □ 年上（としうえ） 年長
- □ べき 應該

小知識

☞ **想想說話者的心情**

能夠呈現自己的想法，或是表達事物關係的說法有好多種。這時我們就會針對說話的對象、整體的狀況、當下的心情來選擇最適當的表達方式。其中有直白的說話方式，當然也有婉轉的說話方式。又或者是有時我們不將整句句子說個完整，只以一個字來傳達自己想表達的意思。如果想要溝通無礙，就必須正確理解說話者藏在這些話語之間的用意，並把握被隱藏起來的事實關係。

⇨ 年上の女の人を立たせて若い男が座るわけにはいきませんよ。（總不能讓年長的女性站著、年輕男性坐著吧？）

這句話的「わけにはいきません」意思是「～是不被允許的」。也就是說，說話者想表達的是「若い男が座るべきではない」（年輕男性不應該坐著）。

もんだい 3　第 6 題 答案跟解說

3-7

男の留学生と女の学生が話しています。

M：7月の日本語能力試験の結果が出たんだ。

F：どうだった？林さんはたしかN3を受けたんだよね。もちろん、合格だったでしょう？

M：それが、たった2点足りなくてだめだったよ。

F：ええっ。林さんならN3は絶対合格できると思ってたのに…。

M：うん、先生もN2を受けてもいいんじゃないかとおっしゃってたんだ。でも能力試験を受けるの初めてだっただから、安全のためにN3にしたんだ。だから、自分でも受かる自信はあったんだけどね。

F：それなのに、どうしたの？

M：それが前日の晩によく眠れなかったせいか、試験の日は寝坊して遅刻しそうになったんだ。それで試験中はずっと気持ちを集中させることができなかったのが原因だと思うよ。

F：そう。初めてだったから緊張したのかもしれないね。残念だったね。

M：うん、でも12月にもう一度受験して、今度こそは合格してみせるよ。

女の学生は何が残念だといっていますか。

1　男の留学生が、先生の．言うとおりにN2を受験しなかったこと
2　男の留学生が、試験に遅刻して受けられなかったこと
3　男の留学生が、試験で自分の力を出し切れなかったこと
4　男の留学生が、昨日の晩よく眠れなかったこと

【譯】

一位男留學生和一位女學生正在交談。

M：7月的日本語能力測驗得結果出來了。

F：考得如何？我記得林同學你考的是N 3吧。結果當然是通過了囉？

M：結果只差2分，沒能通過。

F：什麼！我還以為以林同學你的程度絕對會通過的…。

M：嗯，老師當時也建議我不妨報考N 2，可是我是第一次考能力測驗，為求保 險起見所以報考N 3，所以自己也有信心可以通過。

F：既然如此，到底怎麼了呢？

M：因為考試前一天晚上很久都沒法入睡，結果當天早上睡過頭，差點遲到了，導致考試的時候一直沒辦法集中精神。我想原因就出在這裡。

F：這樣喔。畢竟是第一次考試，所以太緊張了吧。好可惜喔。

M：嗯。不過12月會再考一次，這次一定要通過讓大家看！

女學生為什麼說好可惜呢？

1　因為男留學生沒有依照老師的建議去考N 2
2　因為男留學生考試遲到了所以不能應考
3　因為男留學生在考試時沒能充分發揮自己的實力
4　因為男留學生昨天晚上沒有睡好

解題關鍵と訣竅

答案：3

【關鍵句】試験中はずっと気持ちを集中させることができなかったのが原因だと思うよ。

對話情境と出題傾向

這一題的情境是女學生關心男留學生日文檢定考試的結果。這一題問的是女學生覺得什麼事很可惜。要特別注意女學生的發言。

解題技巧

- 剛好對話中也有個「残念」出現在女學生的發言中。這句話是「そう。初めてだったから緊張したのかもしれないね。残念だったね」，表示她對於男學生在發言中提到的某項事物感到很可惜，指的就是「試験中はずっと気持ちを集中させることができなかったのが原因だと思う」（考試的時候一直沒辦法集中精神。我想原因就出在這裡）這件事。
- 選項１是錯的。女學生並沒有針對Ｎ２考試發表任何意見。
- 選項２是錯的。對話當中雖然有提到「遅刻」，但是是説「遅刻しそうになった」。「動詞ます形＋そう」是樣態用法，好像快遲到了，實際上沒有真的遲到。
- 選項３是正確的。「在考試時沒能充分發揮自己的實力」呼應「試験中はずっと気持ちを集中させることができなかった」。
- 選項４是錯的。從「それが前日の晩によく眠れなかったせいか」這句可以得知，沒睡好是指考試前一晚，並不是昨晚的事。

單字と文法

- □結果 結果
- □受ける 參加考試
- □もちろん 當然
- □合格 合格
- □たった 只有
- □絶対 絕對
- □自信 自信
- □寝坊 賴床
- □遅刻 遲到
- □集中 集中精神、專心
- □緊張 緊張
- □受験 參加考試
- □こそ 更要…（表示說話者的決心）

說法百百種

▶激勵的一些說法

1. 鼓勵自我的說法

絶対負けないぞ。／我絕不會輸的！

あと２週間、猛勉強するぞ。／剩下２個禮拜，我要努力唸書！

絶対受かってみせるぞ。／絕對要考上給你看！

なんとかなるさ、なるようになるさ。（他人にも使える）
／總會有辦法的。（也可以用在他人身上）

2. 勵別人的說法

頑張れ、頑張って。／加油。

もうひとふんばり。(自分にも使える）／再加把勁！（也可以用在自己身上）

うまくいくといいね。／如果順利就好了呢！

きっとうまくいくよ。／一定可以順利的！

元気出せよ、元気出して。／打起精神嘛！

君ならできるよ。／你一定辦得到的！

しっかりね。／振作起來！

自信を持って。／拿出自信吧！

3-8 7ばん

答え：① ② ③ ④

- メモ -

3-9 8ばん

答え：① ② ③ ④

- メモ -

3-10 9ばん

答え：① ② ③ ④

- メモ -

3-11 **10ばん**　答え：①②③④

- メモ -

3-12 **11ばん**　答え：①②③④

- メモ -

3-13 **12ばん**　答え：①②③④

- メモ -

もんだい 3　第 7 題 答案跟解說

3-8

男の人と女の人が話しています。

M：このコーヒー、苦いですね。

F：そう？もっとお砂糖とミルクを入れれば？

M：もうたくさん入れたんですよ。でもまだ苦いと思いますよ。

F：私はおいしいと思うけど。

M：あれ、大橋さん、砂糖もミルクも入れないんですか。

F：うん、私はいつもこのままだから、慣れちゃったのね。

M：へえ。すごいですね。僕はもっと甘いほうがいいな。

女の人はこのコーヒーについてどう思っていますか。

1　砂糖とミルクを入れるとおいしい

2　砂糖とミルクを入れなくてもおいしい

3　砂糖とミルクを入れても苦い

4　砂糖とミルクを入れなくても甘い

【譯】

一位男士正在和一位女士交談。

M：這裡的咖啡好苦喔。

F：是嗎？要不要再加些砂糖和奶精呢？

M：我已經加很多了，可是還是覺得苦。

F：我覺得很好喝啊。

M：咦，大橋小姐，妳沒加糖也沒加牛奶喔？

F：嗯，我一直都是喝黑咖啡，已經習慣了吧。

M：是喔，真厲害，我喜歡喝甜一點的。

這位女士覺得這裡的咖啡如何？

1　加了砂糖和奶精以後很好喝

2　就算不加砂糖和奶精也很好喝

3　就算加了砂糖和奶精也會苦

4　就算不加砂糖和奶精也香甜

解題關鍵と訣竅

答案：2

【關鍵句】私（わたし）はおいしいと思（おも）うけど。
あれ、大橋（おおはし）さん、砂糖（さとう）もミルクも入（い）れないんですか。
うん、私（わたし）はいつもこのままだから、…。

對話情境と出題傾向

這一題的情境是兩人正在喝咖啡。這一題問的是女士對於這杯咖啡的看法。

解題技巧

▶ 從「私はおいしいと思うけど」，以及「大橋さん、砂糖もミルクも入れないんですか」、「うん」，可以得知女士喝咖啡習慣不加砂糖和奶精，而且她覺得這樣很好喝。符合這些敘述的只有選項２。

▶ 選項１、３錯誤的地方在「砂糖とミルクを入れる」，女士喝咖啡的習慣是「私はいつもこのままだから」，也就是什麼也不加。

▶ 選項４錯誤的地方是「甘い」，對話當中女士只有提到「おいしい」，不過好喝不代表很甜，所以不正確。

單字と文法

□ **苦（にが）い** 苦澀、苦

□ **慣（な）れる** 習慣

□ **ミルク【milk】** 奶精

說法百百種

▶ **有關味道的各種說法**

さっぱりしているね。／吃起來很清爽呢！

深いコクがある。／味道濃郁。

コクがあるのに、くどくない。／很有味道，但又不會太濃。

見た目より奥深い味わいがある。／嚐起來比看起來還更有深度。

うま味が口の中でゆっくりと広がる。／美味在口中慢慢地擴散開來。

ジワッとうま味が広がる。／美味緩緩地擴散開來。

焼き方がいい、うま味が逃げていない。／烤得很有技巧，沒失去美味。

だしがきいている。／高湯提升了料理的層次。

まろやかな口あたり。／口感溫和滑順。

こってりしている。／味道非常濃。

もんだい 3　第 8 題 答案跟解說

3-9

ラジオで男の人が話しています。

M：最近、自転車による事故が増えていると言われています。特に、携帯電話で話したり、メールを見たりしながら自転車に乗っている最中の事故が増えているのが目立ちます。自転車に乗りながら携帯電話を使うことは法律でも禁止されていますので、決してしないでください。自転車は誰でも簡単に利用できる便利な乗り物ですが、自動車のようなシートベルトもなく、またバイクに乗るときのようにヘルメットをかぶる人も少ないため、事故が起こったときの危険性は実はとても高いということを忘れずに、安全運転をしてください。

男の人が話している内容に、最も近いものはどれですか。

1　自転車にもシートベルトをつけるべきだ
2　自転車に乗るときは安全に気をつけて携帯電話を使うべきだ
3　自転車は自動車やバイクよりも危険なので、なるべく乗らないほうがよい
4　自転車は便利だが、気をつけて乗らないと危ない乗り物だ

【譯】

一位男士正在廣播節目中說話。

M：據說最近自行車的意外事故有增加的趨勢。尤其明顯的是，有愈來愈多的事故是在騎自行車時講手機或看簡訊的時候發生的。法律上已經明文禁止騎自行車時使用手機，請各位絕對不要做出這種行為。自行車雖然是任何人都能輕鬆使用的交通工具，但是自行車上既沒有配備像汽車那樣的安全帶，也很少人會像騎摩托車一樣戴上安全帽，因此發生事故時的危險性非常高，請各位千萬別忘記這點，在騎乘自行車時務必注意安全。

請問以下哪一項，最接近這位男士說話的內容呢？

1　騎自行車時也應該要繫上安全帶
2　騎自行車時要在注意安全的狀態下使用手機
3　騎自行車比開汽車和騎機車更危險，所以盡量不要騎自行車比較好
4　自行車雖然方便，如果騎乘時沒有注意安全，仍是一種危險的交通工具

解題關鍵と訣竅

答案：4

【關鍵句】自転車は誰でも簡単に利用できる便利な乗り物ですが、…、事故が起こったときの危険性は実はとても高い…。

對話情境と出題傾向

這一題的情境是男士在廣播裡說明騎自行車的注意事項。這一題問的是廣播的內容。必須用刪去法來作答。

解題技巧

- 選項１是錯的。廣播中只有提到「自転車は誰でも簡単に利用できる便利な乗り物ですが、自動車のようなシートベルトもなく」，表示自行車不像汽車一樣有安全帶。男士並沒有認為自行車上也要加裝安全帶。
- 選項２是錯的。關於騎自行車邊使用手機這點，男士是這麼說的「自転車に乗りながら携帯電話を使うことは法律でも禁止されていますので、決してしないでください」。男士沒有呼籲聽眾騎自行車時使用電話要注意安全，相反地他還提到法律明文禁止騎自行車邊使用電話。
- 選項３是錯的。最後男士有提到「安全運転をしてください」，意思是要大家騎自行車時注意安全，也就是說，他認為自行車是可以騎的，並沒有奉勸大家最好不要騎。
- 正確答案是４。這呼應了「自転車は誰でも簡単に利用できる便利な乗り物です」、「事故が起こったときの危険性は実はとても高い」這兩句話，表示自行車很便利，卻也有造成交通事故的危險性。

單字と文法

- □ 事故（じこ） 交通事故
- □ 目立つ（めだつ） 顯眼、引人注目
- □ 法律（ほうりつ） 法律
- □ 禁止（きんし） 禁止
- □ 決して（けっして） 絕對
- □ シートベルト【seat belt】安全帶
- □ バイク【bike】機車、摩托車
- □ ヘルメット【helmet】安全帽
- □ 危険性（きけんせい） 危險性
- □ 安全運転（あんぜんうんてん） 安全駕駛、安全上路
- □ なるべく 盡可能地、盡量
- □ による 因…而造成

說法百百種

▶ 年輕族群的 SNS 用語

おはぁ／早！〈「おはよう」的略語＞

やっほぅ／唷呼！〈表示喜悦的歡呼聲〉

おっ、久しぶり！／唷！好久不見！

りょーかい！／了解！〈原本的寫法為「りょうかい」〉

かしこまり～／知道了～〈「かしこまりました」的略語〉

おk、おけ／OK

あーね／原來如此。〈「あーなるほどね」「あーそうだね」的略語〉

それな／就是那樣。〈「そうだね」「たしかにね」的略語〉

激おこ／極度生氣。

メンディー／真麻煩。〈「面倒くさい」「めんどい」的略語〉

もんだい 3 第 9 題 答案跟解說

3-10

男の人と女の人が話しています。

M：今度、京都に旅行に行くついでに、君のおばさんを訪ねようよ。

F：スケジュールがいっぱいだから、時間がないんじゃない？

M：1週間行くんだから、半日ぐらいなら空けられるよ。

F：うーん。でも、私、本当はあまり訪ねたくないんだ。

M：どうして？もう何年も会ってないでしょう？電話ではよく話してるけど。

F：だって、あのおばさん、電話するたびに私に子供はまだか、子供はまだかって、そればかり聞くんだもの。

M：それは、君のことを心配してるからでしょう？僕は悪い人じゃないと思うよ。

F：それもそうね。それに、京都まで行って、全然訪ねないわけにもいかないしね。

女の人はおばさんの家を訪ねることについてどう思っていますか。

1　会うのが楽しみだから、訪ねるつもりだ

2　あまり会いたくないが、訪ねるつもりだ

3　あまり会いたくないから、訪ねないつもりだ

4　会いたいが、時間がないから訪ねないつもりだ

【譯】

一位男士和一位女士正在交談。

M：我們這次去京都旅行時，順道去拜訪妳的姑姑吧。
F：行程已經排得滿滿的了，應該沒時間去吧？
M：我們要去一整個星期，應該可以騰出半天左右吧。
F：唔…，可是，我其實不太想去。
M：為什麼不想去？已經好幾年沒見面了，不是嗎？倒是電話還滿常聯絡的。
F：可是每次和那個姑姑講電話時，老是催問我有孩子了沒呀、有孩子了沒呀。
M：她是因為擔心妳才會一直問嘛。我覺得她人不壞呀。
F：這樣說也是啦。而且都已經到了京都，卻沒去她家坐坐，這樣也說不過去。

請問這位女士對於到她姑姑家拜訪有什麼想法呢？

1　很期待見面，會去拜訪

2　雖然不太想見面，還是會去拜訪

3　因為不太想見面，所以不會去拜訪

4　雖然想見面，但是沒時間去，所以不會去拜訪

解題關鍵と訣竅

答案：2

【關鍵句】私、本当はあまり訪ねたくないんだ。
京都まで行って、全然訪ねないわけにもいかないしね。

對話情境と出題傾向

這一題的情境是兩人在討論京都之旅是否要順便拜訪女方的姑姑。這一題問的是女士對於到她姑姑家拜訪的想法。要特別注意女士的發言。

解題技巧

- 女士有提到「私、本当はあまり訪ねたくないんだ」，表示她其實不想前去拜訪。由此可見１「会うのが楽しみ」、４「会いたい」都是錯的。
- 最後女士又說「全然訪ねないわけにもいかないしね」。「わけにもいかない」表示說話者不得不做某件事情。「それに」表示除了男士提到的理由，還有其他的考量讓女士覺得必須去姑姑家拜訪。總而言之，雖然沒有明講，但女士最後還是被男士給說服，決定去姑姑家一趟。正確答案是２。

單字と文法

- □ **スケジュール【schedule】** 行程
- □ **半日** 半天
- □ **おばさん** 姑姑、阿姨
- □ **ついでに** 順道、順便
- □ **たびに** 每當…就…

說法百百種

▶關於「誘い」（邀約）的說法

1. 對朋友或晚輩可以這麼說：

一緒に行こうよ。／一起去嘛！

ちょっとこの店見たいんだけど…。／我想逛一下這間店耶…。

ちょっとこの店寄ってかない？／要不要逛一下這間店？

コーヒーでもどう？／要不要來去喝杯咖啡之類的？

よかったら、お昼一緒に食べない？／如果可以的話，要不要一起吃頓午餐？

時間があったら、寄ってって。／有空的話就過來坐坐吧！

2. 對長輩或是不熟的人可以這麼說：

一緒に行きませんか。／請問要不要一起去呢？

ちょっとこの店を見たいんですが…／如果可以，我想逛一下這間店…。

ちょっとこの店に寄っていきませんか。／要不要逛一下這間店呢？

コーヒーでもいかがですか。／請問您想不想去喝杯咖啡之類的呢？

よろしかったら、お昼ご一緒しませんか。
／若您方便的話，要不要一起共進午餐呢？

お時間がおありでしたら、ぜひお立ち寄りください。
／如果您有時間的話，請務必過來坐坐。

もんだい 3　第 ⑩ 題 答案跟解說

3-11

女の人と男の人が話しています。

F：こんばんは。隣の山口です。
M：はーい。どうぞお上がりください。
F：あ、ここでいいんです。失礼ですが、もう晩ご飯召し上がりましたか。
M：ええ、ちょうど食べ終わったところですが…。何か？
F：ああ、そうですか。実は今日、スーパーでお刺身を安売りしてたもので、たくさん買ってきたんですけど、買いすぎちゃったみたいで。少しお分けしようと思ったんですが。
M：お刺身ですか。ご主人は召し上がらないんですか。
F：主人の分はとってあるんです。
M：それじゃ、ありがたくいただきます。お風呂のあとのビールのつまみにします。でも、いつもすみません。この前も果物いただいたばかりなのに。
F：いえ、スーパーに返しに行くわけにもいかないし、もしもらっていただけなかったら、どうしようかと思ってたんですから、遠慮しないでくださいね。

女の人は隣の家に何をしに来ましたか。

1　晩ご飯を食べに来た　　2　刺身をあげに来た
3　果物をあげに来た　　4　刺身を返しに来た

【譯】

一位女士和一位男士正在交談。

F：您好，我是隔壁的山口。
M：來了。請進請進。
F：啊，我在這裡就好。不好意思，請問府上已經吃完晚飯了嗎？
M：是呀，剛剛吃完…。請問有什麼事嗎？
F：喔，已經吃完了呀。其實是因為我今天在超市看到生魚片賣得很便宜，買了很多回來，可是好像買太多了，想要分一些給你們。
M：是生魚片呀。您先生不吃嗎？
F：我先生的那一份已經幫他留下來了。
M：那就不跟您客氣，收下來享用囉。等一下洗完澡以後喝啤酒時，正好拿來當下酒菜。不過，真是不好意思，常常讓您破費。前幾天也才剛收了您送的水果呢。
F：別這麼說，這麼多總不能拿去還給超市呀。要是您不幫忙吃一些的話，我還真發愁該怎麼辦呢，請千萬別客氣。

請問這位女士到隔壁鄰居家是為了什麼目的呢？

1　來吃晚餐　　2　來送生魚片　　3　來送水果　　4　來還生魚片

答案：2

【關鍵句】実は今日、スーパーでお刺身を安売りしてたもので、たくさん買ってきたんですけど、買いすぎちゃったみたいで。少しお分けしようと思ったんですが。

對話情境と出題傾向

這一題的情境是女士去隔壁鄰居家登門拜訪。這一題問的是女士到鄰居家裡的目的。

解題技巧

- 選項２是正確答案。解題關鍵就在「スーパーでお刺身を安売りしていたもので、たくさん買ってきたんですけど、買いすぎちゃったみたいで。少しお分けしようと思ったんですが」這一句。表示她想把買來的生魚片分一點給鄰居。
- 選項１是錯的。關於「晩ご飯」（晚餐），女士只有詢問「召し上がりました？」（請問府上已經吃完晚飯了嗎），並不是來用餐的。
- 選項３是錯的。對話當中雖然有提到「果物」（水果），但這是男士的台詞，他在針對「この前も果物いただいたばかりなのに」（前幾天也才剛收了您送的水果呢）進行答謝。女士送水果已經是之前的事了，這次來並不是要送水果的。
- 選項４是錯的。雖然對話中有提到還生魚片，但這句話是説「スーパーに返しに行くわけにもいかないし」，用「わけにもいかない」表示生魚片不能還給超市，實際上女士也沒有真的要歸還，而且這也不是在説要把生魚片還給隔壁住戶。

單字と文法

- □ **召し上がる** 享用、吃（「食べる」的尊敬語）
- □ **刺身** 生魚片
- □ **安売り** 特價
- □ **分ける** 分送
- □ **ご主人** 您先生
- □ **分** 份
- □ **つまみ** 下酒菜
- □ **わけにもいかない** 也無法…、也不能…

小知識

說到「ていただけますか」以及「（さ）せていただけますか」，您知道做該動作的人究竟是誰嗎？

「ていただけますか」是請求表現的一種。而「（さ）せていただけますか」是徵詢對方許可的說法。這兩個句型乍看之下非常相似。在聽力考試當中，您是否也曾錯聽這兩個句型而被混淆呢？像這種時候，就應該把重點放在動詞上面！

1.「動詞（て形）＋ていただけますか」用來拜託別人做某件事
聞いていただけますか。（您願意聽聽看嗎？）

2.「動詞（使役）＋ていただけますか」用來徵詢對方是否願意讓自己做某件事。
聞かせていただけますか。（您願意說給我聽嗎？）

もんだい3　第⑪題答案跟解說

3-12

男の人と女の人が話しています。

M：さっきの映画、どうだった？

F：うーん、みんながよかったって言ってるわりには、大したことなかったなあ。

M：そう？僕は面白いと思ったけど。あれは小説をもとにして作ったんだよね。君はもとの小説を先に読んだんでしょう？

F：うん、小説はすごく面白かったのに。映画は全然イメージが違うんだもん。

M：よくあることだよ。僕は先に映画を見たから分からないけど。

F：今度、小説も読んでみて。絶対映画よりも面白いから。

女の人は映画と小説についてどう思っていますか。

1　映画と小説、どちらも面白かった

2　映画と小説、どちらも面白くなかった

3　映画は面白かったが、小説は面白くなかった

4　小說は面白かったが、映画は面白くなかった

【譯】

一位男士正在和一位女士交談。

M：剛才看的電影，妳覺得怎麼樣？

F：唔，大家都說非常精采，可是我覺得不怎麼樣啊。

M：是嗎？我倒覺得滿有趣的。那部電影是根據小說改編的吧。妳不是已經先看過原著小說了嗎？

F：嗯，小說寫得非常有趣，可是拍成電影卻和原本的氛圍完全不同了。

M：這是常有的事呀。我先看的是電影，所以不知道哪種比較好。

F：之後你也看看小說吧，保證比電影有趣多了！

請問這位女士對於電影和小說有什麼想法呢？

1　電影和小說，兩種都很有趣　　2　電影和小說，兩種都很乏味

3　電影很有趣，但是小說很乏味　　4　小說很有趣，但是電影很乏味

解題關鍵と訣竅

答案：4

【關鍵句】小説はすごく面白かったのに。映画は全然イメージが違うんだもん。
絶対映画よりも面白いから。

對話情境と出題傾向

這一題的情境是兩人在討論剛剛所看的電影。這一題問的是女士對於電影和小說的想法。要特別注意女士的發言。

解題技巧

▶ 女士提到「小説はすごくおもしろかったのに」，表示她覺得小說是很有趣的。由此可見選項2、3都是錯的。這裡的「のに」是逆接用法，暗示雖然小說很有趣，但是其他的可就不是如此了。也就是說，電影和小說不同，不怎麼有趣。從「大したことなかった」也可以驗證這一點。所以1也是錯的。

單字と文法

□ **大したことない** 沒什麼了不起、不怎麼樣
□ **もと** 原本
□ **すごく** 非常、很
□ **イメージ【image】** 形象
□ **わりには** 但是相對之下還算…
□ **～をもとにして** 以…為基礎、以…為材料

小知識

☞ **口語特有的「ん」的用法**

「ん」的發音在發音學上稱為「撥音」，有時為了強調單字的意思，我們會在字裡行間插入「ん」；或是為了發音上的便利，我們會把「の」或是ら行的音發為「ん」。像這種發音上的變化並不會出現在書寫時，不過在會話當中就經常可以聽到。例如：

⇨ あまり→あんまり（幾乎沒有、很少）
⇨ 分からない→分かんない（我不知道）
⇨ そのまま→そのまんま（就這樣）
⇨ だもの→だもん（…嘛、…的說）
⇨ ここのところ→ここんところ（最近、這陣子）

もんだい3　第⑫題 答案跟解說　3-13

ホテルで男の人と係りの人が話しています。

M：すみません。今日から2泊予約していた内田と申します。

F：内田様でございますね。水曜日と木曜日の2泊ですね。ご利用ありがとうございます。ただ、申し訳ございませんが、ただいま3時ですので、お受付はできるのですが、お部屋をご利用いただけるのは4時からとなっております。

M：あ、そうですか。まだだいぶ時間がありますね。

F：お荷物はこちらでお預かりいたします。よろしければ、ホテルのメンバーズクラブにご入会していただけますと、次回からご予約の際にお申し出いただければ、1時間早くチェックインしていただくことができますが。

M：そうですか。でも、入会金がかかるんですよね。

F：はい、1500円いただいております。しかし、会員の方には平日は5％、土日と祝日は20％の割引価格でご利用いただけますので、一年に何度もご利用いただけるお客様でしたら、お得かと存じますが。それに、今ご入会いただければ、今回のご宿泊から割引価格でご利用いただけます。

M：そうですか、それじゃ、お願いします。

係りの人が話した内容に合うのはどれですか。

1　今、ホテルのメンバーズクラブに入会すれば、すぐに部屋を利用することができる

2　ホテルのメンバーズクラブに入会すると、誰でも必ず得になる

3　今、ホテルのメンバーズクラブに入会すれば、今回は5％の割引価格で宿泊できる

4　ホテルのメンバーズクラブに入会すると、チェックイン前に荷物を預かってもらえる

【譯】

一位男士正在旅館裡和一位館方人員交談。

M：不好意思，我是預約了從今天開始住宿兩晚的內田。

F：是內田先生嗎，您要住星期三和星期四兩晚吧，非常感謝您的惠顧。不過非常抱歉，現在的時刻是３點，我們可以先為您辦理入住登記手續，但是房間要到４點以後才能進去使用。

M：啊，這樣喔，那麼還得等上一段不算短的時間呢。

F：我們先為您保管行李。您不妨加入本館的會員，這樣從下次開始，預約住宿的時候只要提出要求，就能夠提早１小時入住。

M：這樣啊。可是，加入會員要付入會費吧？

F：是的，會費是1500圓。但是，會員享有平日95折、星期六日和假日是８折的折扣優惠，如果是每年都會住宿好幾次的貴賓，應當非常划算。而且只要現在加入會員，本次住宿的價格就能立刻以折扣價計算。

M：這樣呀，那麼，麻煩您幫我辦理。

請問以下哪一項和旅館人員所說的內容相符呢？

1　只要現在加入旅館的會員，就立刻能夠住進房間裡

2　加入旅館的會員，對任何人而言都非常很划算

3　只要現在加入旅館的會員，這次就能以95折的優惠價格住宿

4　加入旅館的會員，就能在入住前寄放行李

答案：3

【關鍵句】会員の方には平日は５％、土日と祝日は 20％の割引価格でご利用いただけますので、…。それに、今ご入会いただければ、今回のご宿泊から割引価格でご利用いただけます。

對話情境と出題傾向

這一題的情境是男士在旅館櫃台登記入房。這一題問的是和旅館人員所述相符的選項。可以用刪去法作答。

解題技巧

- 選項１是錯的。關於入宿問題，對話當中是提到「次回からご予約の際にお申し出いただければ、１時間早くチェックインしていただくことができますが」。雖然入會後可以早１個鐘頭（＝３點）check in，但這是從下次住宿開始才有的服務。
- 選項２是錯的。旅館人員有提到「一年に何度もご利用いただけるお客様でしたら、お得かと存じます」，表示會員服務對於一年住宿好幾次的客人來說比較划算，也就是說，不是誰都會覺得值得。
- 選項３是正確的。旅館人員提到「今ご入会いただければ、今回のご宿泊から割引価格でご利用いただけます」，表示現在入會就可以即刻享有優惠價格。接著又說「平日は５％、土日と祝日は 20％の割引価格」，表示平日打 95 折，六日和國定假日打８折。男士這次的住宿是排在星期三和星期四，也就是平日，所以是打 95 折。
- 選項４是錯的。在男士還沒辦理入會之前，旅館人員就有說「お荷物はこちらでお預かりいたします」，表示要幫他寄放行李。從這邊可以得知，即使不是會員的房客也享有寄放行李的服務。

單字と文法

- □ ただいま 現正、現在
- □ 預かる 寄放保管
- □ メンバーズクラブ【member club】會員俱樂部
- □ 入会 入會
- □ 次回 下次、下回
- □ 申し出る 申請、表明
- □ チェックイン【check in】辦理入住
- □ 価格 價格
- □ 得 划算
- □ 存じる 知道

小知識

☞ 來談談一些漢字吧

⇨「計」という漢字は「ごんべん」に、「十」という漢字をあわせた字です。「ごんべん」は、「言う」という漢字です。（「計」這個漢字是由「言部」加上一個「十」字所組成的。「言部」是指「言」這個漢字。）

⇨「海」という漢字は、「さんずい」に、毎日の毎と書きます。「さんずい」は水をあらわします。（「海」這個漢字寫作「三點水」再加上一個每天的「毎」。「三點水」是由「水」演化而來的。）

⇨「草」という漢字は、「くさかんむり」に、日曜日の日、数字の十を書きます。（「草」這個漢字，寫作「草字頭」，再加上星期日的「日」和數字的「十」。）

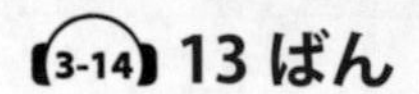

13 ばん

答え：①②③④

\- メモ -

14 ばん

答え：①②③④

\- メモ -

15 ばん

答え：①②③④

\- メモ -

3-17 16 ばん

答え：① ② ③ ④

- メモ -

3-18 17 ばん

答え：① ② ③ ④

- メモ -

3-19 18 ばん

答え：① ② ③ ④

- メモ -

もんだい 3　第 13 題 答案跟解說

3-14

男の人と女の人が話しています。

M：昨日、いなかから帰ってきたんだ。10 年ぶりに行ったんだけど、前とはすっかり変わっちゃっててびっくりしたよ。

F：どうなってたんですか。

M：駅も新しくなったし、駅前には大きなデパートができてたんだ。道も広くなったし、きれいな公園もできてたね。

F：へえ、よかったじゃないですか。

M：うん、実家の両親も便利になったって言って喜んでるんだけど、僕はあんまりうれしくないんだ。

F：どうしてですか。

M：やっぱり、自分の見慣れた風景がなくなってしまうのは、寂しいものだよ。

F：久しぶりにお帰りになったから、そう感じるんでしょうね。私の住んでるところも、たぶん 10 年前とはずいぶん変わったはずなんですけど、ずっとそこにいると何も感じませんね。

男の人はいなかが変わったことについて、どう思っていますか。

1　便利になったので変わってよかった
2　便利にはなったが、変わらないほうがよかった
3　両親が喜んでいるから、変わってよかった
4　何も感じない

【譯】

一位男士正在和一位女士交談。

M：昨天，我回去鄉下一趟。已經有10年沒回去了，和以前完全變了一個樣，把我嚇了一大跳。

F：那裡變成什麼樣了？

M：車站翻新了，車站的前面還蓋起了一家好大的百貨公司。道路也拓寬了，還蓋了一座很漂亮的公園呢。

F：是喔，那不是很好嗎？

M：嗯，住在老家的爸媽也很高興，說是生活變得很便利，可是我卻不怎麼開心呀。

F：為什麼呢？

M：自己記憶中的景象都不見了，實在有點難過。

F：畢竟很久沒回去了，也難怪會有那種感覺。像我住的地方也是，和10年前比起來應該變了很多，可是因為我一直住在同一個地方，所以完全不覺得哪裡不一樣了。

請問這位男士對於鄉下的風貌改變了，有什麼的想法呢？

1　因為生活更便利了，所以很慶幸改變了　　2　雖然生活更便利了，但是希望不要改變
3　因為父母都很高興，所以很慶幸改變了　　4　沒有任何感覺

解題關鍵と訣竅 （答案：2）

【關鍵句】実家の両親も便利になったって言って喜んでるんだけど、僕はあんまりうれしくないんだ。
やっぱり、自分の見慣れた風景がなくなってしまうのは、寂しいものだよ。

對話情境と出題傾向

這一題的情境是兩人在討論故鄉（郷下）的改變。這一題問的是男士對於故鄉的改變有何看法。要注意男士的發言。

解題技巧

- 從「僕はあんまりうれしくないんだ」、「寂しいものだよ」這兩句可以發現男士對於故鄉風貌的轉變，不僅不太開心，而且還覺得很寂寞。總之，他的感覺是負面的。
- 選項１、３的「変わってよかった」表示有所改變是件好事，這是正面的情緒，所以都不正確。
- 選項２提到「変わらないほうがよかった」。表示男士希望故鄉不要有所改變。而對話當中也確實有提到「実家の両親も便利になったって言って喜んでる」，表示故鄉變成這樣方便許多。這是正確答案。
- 選項４「何も感じない」其實是女士的發言「ずっとそこにいると何も感じませんね」，表示她對於自己住的地方所產生的改變沒有任何感觸。不過這題問的是男士的想法，所以這也是不正確的。

單字と文法

□いなか 鄉下
□～ぶり 睽違…
□びっくり 嚇一跳
□実家 老家
□見慣れる 看慣了
□風景 風景
□感じる 感到、覺得

小知識

☞ 從「やっぱり」來看促音變化

這一篇我們要來談談「っ」這個促音。有時為了強調該單字的意思，我們會加入促音，或是把其他的音變為促音。不僅如此，就像是「やはり」會變成「やっぱり」一樣，加入促音後，連後面的音也都有可能產生變化。不過像這種發音變化只會在說話時產生，書寫時通常沒有這個現象。例如：

⇨ 「やはり」→「やっぱり」

（「っ」を挿入する）（果真、果不其然〈插入「っ」〉）

⇨ 「おんがくかい」→「おんがっかい」

（「く」が「っ」になる）（音樂會〈「く」變成「っ」〉）

⇨ 「あちら」→「あっち」（ほかの音も変わる）

（那邊〈其他的音也產生變化〉）

もんだい3　第⑭題答案跟解說

3-15

天気予報を聞いています。

M：大型で強い台風17号が関東地方に向かっています。台風は今日の夜から明日の朝にかけて、関東地方に最も近づきます。これから台風が向かう地域の方は、昼間のうちに家の周りの風で飛ばされる恐れがあるものを、室内にしまうか、紐でしっかりしばるなどしてください。また、雨戸がない窓ガラスにはテープを貼るなどしてください。万一、水が止まったときのために、お風呂などに水をためておいてください。雨や風が強くなってきたら、海や川に近づいたり、屋外の高いところに登って作業をしたりするのは大変危険ですので、絶対にやめてください。

この人の言っていることに一番近いものはどれですか。

1　これから台風が近づく地域の人は、今のうちに準備をする必要がある。
2　これから台風が近づく地域の人は、風に飛ばされないように注意する必要がある。
3　これから台風が近づく地域の人は、すぐに室内に入ったほうがいい。
4　これから台風が近づく地域の人は、海や川に行くと危ないので、なるべく山の上に行くほうがいい。

【譯】

您正在聽氣象預報。

M：強烈颱風17號正朝向關東地區移動，從今天晚上到明天早晨之間，與關東地區的距離最近。請住在颱風逐漸接近地區的居民特別注意，白天時段住家周遭物品可能會被狂風吹走，請將物品收放在室內，或者綁妥繩索固定。除此之外，沒有加裝防雨套窗的窗戶，請務必在玻璃窗貼上防護膠帶，並請在浴室預先儲水，以備臨時停水之用。當風雨增強的時候，請千萬不要接近海邊及河川，也不可以爬上屋外的高處作業，非常危險。

請問以下哪一項，最接近這位男士所說的內容呢？

1　住在颱風逐漸接近地區的居民，必須趁現在做好防颱準備。
2　住在颱風逐漸接近地區的居民，必須小心別被風吹走了。
3　住在颱風逐漸接近地區的居民，最好馬上進入室內。
4　住在颱風逐漸接近地區的居民，由於到海邊及河川會發生危險，最好盡量往山上移動。

解題關鍵訣竅

答案：1

【關鍵句】これから…、…風で飛ばされる恐れがあるものを、室内にしまうか、紐でしっかりしばるなどしてください。また、雨戸がない窓ガラスにはテープを貼る…。…、お風呂などに水をためておいてください。

對話情境と出題傾向

這一題的情境是颱風來襲警報。這一題問的是哪一個選項最接近氣象預報的內容。要用刪去法作答！

解題技巧

- 選項１是正確答案。這對應「風で飛ばされる恐れがあるものを、室内にしまうか、紐でしっかりしばるなど」、「雨戸がない窓ガラスにはテープを貼る」、「お風呂などに水をためておいて」這一段。而這一段像是在窗戶上貼膠帶、儲水等行動，都是因應颱風來襲做的事前準備。

- 選項２是錯的。選項２的說法，讓要注意別被風吹走的對象變成了「人」。不過從氣象預報來看，可能會被吹走的應是物品才對。

- 選項３是錯的。颱風來襲應該是「今日の夜から明日の朝にかけて」（今晚至明天早上）這段期間。不過氣象預報是說，趁今天白天時要把住家周遭的物品收到室內，而不是要大家馬上進到室內躲避。

- 選項４是錯的。雖然氣象預報裡面有提到「雨や風が強くなってきたら、海や川に近づいたり、屋外の高いところに登って作業をしたりするのは大変危険です」，表示風雨變強時接近海邊或河川是很危險的，但並沒有建議大家盡量去山上。

單字と文法

- □ **大型** 大型
- □ **台風** 颱風
- □ **関東地方** 關東地區
- □ **近づく** 接近
- □ **紐** 繩子
- □ **しっかり** 緊緊地、好好地
- □ **雨戸** 遮雨棚
- □ **テープ【tape】** 膠帶
- □ **万一** 萬一
- □ **ためる** 儲存
- □ **屋外** 屋外
- □ **作業** 工作、作業
- □ **恐れがある** 恐怕會…、有…的疑慮

說法百百種

▶氣象預報中經常可以聽到的一些表現

今日の沖縄は、台風のため、風も雨も強くなっています。
／沖繩今天由於颱風來襲，風大雨也大。

大阪は、晴れのち曇りです。
／大阪晴轉多雲。

東京は雨、ところにより雷を伴うでしょう。
／東京今日有雨，部分地區可能還會有打雷的情況。

九州各地に大雨警報が出ています。
／九州各地發布大雨警報。

北海道では、昨夜からの雨が、雪に変わりました。
／北海道自昨夜開始的降雨已轉為下雪。

もんだい3　第⑮題 答案跟解說

3-16

女の学生と男の学生が話しています。

F：この前、先輩に貸してもらったハワイ音楽のＣＤ、すごくいいですね。

M：そうでしょう？まだ返してくれなくてもいいから、もっとゆっくり聞いていいよ。

F：あ、ありがとうございます。でも、そうじゃなくて。先輩は沖縄の音楽ってお好きですか。

M：いや、興味はあるけど、ちゃんと聞いたことはないね。

F：もし、よろしかったら、ＣＤを何枚かお持ちしたんですけど。私のお気に入りなんです。

M：貸してくれるの？悪いね。ありがとう。あとでゆっくり聞かせてもらうよ。あ、ちょうどいいから、あと何枚かハワイ音楽のＣＤ貸してあげようか。

F：いいんですか。じゃ、遠慮なくお借りします。

女の学生は何をしに来ましたか。

1　ハワイ音楽のＣＤを返しに来た
2　ハワイ音楽のＣＤを貸しに来た
3　沖縄音楽のＣＤを貸しに来た
4　沖縄音楽のＣＤを借りに来た

【譯】

一個女學生和一個男學生正在交談。

F：前陣子向學長借的夏威夷音樂CD，好好聽喔。
M：好聽吧？不必急著還我，可以留著慢慢聽。
F：啊，謝謝學長。不過，我想說的不是這個。請問學長喜歡聽沖繩的音樂嗎？
M：嗯，雖然有興趣，但是我沒仔細聽過。
F：如果您不嫌棄的話，我有很多張CD，都是我非常喜歡的。
M：妳要借我聽喔？不好意思，謝謝喔。我等之後會仔細欣賞的。啊，妳來得正好，我這裡還有幾張夏威夷音樂的CD，妳要不要拿去聽？
F：可以嗎？那就不跟學長客氣，借去聽囉。

請問這位女學生是來做什麼的？

1　來歸還夏威夷音樂的CD
2　來出借夏威夷音樂的CD
3　來把沖繩音樂的CD借給學長
4　來借走沖繩音樂的CD

解題關鍵と訣竅

答案：3

【關鍵句】もし、よろしかったら、ＣＤを何枚かお持ちしたんですけど。私のお気に入りなんです。
貸してくれるの？悪いね。ありがとう。

對話情境と出題傾向

這一題的情境是女學生在跟學長討論音樂ＣＤ。這一題問的是女學生前來的目的。

解題技巧

- 解題關鍵在「もし、よろしかったら、（沖縄音楽の）ＣＤを何枚かお持ちしたんですけど」這一句。「把沖繩音樂的ＣＤ借給學長」就是女學生來找學長的目的。「（もし、）よろしかったら」是前置詞，經常使用在要給對方東西，或是幫對方做某件事情的時候。四個選項當中，只有選項３符合這個敘述。
- 選項１是錯的。學長原本以為女學生是來還ＣＤ的，說「まだ返してくれなくてもいいから」，要她晚點還沒關係。對此女學生回說「でも、そうじゃなくて」，表示她不是來還ＣＤ的。
- 選項２是錯的。出借夏威夷音樂ＣＤ的是學長，並不是女學生。女學生出借的是「沖縄音楽のＣＤ」才對。
- 選項４是錯的。沖繩音樂ＣＤ是女學生的持有物，所以她是來出借的。「借りる」和「貸す」雖然都可以翻譯為「借」，但是前者是把東西借進來，後者是把東西借出去。考試經常同時出現這兩個單字混淆視聽，要特別注意。

單字と文法

- □ **先輩** 學長姐、前輩
- □ **沖縄** 沖繩
- □ **ハワイ【Hawaii】** 夏威夷
- □ **お気に入り** 喜愛

說法百百種

▶ほめる言葉（稱讚的說法）

1.針對「持ち物」（持有的物品）

素敵なネクタイですね。／你的領帶真好看。

そのシャツ、とてもお似合いですね。／這件襯衫很適合你喔！

2.針對「能力」（能力）

センスがいいですね。
／你好有品味啊！

このサンドイッチ、とってもおいしいですね。料理が上手なんですね。
／這個三明治很好吃呢！你的廚藝真不錯啊！

字がきれいですね。
／你字寫得真漂亮！

もんだい 3　第 16 題 答案跟解說

(3-17)

女の人が男の人にサッカーの試合の感想を聞いています。

F：昨日は、お子さんを連れてサッカーの試合を見に行ったそうですね。

M：うん。うちの子が大好きで、前から連れてってって言われてたんだ。

F：昨日は天気が悪かったんじゃありませんか。

M：うん。試合の途中で雨が降ってきちゃったから、傘をさしながら見たよ。

F：それは、大変でしたね。

M：僕は寒くてふるえながら見てたから試合の結果も全然覚えてないんだけど、子供は雨なんか全然気にならないみたいで、夢中になって見てたよ。すごく面白かったって言ってたから、それでいいかな。

F：今度行くときは晴れるといいですね。

男の人はサッカーの試合についてどう思っていますか。

1　天気が悪かったので、よくなかった
2　試合が面白かったので、よかった
3　子供が楽しんだから、よかった
4　子供が楽しくなかったから、よくなかった

【譯】

一位女士正在問一位男士關於足球比賽的感想。

F：聽說您昨天帶孩子去看足球比賽吧。

M：嗯。我家小朋友非常喜歡足球，從以前就一直吵著要我帶他去看。

F：可是昨天的天氣不是不太好嗎？

M：嗯，比賽到一半還下起雨來，我們還一邊撐傘一邊繼續看。

F：那真是太辛苦了。

M：我一邊看一邊冷得直發抖，完全不記得比賽的結果，可是小朋友好像根本不在乎下雨，看得非常專注。他還說比賽非常精采，這樣應該值回票價了。

F：希望下次去看球賽時是個大晴天哪。

請問這位男士對於足球比賽有什麼感想呢？

1　由於天氣很糟，所以感覺不好
2　由於比賽很精采，所以感覺很好
3　由於孩子看得很高興，所以感覺很好
4　由於孩子覺得不開心，所以感覺不好

解題關鍵と訣竅

答案：3

【關鍵句】子供（こども）は…。すごく面白（おもしろ）かったって言（い）ってたから、それでいいかな。

對話情境と出題傾向

這一題的情境是兩人在討論昨天的足球比賽。一開始的題述就透露了題目的重點是男性的感想。果不其然，後面問的是男士對於足球比賽的看法。要特別注意男士的發言。

解題技巧

- 男士最後提到「（子供が）すごく面白かったって言ってたから、それでいいかな」，表示小孩覺得比賽很有趣，他也因此覺得這樣就算是值得了。由此可見選項１、４的「よくなかった」是錯的。
- 剩下選項２、３要做出選擇。正確答案是３。有些考生可能會認為２也是對的，不過別忘了男士說的「僕は寒くてふるえながら見てたから試合の結果も全然覚えてない」，表示他冷到記不得比賽的結果，所以當然不會覺得比賽有趣。選項２「試合が面白かった」這部分的敘述就不正確了。

單字と文法

- □ **感想**（かんそう） 感想
- □ **ふるえる** 發抖
- □ **気**（き）**になる** 在乎、介意
- □ **夢中**（むちゅう）**になる** 入迷、著迷
- □ **楽**（たの）**しむ** 享受、樂在其中

小知識

☞ **日本人的歸屬意識**

日本人是對於家庭或公司有強烈歸屬感的民族。所以他們把「沒有關聯性的人」和「有關聯性的人」（所屬的公司或學校等）的名詞分成兩種：屬於「うち」（自己人）的名詞，以及屬於「そと」（外人）的名詞。

「うち」和「そと」的名詞舉例：

普通形	うち	そと
父親（父親）	父（我的父親、家父）	お父さん／さま（令尊、您的父親）
祖父（祖父）	祖父（我的爺爺）	おじいさん／さま（令祖父、您的爺爺）
兄（哥哥）	兄（我的哥哥、家兄）	おにいさん／さま（令兄、您的哥哥）
息子（兒子）	息子（我兒子、小犬、小兒）	息子さん、お子さん（令郎、令公子、您的兒子）
夫（丈夫）	夫、主人、亭主、旦那（我老公、我先生、我丈夫、外子）	ご主人（さま）、旦那さま（尊夫君、您的先生）
妻（妻子）	妻、家内（我老婆、我太太、內人）	奥さん／さま（尊夫人、您的太太）
会社（公司）	当社、弊社、小社（本公司、我們公司、敝公司）	御社、貴社（貴公司、貴寶號）

もんだい3 第17題答案跟解說

3-18

学校で男の子と女の子が話しています。

M：石井君、どこにいるか知らない？

F：石井君なら、昼休みはいつも図書館で本を読んでるよ。

M：え、いつも図書館にいるの？

F：うん、よく見るよ。いつも熱心にいろんな本を読んでる。

M：へえ、いつも面白い冗談ばかり言ってるから、そんなにまじめだとは思わなかったなあ。

F：そう？テレビのお笑いの人も実はみんなすごく勉強熱心だって聞いたことがあるよ。石井君もたくさん本を読んでるから、面白い冗談がつぎつぎに出てくるんじゃない？

M：へえ。知らなかった。

男の子は石井君についてどう思っていましたか。

1　面白くて勉強熱心だと思っていた

2　いつも面白い冗談を言っているだけだと思っていた

3　勉強熱心だが、面白くない子だと思っていた

4　石井君については何も知らなかった

【譯】

一個男孩和一個女孩正在學校裡交談。

M：妳知道石井在哪裡嗎？

F：石井在中午休息時間總是在圖書館看書喔。

M：咦，他平常這時候都待在圖書館喔？

F：嗯，我常看到呀。他總是很專注地讀著各式各樣的書。

M：是喔，平常看他老是說些逗趣的玩笑話，沒想到他也有這麼認真的一面呀。

F：是嗎？可是我曾經聽說，電視上的搞笑藝人其實統統都很認真研究喔。石井也是因為看了很多書，才能說出一個又一個有趣的笑話，不是嗎？

M：是喔，我都不曉得是這樣的。

請問這個男孩對石井有什麼看法呢？

1　覺得他很有趣又很認真研究

2　以為他只會說逗趣的玩笑話而已

3　覺得他雖然認真研究，卻不是個有趣的小朋友

4　對於石井的事一概不知

解題關鍵と訣竅

答案：2

【關鍵句】へえ、いつも面白い冗談ばかり言ってるから、そんなにまじめだとは思わなかったなあ。

對話情境と出題傾向

這一題的情境是兩名同學在討論石井這個同學。這一題問的是男孩對於石井的看法。要特別注意男孩的發言。

解題技巧

▶ 解題關鍵在「へえ、いつも面白い冗談ばかり言っているから、そんなにまじめだとは思わなかったなあ」這一句。可見男孩對於石井的印象是「總是説些有趣的話」。但另一方面他也沒想到石井這麼「まじめ」，這個「まじめ」指的是「本を読む」（看書）。「とは思わなかった」表示從來都沒有這麼想過。由此可見選項２是正確答案。

▶ 選項１、３都是錯的。錯誤的地方在「勉強熱心」，男孩在此之前都不曉得石井很認真唸書。

▶ 選項４是錯的。既然男孩覺得石井常説些有趣的話，可見他對石井並不是一無所知。

單字と文法

☐ 昼休み 午休
☐ 熱心 專注
☐ まじめ 認真
☐ お笑い 搞笑
☐ つぎつぎ 陸續、接連

もんだい 3　第 18 題 答案跟解說

3-19

図書館で男の人と係りの人が話しています。

M：すみません。図書館の本をインターネットで予約したいんですが。

F：図書館カードが必要ですが、お持ちですか。

M：はい、これです。

F：それでしたら、まず図書館のホームページでお読みになりたい本を検索してください。見つかりましたら、図書館カードの番号を入力して、予約ボタンを押すだけで結構ですよ。メールアドレスをご登録いただければ、いつ本を取りに来ればいいかをメールでお知らせしますが。

M：それじゃ、お願いします。アドレスはこれです。

F：少々お待ちください。はい、これでご登録できました。一度に 10 冊まで予約できますが、期限が過ぎてもまだ返していない本がある場合は、予約できません。予約の多いものについては順番待ちとなりますので、ご用意ができたものから順番にメールでお知らせします。メールの送信日から 7 日以内に受け取りにいらっしゃらないと、次の方に順番が回ってしまいますので、その場合はもう一度初めから予約をし直してください。

M：分かりました。ありがとうございます。

係りの人が話した内容に合わないのはどれですか。

1　図書館の本をインターネットで予約するには、図書館カードが必要である

2　メールアドレスさえ登録すれば、いつでも予約した本を借りられるわけではない

3　受け取り期限を過ぎた本は二度と借りることはできない

4　メールアドレスを登録しなくても、インターネットで本を予約することはできる

【譯】

一位男士正在圖書館裡和館方人員交談。

M：不好意思，我想在網路上預約圖書館的書。
F：網路預約需要借書證，請問您帶了嗎？
M：有，在這裡。
F：那麼，請先在圖書館的首頁搜尋您想看的書。找到以後，登入借書證號碼，再按下預約鍵，這樣就行囉。如果有登錄電子郵件信箱，就會收到何時來取書的郵件通知。
M：那麼，這是我的郵件信箱，麻煩您了。
F：請稍等一下。好了，已經登錄完成了。每一次最多可以預約10本，如果借閱的部分書籍逾期尚未歸還，就不能預約其他書。若是有很多人預約同一本書，則 需依照預約的順序等候，等到可以取書時，會依照順序以電子郵件通知。假如沒在電子郵件通知寄出後的7天內前來取書，就會轉給下一個預約者，屆時請再重新預約一次。
M：我明白了。謝謝您。

請問以下哪一項和圖書館人員所說的內容不相符呢？

1 想要在網路上預約圖書館的書，必須要有借書證
2 並不是只要有登錄電子郵件信箱，就可以隨時借閱已預約的書籍
3 如果過了取書期限尚未領取，就再也不能借閱那本書了
4 即使沒有登錄電子郵件信箱，也可以在網路上預約書籍

答案：3

【關鍵句】メールの送信日から７日以内に受け取りにいらっしゃらないと、次の方に順番が回ってしまいますので、その場合はもう一度初めから予約をし直してください。

對話情境と出題傾向

這一題的情境是男士想要利用圖書館的線上預約系統。這一題問的是和圖書館人員的發言不一致的選項。請注意「合わない」，要選的是不正確的敘述！這種題目必須要用刪去法來作答。

解題技巧

- 選項１是錯的。當男士表示他想要線上預約借書時，圖書館人員表示「図書館カードが必要です」，也就是說線上預約借書是需要借書證的。
- 選項２是錯的。圖書館人員有提到「メールの送信日から７日以内に受け取りにいらっしゃらないと、次の方に順番が回ってしまいます」，表示借書手續要在收到電子郵件７天內完成才行。此外，也有提到「予約の多いものについては順番待ちとなります」，表示很多人預約的書要按照預約順序借書。所以的確不是隨時都能借到預約的書籍。
- 正確答案是３。關於超過預約借書時間，圖書館人員有提到「もう一度初めから予約をし直してください」，表示可以重新預約。這和選項敘述不同，所以應該選這個答案。
- 選項４是錯的。圖書館人員提到「まず図書館のホームページでお読みになりたい本を検索してください。見つかりましたら、図書館カードの番号を入力して、予約ボタンを押すだけで結構ですよ」，從這邊可以發現，在線上預約借書的過程中其實不需要輸入電子郵件帳號。電子郵件只是方便通知何時前來取書，在借書的過程中派不上用場。

單字と文法

- □ 図書館カード 借書證
- □ ホームページ【home page】 官網、網頁
- □ 検索 檢索、搜尋
- □ 入力 輸入
- □ メールアドレス【mail address】 電子郵件地址
- □ 登録 登錄
- □ 期限 期限
- □ 受け取り 拿取、領
- □ ～直す 重新…
- □ さえ～ば 只要…
- □ わけではない 並不是…

小知識

☞ **電子郵件中的顏文字**

⇨ (>_<) ＝喜怒哀楽どれともとれる顔文字。括弧の中に不等号より小とより小大があります。不等号の間に下線が一本あります。（可以用於喜怒哀樂的顏文字。〈括號中有大於小於的符號，在大於小於中間有一條底線。〉）

⇨ m（_ _）m ＝お願いを表す顔文字。アルファベットのエムが左右に一つずつあります。括弧の中には下線が二本あります。（拜託，請求的顏文字。〈左右各有一個英文字母m。括號中有兩條底線〉）

⇨ (T_T) ＝泣くの顔文字。括弧の中に、アルファベットのティーが二つあります。真ん中には下線が一本あります。（哭泣的顏文字。〈括號中有兩個英文字母Ｔ。中間有一條底線〉）

3-20 19 ばん

答え：①②③④

- メモ -

3-21 20 ばん

答え：①②③④

- メモ -

3-22 21ばん

答え：① ② ③ ④

- メモ -

もんだい3 第⑲題答案跟解說

3-20

女の人と男の人が話しています。

F：ねえ、今度の日曜日、スケートに行こうよ。
M：スケートって一度もやったことないんだよな。難しくない？
F：そんなに難しくないよ。スキーの方がずっと難しそう。
M：あ、そういえば、スキーやったことないんだよね？教えてあげるよ。
　スキーに行こうよ。
F：でも、私、道具持ってないよ。
M：大丈夫。向こうで貸してくれるから。
F：でも、そんなに遠くまで行く時間ないでしょう？お金もかかるし。
　スケート場なら近くにあるから、簡単に行けるじゃない？
M：それもそうか。じゃ、そうしよう。

男の人は今度の日曜日にどうしたいと思っていますか。

1　本当はスキーに行きたいが、道具がないので、スケートに行く
2　本当はスキーに行きたいが、時間がないので、スケートに行く
3　本当はスケートに行きたいが、難しそうなので、スキーに行く
4　本当はスケートに行きたいが、お金がかかるので、スキーに行く

【譯】

一位女士和一位男士正在交談。

F：我說，這個星期天，我們去溜冰嘛。
M：我從來沒有溜過冰哩，會不會很難？
F：沒那麼難啦。滑雪的難度應該高多了。
M：啊，對了，妳還沒滑過雪吧？我教妳，我們去滑雪吧。
F：可是，我沒有滑雪的配備呀。
M：沒問題，在那邊租就好。
F：可是，我們沒空到那麼遠的地方吧？而且還得花很多錢。溜冰場的話就在這附
　近，一下子就能到了，不是嗎？
M：妳說的有道理。那麼，就去那裡吧。

請問這位男士打算如何度過這個星期天呢？

1　他其實想去滑雪，可是沒有配備，只好去溜冰
2　他其實想去滑雪，可是沒有時間，只好去溜冰
3　他其實想去溜冰，可是好像很難，只好去滑雪
4　他其實想去溜冰，可是要花很多錢，只好去滑雪

解題關鍵と訣竅

答案：2

【關鍵句】スキーに行こうよ。

スケート場なら近くにあるから、簡単に行けるじゃない？

じゃ、そうしよう。

對話情境と出題傾向

這一題的情境是兩人在討論這個星期天要去溜冰還是滑雪。這一題問的是男士要如何度過這個星期天。

解題技巧

- 面對女士提議去溜冰，男士說出「スキーに行こうよ」，用「（よ）う」的句型來邀約對方，表示他想去滑雪。由此可見選項 3 、 4 都是錯的。
- 最後女士說「でも、そんなに遠くまで行く時間ないでしょう？お金もかかるし」，指出兩人沒那麼多時間去滑雪場這麼遙遠的地方，而且也很花錢。又以「スケート場なら近くにあるから、簡単に行けるじゃない？」這句話來建議男士去近一點的溜冰場。男士回答「それもそうか。じゃ、そうしよう」，表示他同意這樣的說法並接受了這個提議。也就是說，因為沒有多餘的時間、金錢，這個星期天男士選擇去溜冰場。
- 符合以上敘述的就只有選項 2 。選項 1 提到的「道具がない」是女士說自己沒有滑雪道具。不過男士說「向こうで貸してくれるから」，表示道具可以租借，不成問題。所以選項 1 也是錯的。

單字と文法

□スケート【skate】溜冰

□スキー【ski】滑雪

□道具 道具、器具

說法百百種

▶提案（建議）／申し出（提議）

これ、よかったらどうぞ。／如果不介意的話，請用。

持ちましょう。／我來幫您提吧！

私がコピーしようか。／我來影印吧！

今日は私がご馳走しますよ。／今天就由我來請客吧！

もう一度かばんの中を見たら？／你要不要再檢查一次包包啊？

交番で聞いてみましょうか。／我們來去派出所問看看吧！

もんだい 3　第 20 題 答案跟解說

男の医者と女の人が話しています。

M：薬は３日分出しておきますね。食後と寝る前にそれぞれ一袋ずつ飲んでください。熱で汗をかきますから、水分は十分にとってください。

F：もし、今日中に熱が下がったら、明日から会社に行ってもいいですか。

M：いえ、熱が下がってもウイルスはまだ体の中に残っている可能性がありますから、３日間は家で静かに休んでください。もし買い物などでどうしても外出しなければいけないときは、必ずマスクをして出かけるようにしてくださいね。でも、電車やバスに乗ったり、人込みの中に行ったりするのはなるべくやめてくださいよ。

F：分かりました。ありがとうございます。

男の医者が話した内容と合うのはどれですか。

1　薬を飲むと汗をかくので、水分を十分とらなければいけない
2　熱が下がってもすぐに出かけないほうがいい
3　電車やバスに乗ったり、人込みに行ったりするときはマスクをしなければいけない
4　熱が下がったら、電車やバスに乗らなければ、すぐに会社に行ってもかまわない

【譯】

一位男醫師和一位女士正在交談。

M：我幫您開了 3 天份的藥喔。請在飯後和睡前各吃一包。發燒時會流汗，所以請盡量多喝水。

F：請問如果今天退燒了，明天可以去公司上班嗎？

M：不行，就算退燒了，身體裡面可能還有病毒殘留，這 3 天請待在家裡靜養。如果非得出去買東西不可，請一定要戴上口罩才能出門喔。不過，請盡量不要搭乘電車和巴士，或到人多的地方喔。

F：我知道了。非常謝謝您。

請問以下哪一項和這位男醫師所說的內容相符呢？

1　因為吃了藥以後會流汗，所以一定要盡量多喝水才行
2　就算退燒了，也最好不要立刻出門
3　搭乘電車和巴士，還有到人多的地方時，一定要戴上口罩才行
4　就算退燒了，只要不搭電車和巴士，就算立刻去公司上班也沒關係

答案：2

【關鍵句】熱が下がってもウイルスはまだ体の中に残っている可能性がありますから、3日間は家で静かに休んでください。

對話情境と出題傾向

這一題的情境是醫生在囑咐女病患要注意哪些事情。這一題問的是哪一個選項和男醫師的發言相符。要用刪去法來作答。

解題技巧

- 正確答案是２。對應了「熱が下がってもウイルスはまだ体の中に残っている可能性がありますから、３日間は家で静かに休んでください」的部分，表示即使退燒了也要在家靜養３天（＝不要立刻出門）。
- 選項１是錯的。從「熱で汗をかきますから、水分は十分にとってください」這一句來看，之所以要補充水分，是因為發燒會導致出汗，並不是因為吃藥才會導致出汗。「熱で」的「で」在這邊表示原因。
- 選項３是錯的。醫生有提到「電車やバスに乗ったり、人込みの中に行ったりするのはなるべくやめてくださいよ」，要病患盡可能不要搭乘大眾運輸工具，也不要去人多的地方。所以不管有沒有戴口罩，這些都是要避免的行為。戴口罩是在不得已必須外出時的做法。
- 選項４是錯的。錯誤的理由和選項２一樣，退燒後要在家休息３天，不能馬上去上班。

單字と文法

- □ **食後**（しょくご） 飯後
- □ **それぞれ** 分別、各自
- □ **汗をかく**（あせ） 流汗
- □ **水分**（すいぶん） 水分
- □ **とる** 攝取
- □ **ウイルス【virus】** 病毒
- □ **可能性**（かのうせい） 可能性
- □ **外出**（がいしゅつ） 外出
- □ **マスク【mask】** 口罩
- □ **人込み**（ひとごみ） 人群

說法百百種

▶ 一些身體狀態

頭ががんがんします。／頭痛得轟轟作響。

胃がむかむかします。／反胃想吐。

体がぞくぞくします。／身體陣陣發冷。

目がひりひりします。／眼睛刺痛。

頭がずきずきします。／頭部抽痛。

頭がふらふらします。／頭暈。

肌がひりひりします。／皮膚刺痛。

のどがからからです。／喉嚨乾燥。

おなかがぺこぺこです。／肚子餓扁了。

もんだい 3　第 21 題 答案跟解說

3-22

デパートの中にいます。

F：お客様に申し上げます。ただいま、本館3階、子供服売り場におきまして、3歳の女の子がいなくなって、ご家族の方が探していらっしゃいます。女の子は、薄茶色のセーターに緑色のスカートをお召しで、黄色いかばんを持っています。髪の長さは肩くらいです。それらしい女の子を見かけられたお客様は、お近くの店員まですぐにお知らせくださるよう、お願い申し上げます。

デパートの人は、何を頼んでいますか。

1　迷子らしい子供を見つけたら、すぐに近くにいる店員に知らせてほしい
2　迷子を保護したので、親はすぐに近くにいる店員に申し出てほしい
3　迷子らしい子供を見つけたら、すぐに子供服売り場に連れてきてほしい
4　店内にいる人は皆、条件に合う女の子がいないか探してほしい

【譯】

您正在百貨公司裡面。

F：各位來賓請注意，剛才有個 3 歲的小女孩在本館 3 樓的兒童服飾賣場走失了，她的家人正在找她。這位小女孩穿著淺褐色的毛衣和綠色的裙子，揹著黃色的包包，頭髮的長度大概到肩膀。如果有來賓看到類似的小女孩，請立刻通知您附近的店員，非常感謝您的協助。

請問百貨公司的人員請大家幫忙什麼事呢？

1　如果發現了疑似迷路的小孩，希望能立刻通知附近的店員
2　百貨公司找到了一名迷路的小孩，希望她的父母盡快告知附近的店員
3　如果發現了疑似迷路的小孩，希望能立刻帶到兒童服飾賣場
4　請目前在百貨公司裡的所有人，一起協尋有無符合條件的小女孩

解題關鍵と訣竅

答案：1

【關鍵句】それらしい女の子を見かけられたお客様は、お近くの店員まですぐにお知らせくださるよう、お願い申し上げます。

對話情境と出題傾向

這一題的情境是百貨公司的廣播。這一題問的是百貨公司的人員麻煩大家什麼事情。也就是這個廣播的目的是什麼。

解題技巧

- 正確答案是 1。廣播中提到「3 歳の女の子がいなくなって」、「それらしい女の子を見かけられたお客様は、お近くの店員まですぐにお知らせくださるよう」。從這邊可以得知，有個 3 歲女童走丟了，希望看到疑似這個女童的來賓通知百貨公司的店員。也就是說這是一則協尋兒童的廣播。

- 選項 2 是錯的。首先，廣播當中並沒有提到「迷子を保護した」（找到一名迷路的小孩），其次，廣播是說「ご家族の方が探していらっしゃいます」，表示家長在找尋這名女童，所以不是百貨公司人員在尋找這名女童的家長。

- 選項 3 是錯的。如果發現女童的蹤跡，廣播中只有提到「お近くの店員まですぐにお知らせくださるよう、お願い申し上げます」，也就是希望來賓能夠就近通知任何一位店員，並沒有限定要找「子供服売り場」（兒童服飾賣場），更沒有要來賓把女童帶過來。

- 選項 4 是錯的。廣播的用字是「見かける」（看到），而不是「探す」（尋找），百貨公司人員並沒有要來賓們去尋找這名女童。這個選項較為刁鑽，可別被騙了。

單字と文法

- □ 本館（ほんかん） 本館
- □ 子供服（こどもふく） 兒童服裝
- □ 薄茶色（うすちゃいろ） 淺棕色
- □ セーター【sweater】毛衣
- □ お召し（め） 穿著
- □ 見かける（み） 發現、看見
- □ 保護（ほご） 安置、保護
- □ 条件（じょうけん） 條件
- □ れる（尊敬（そんけい）） 表示尊敬

小知識

日語敬語中的謙讓語，有一些是特殊的形式，由於沒有變化規則，所以可以記住其具有代表性的單詞。例如：

動詞（普通形）	謙讓語（特殊形）
行く （去）	うかがう （拜訪、前往）
言う （說）	申し上げる （說、提及）
会う （碰面）	お目にかかる （會面）
あげる （給）	さし上げる （贈予、給予）
見る （看）	拝見する （拜見）

問題四

発話表現

発話表現　問題4

4-1

問題4では、えを見ながら質問を聞いてください。やじるし（→）の人は何と言いますか。1から3の中から、最もよいものを一つえらんでください。

4-2 1ばん

答え：①②③

4-3 2ばん

答え：①②③

4-4 3ばん

答え：①②③

4-5 4ばん

答え：①②③

4-6 5ばん

答え：①②③

4-7 6ばん

答え：①②③

もんだい 4　第 1 題 答案跟解說

4-2

レストランで注文(ちゅうもん)したものが来(き)ません。何(なん)と言(い)いますか。

F：1　注文(ちゅうもん)したものがまだ来(こ)ないんですが。

2　注文(ちゅうもん)してもいいですか。

3　注文(ちゅうもん)させてもらえますか。

【譯】

在餐廳裡點的餐點還沒來。請問該說什麼呢？

F：1. 我的餐點還沒送來。

2. 我可以點餐了嗎？

3. 可以為您點餐了嗎？

答案：1

【關鍵句】注文(ちゅうもん)したものが来(き)ません。

對話情境と出題傾向

這一題的情境是在餐廳點了菜卻沒送來。從圖片來看，可以發現說話的對象是店員，也就是說，該怎麼告訴店員這件事。

解題技巧

▶ 選項 1 是正確答案。重點在句尾的「が」。雖然這個「が」感覺上話好像只說了一半，但其實是話中有話，日本人有共通的默契可以了解這個「が」背後的意義。不用把話講得很完整，就能猜到對方想要表達什麼，這也是日語學習的一大難處。「が」在此是暗示說話者想知道「どうなっていますか」（我點的菜現在是什麼情況呢）。相較之下，少了句尾的「が」，或是不省略、直接把「どうなっていますか」問出口，都沒有「注文したものがまだ ないんですが」這句話來得自然。

▶ 值得注意的是，選項 1 的「んです」是「のです」的口語表現，在這邊表示說話者在針對事態或狀況進行說明。這一題的情境除了「が」以外，也要使用「んです」才顯得自然。如果是說「注文したものがまだ来ません」，就只是在單純敘述點了菜還沒有來的情形，少了說明的語氣，是不自然的說法。

▶ 此外，這一題除了選項 1，也有其他的說法。例如「注文してからもう 30 分以上経っているんですが」（我點菜已經過了 30 分鐘了耶…）。

▶ 選項 2 用「てもいいですか」的句型來徵詢對方許可。這可以用在店員似乎很忙沒辦法幫自己點菜的時候，或是不知道該向誰點菜的時候。但在這邊要特別注意的是，題目敘述當中有說「注文した」，動詞過去式表示自己已經點完菜了，所以沒必要再點菜，故選項 2 不合題意。

▶ 選項 3 也是在詢問對方是否能點菜。這也是錯的，和選項 2 一樣，因為已經點過菜了，所以不用再點一次。值得注意的是，「てもらえる」是「てもらう」的可能形，這是語氣較為客氣的說法。客人對店員說話沒必要這麼客氣，這樣的說法有時聽起來反而有挖苦的語感。如果想要詢問能否點菜，還是用選項 2 會比較理想。

說法百百種

▸ 最點菜時的一些常見說法：

ビール２つください。／請給我兩杯啤酒。

カレーうどんをお願いします。／請給我咖哩烏龍麵。

何か冷たいもの、ありますか。／有沒有什麼冰冰涼涼的東西呢？

忙(いそが)しいので、先輩(せんぱい)に手伝(てつだ)ってもらいたいです。先輩(せんぱい)に何(なん)と言(い)いますか。

M：1　すみません、手伝(てつだ)わせてもらえますか。

2　すみません、手伝(てつだ)っていただけますか。

3　すみません、手伝(てつだ)ってもいいですか。

【譯】

現在很忙，想請前輩幫忙。請問該對前輩說什麼呢？

M：1. 不好意思，可以讓我幫忙嗎？

2. 不好意思，可以幫我忙嗎？

3. 不好意思，我可以幫忙嗎？

答案：2

【關鍵句】先輩に手伝ってもらいたい。

對話情境と出題傾向

這一題的情境是希望前輩能幫自己的忙。要小心的是，「てもらう」是用於請別人幫自己做某件事的句型，所以做動作的是對方，不是自己。面對這種授受動詞的題目，一定要先弄清楚做動作的人到底是誰，可別被使役形等等給騙了。

解題技巧

- 正確答案是選項 2。「手伝ってもらう」的謙讓表現就是「手伝っていただく」，藉由降低自己的姿態來抬高對方的身分地位。由於説話的對象是前輩，所以一定要用敬語才不會失禮。而這邊用可能形「ていただけますか」是表示客氣地徵詢對方的同意，也就是詢問前輩是否願意幫自己的忙。

- 此外，這一題除了選項 2，也有其他的説法。例如「ちょっと手伝ってくれませんか」（可以幫我一下嗎？）、「すみません、お手伝いいただけないでしょうか」（不好意思，可以勞煩您幫我一個忙嗎？）。前者的敬意比選項 2 低，適用於上下關係比較沒那麼嚴謹的前輩，或是公司的晚輩（不過用在學弟妹身上就顯得太過客氣）。而後者的敬意非常高，適用於地位非常高的長輩。值得注意的是，像這種有事要拜託人的時候，常常會用上「ちょっと」、「すみません」這些語詞來緩和語氣喔！

- 選項 1 是錯的。當看到「使役形＋てもらう」時，就要想到做動作的人是自己。這句話也就是客氣地詢問對方能否讓自己幫忙。這和拜託對方來幫自己忙的題意正好相反。

- 選項 3 是錯的。「てもいいですか」的句型用於徵詢對方許可。「手伝ってもいいですか」是詢問對方能否讓自己幫忙，表示做動作的人是自己，所以也和題意不符。

- 雖説選項 1 、 3 都用來表示説話者想幫對方的忙，不過在這種時候，最常用的説法其實是「お手伝いしましょうか」或「お手伝いいたしましょうか」才對，後者是比前者還要更有禮貌的説法。

說法百百種

▸ 拜託的對象不是前輩而是晚輩，可以嘗試這麼說：

ちょっと手伝ってくれる？／能幫我一下忙嗎？

ちょっと手伝ってくれない？／能不能幫我一下忙？

もんだい 4　第 ③ 題 答案跟解說

就職が決まったので、先生に伝えたいです。先生に何と言いますか。

M：1　ご就職、おめでとうございます。

　　2　今度、就職させていただきました。

　　3　おかげさまで、就職が決まりました。

【譯】

已經找到工作了，想把這個消息報告老師。請問該對老師說什麼呢？

M：1. 恭喜找到工作了。

　　2. 這次請讓我去工作。

　　3. 託老師的福，我已經找到工作了。

解題關鍵と訣竅

答案：3

【關鍵句】就職（しゅうしょく）が決（き）まったので、先生（せんせい）に伝（つた）えたい。

對話情境と出題傾向

這一題的情境是自己找到了工作，準備向老師報告這個喜訊。

解題技巧

▶ 正確答案是選項３。這是向人報告找到工作的喜訊時常用的說法。雖然對方不一定有在找工作期間幫了什麼忙，但日本人這時多半都會說「おかげさまで」（託您的福）。特別是對於老師或是年長的親戚等上位者，用「おかげさまで」可以展現自己的禮儀，也可以表達謝意，絕對不會出錯。

▶ 此外，這一題除了選項３，也有其他的說法。例如「おかげさまで、この春から〇〇に勤めることになりました」（託您的福，今年春天開始我就要到〇〇上班了）。

▶ 選項１是錯的。「ご就職、おめでとうございます」是恭喜別人找到工作時的固定說法。「おめでとうございます」用在恭喜別人的時候。不過這一題發生喜事的是自己，要接受恭喜的人不是老師，所以不合題意。

▶ 選項２也是錯的。「～にさせてもらう」如果沒有特別說出「に」前面的人，則通常是指說話的對象。不過問題在於這份工作並不是老師給自己的，所以用「させてもらう」並不正確。

單字と文法

□ **就職**（しゅうしょく） 找到工作、就職

說法百百種

▶ **「おめでとうございます」經常和以下語詞合用：**

ご結婚、おめでとうございます。／恭喜兩位結婚。

お誕生日、おめでとうございます。／生日快樂。

合格、おめでとうございます。／恭喜上榜。

最後一句的「合格」比較特別，前面不能接「お」、「ご」。

もんだい 4　第 4 題 答案跟解說

友達（ともだち）とコーヒーを飲（の）んでいます。砂糖（さとう）を使（つか）いたいです。友達（ともだち）に何（なん）と言（い）いますか。

F：1　お砂糖（さとう）、取（と）ってくれる？

2　お砂糖（さとう）、取（と）ってあげようか。

3　お砂糖（さとう）、取（と）ってもらおうか。

【譯】

正在和朋友喝咖啡，想要加糖。請問該對朋友說什麼呢？

F：1. 可以幫我拿糖嗎？

2. 幫你拿糖吧？

3. 把糖遞過來吧。

答案：1

【關鍵句】砂糖を使いたいです。

對話情境と出題傾向

這一題題述的「砂糖を使いたいです」表示情境是自己想要用砂糖，想請對方幫忙拿一下。

解題技巧

▶ 選項1是正確答案。「てくれる」表示別人為自己或是我方做某件有益的事情。而這裡由於句尾聲調上揚，表示疑問句，可以用在請對方幫忙拿東西的時候。

▶ 此外，這一題除了選項1，也有其他的說法。例如「砂糖取ってくれない？」（可以幫我拿砂糖嗎？）、「砂糖、取って」（幫我拿砂糖）。如果對象是長輩，則用敬語「すみませんが、砂糖を取っていただけますか」（不好意思，可以麻煩您幫我拿一下砂糖嗎？）。

▶ 選項2是錯的。「てあげる」表示自己或我方的人為別人做有益的事情。這邊的「ようか」表示提議要幫對方的忙，所以是用在自己幫對方拿東西的時候。

▶ 選項3也是錯的。這句話的使用情境如下：一群人坐在長桌上，而砂糖離自己很遠。當自己想用砂糖時，突然發現坐在對面的人好像也想用砂糖。這時就對對面的人說「お砂糖、砂糖の近くの席の人に取ってもらおうか」（砂糖的話，我請坐在砂糖附近的人幫我們拿吧）。就像這樣用在請第三者幫忙做事，而不用在請對方幫忙自己做事。所以如果是有事拜託對方的時候，不宜用這句。

小知識

也許有的人會覺得奇怪，題述中的砂糖叫「砂糖」，為什麼選項中的會變成「お砂糖」呢？其實這個多出來的「お」叫做「美化語」，女性較常使用，加在名詞前面，聽起來就很有氣質。不過像是「お酒」（酒），現在已經普遍化而少了美化的作用了。其他常見的「お＋名詞」還有「お魚」（魚）、「お肉」（肉）、「お菓子」（零食）、「お米」（米）、「お箸」（筷子）、「お茶碗」（碗）…等等。

もんだい 4　第 ⑤ 題 答案跟解說

4-6

他の会社を訪問して、お茶を出してもらいました。何と言いますか。

M：1　お茶でもいかがですか。

　　2　どうぞ、おかまいなく。

　　3　どうぞ、ご遠慮なく。

【譯】

去拜訪其他公司，對方端茶送上。請問該說什麼呢？

M：1. 喝點茶吧。

　　2. 請不要這麼客氣。

　　3. 請喝茶，不用客氣。

解題關鍵と訣竅

答案：2

【關鍵句】お茶を出してもらいました。

對話情境と出題傾向

這一題的情境是因公去其他公司時，對方倒茶給自己喝。這時該怎麼回應對方的好意呢？

解題技巧

- 正確答案是選項２。「おかまいなく」的意思是「かまわないでください」，也就是請對方不用如此費心。這是不希望造成對方困擾時的説法，也是一種間接的道謝。除了本題這種去其他公司拜訪的情形之外，去別人家作客，主人招待自己時，身為客人也可以這麼説。

- 此外，這一題除了選項２，也有其他的説法。例如「どうぞ、お気遣いなく」（不用麻煩了）、「ありがとうございます」（謝謝您）。不過「ありがとうございます」沒有選項２和「どうぞ、お気遣いなく」來得恰當。

- 選項１是錯誤的。「いかがですか」在此用來詢問對方的意願。這是詢問對方要不要喝茶的説法。不過這一題説話者並不是倒茶的人，所以不會這麼説。

- 選項３也是錯的。當端出茶或食物請客人吃，然而過了一會兒卻發現客人都沒有開動享用時，主人可以這麼説。要特別注意的是，如果只是端一杯茶出來的話，就不會這麼説了。而這一題説話者是客人，所以立場剛好相反，不適用。

單字と文法

□ おかまいなく　不用麻煩了

說法百百種

▸職場常用說法

去其他公司拜訪時遣詞用字千萬不能失禮。以下的幾種說法經常派上用場，熟記以後包准你不會在職場上吃虧：

大原会社の山田と申します。
／我是大原公司的人，敝姓山田。

営業部の佐藤様と3時のお約束で伺いました。
／我和業務部的佐藤先生約好了3點要見面。

お忙しいところ恐縮です。
／百忙之中不好意思打擾您了。

もんだい 4　第 6 題 答案跟解說

4-7

雨の日に友達が傘がなくて困っています。自分は二つ持っています。友達に何と言いますか。

F：1　傘、借りたらどうでしょう。

　　2　傘、借りたらいいのに。

　　3　傘、貸してあげようか。

【譯】

下雨天，朋友沒帶傘，正在傷腦筋。自己帶著兩把傘。請問該對朋友說什麼呢？

F：1. 去借把傘吧？

　　2. 如果有借傘就好了。

　　3. 借你一把傘吧。

解題關鍵と訣竅

答案：3

【關鍵句】友達が傘がなくて困っています。
自分は二つ持っています。

對話情境と出題傾向

這一題的情境是想要把傘借給朋友。要特別注意的是，這種借東西的題目經常會把「貸す」和「借りる」一起搬出來混淆考生。這兩個動詞雖然中文都翻譯成「借」，但是「貸す」是把東西借給別人，「借りる」是向別人借東西，千萬不要搞混。既然題目是要把東西借出去，就要知道答案應該是會用到「貸す」才對。

解題技巧

- 正確答案是選項３。選項當中只有它用到「貸す」。再搭配「てあげる」這個句型，表示為了對方著想要做某件事情。這句話是在詢問對方需不需要借自己的傘。
- 此外，這一題除了選項３，也有其他的説法。例如「傘、あるよ」（我有傘喔）、「傘、貸そうか」（傘借你吧）、「私の傘、使う？」（你要用我的傘嗎？）。
- 選項１用「たらどうでしょう」這個句型給對方建議，問對方要不要去（向別人）借傘。不過從題述看來，打算借傘的人是說話者，應該是要問對方要不要自己多出來的那把傘才對，「傘、借りたらどうでしょう？」好像有點事不關己，故不正確。
- 選項２用「たらいいのに」帶出一種惋惜的語氣，這是在表示對方如果有去（向別人）借傘就好了。這句話也和題意不合。

說法百百種

▶這一題提到的是借傘給朋友的說法。想向朋友借傘時可以怎麼說：

傘、貸してくれる？／傘可以借我嗎？

傘、貸してくれない？／傘可以借我嗎？

傘、借りてもいい？／可以向你借傘嗎？

4-8 7ばん

答え：① ② ③

4-9 8ばん

答え：① ② ③

4-10 9ばん

答え：① ② ③

4-11 10 ばん

答え：①②③

4-12 11 ばん

答え：①②③

4-13 12 ばん

答え：①②③

もんだい 4　第 7 題 答案跟解說

4-8

寒いので窓を閉めたいです。何と言いますか。

M：1　窓を閉めてもいいですか。

　　2　窓を閉めてあげましょうか。

　　3　窓を閉めてくださいませんか。

【譯】

天氣冷，想要關窗。請問該說什麼呢？

M：1. 我可以關窗嗎？

　　2. 我幫你關窗吧？

　　3. 可以請您幫我關窗嗎？

答案：1

【關鍵句】窓（まど）を閉（し）めたい。

對話情境と出題傾向

從圖片來看，可以得知這一題的情境是因為很冷所以想關窗戶，不過因為有其他人在，所以合理推測應該要先徵詢旁人意見才能關窗戶。

解題技巧

- 正確答案是１。句型「てもいいですか」表示想做某個動作，進而徵求同意、許可。
- 此外，這一題除了選項１，也有其他的説法。例如「窓を閉めたいんですが」（我想關個窗戶…）。這句話也是用「んですが」帶出弦外之音。
- 選項２是錯的。「てあげましょうか」表示為了對方著想要做某件事情。不過題述是説，覺得很冷、想關窗戶的人都是説話者，不是其他人，所以不正確。
- 選項３也是錯的。「てくださいませんか」是請求的句型。這句話是在拜託別人關上窗戶。不過，題述當中提到「窓を閉めたい」，就表示要關窗戶的人是説話者，所以不正確。

說法百百種

▶關於窗戶的一些動作說法：

窓を開ける／開窗戶

窓に鍵をかける／鎖窗戶

窓を拭く／擦窗戶

明日、大事な用事ができたので会社を休みたいです。上司に何と言ってお願いしますか。

F：1　明日は大事な用事ができたので、会社を休むことにしました。
　　2　明日は大事な用事ができたので、会社を休むつもりです。
　　3　明日は大事な用事ができたので、会社を休ませていただきたいのですが。

【譯】

明天有重要的事情，想向公司請假。請問該向主管說什麼呢？

F：1. 明天因為有重要的事情，我決定不來上班了。
　2. 明天因為有重要的事情，我打算不來上班。
　3. 明天因為有重要的事情，是不是可以讓我請假呢？

答案：3

【關鍵句】会社を休みたいです。
上司に何と言ってお願いしますか。

對話情境と出題傾向

這一題的情境是向上司請假。題目中若有特別提到身分、地位、親疏關係，就要留意敬語表現，以及什麼樣的說法才不會失禮。

解題技巧

▶ 正確答案是 3。這裡用的是「～せていただく」。「使役形＋もらう／いただく」表示由於對方的允許，使自己得到恩惠。說話者因為想採取某種行動，在此之前先禮貌地徵求對方許可。句尾的「が」和第 1 題一樣，沒有把話說完，卻有弦外之音，在此後面省略了「よろしいでしょうか」（請問可以嗎）等話語。

▶ 此外，這一題除了選項 3，也有其他的說法。例如「明日は大事な用事ができたので、会社を休みたいのですが」（明天我有要事，所以我想向公司請假…）。不過這一句就沒有選項 3 來得得體。

▶ 選項 1 用「ことにする」表示說話者意志堅決地做了某個決定，不管上司說什麼，自己都一定要請假。不過從題述的「お願いしますか」可以發現，說話者的姿態應該是柔軟的、請求於人的，所以這樣的說法並不適當。

▶ 選項 2 的「つもりです」表示說話者的打算、決心。這不是在徵求同意，只是把自己預定要做的事情向上司報告而已，所以不正確。

小知識

此外，關於「明日は大事な用事ができたので」這部分，從職場禮儀來看，請假時最好還是說出具體的理由會比較好。例如：「親戚に不幸がありまして」（「親戚遭遇不幸」，這是親戚過世的委婉說法）。

もんだい4 第9題答案跟解説

映画館(えいがかん)で、隣(となり)の人(ひと)が大声(おおごえ)でしゃべっています。何(なん)と言(い)いますか。

M：1　すみません。映画(えいが)の音(おと)が聞(き)こえにくいのですが。

2　すみません。しゃべってもらえますか。

3　すみません。静(しず)かにしたほうがいいですよ。

【譯】

在電影院裡，鄰座的觀眾正在大聲說話。請問該對他說什麼呢？

M：1. 不好意思，我聽不清楚電影的聲音。

2. 不好意思，請您說給我聽好嗎？

3. 不好意思，保持安靜比較好喔。

解題關鍵と訣竅

答案：1

【關鍵句】隣の人が大声でしゃべっています。

對話情境と出題傾向

這一題的情境是在看電影時受到隔壁人士的干擾。如果想請對方不要影響別人，可以怎麼說呢？

解題技巧

- 正確答案是１。這是非常委婉的說法，不直接指出對方音量太大，而是拐個彎提醒對方降低音量，這樣比較有禮貌。句尾的「が」就跟第１題、第８題一樣，作用在於省略下文、帶出言外之意，推敲過後可以發現說話者真正想講的是「だから静かにしてほしい」（所以想請你們安靜一點）。

- 此外，這一題除了選項１，也有其他的說法。例如「すみません。声を控えていただけますか」（不好意思，可以麻煩你們音量降低一點嗎？）。至於「静かにしていただけますか」（可以麻煩你們安靜一點嗎？）這種說法就過於直接，禮貌程度不夠，所以不是很適當。

- 選項２是錯的。「てもらえますか」用來請對方做某件事。而「しゃべってもらえますか」是請對方說話，但是就是因為對方正在大聲說話才會吵到自己，顯然不合邏輯。再加上場景是在電影院，用常理來判斷，在看電影時怎麼會希望隔壁的人能說話呢？所以這句並不正確。

- 選項３是陷阱，可不要被「静かにする」（安靜）給騙了！句型「ほうがいい」表示建議、忠告，只是用給予意見的方式來柔性地勸導對方「你這樣做其他人會生氣，所以為了自己好，還是安靜一點吧」，並不能傳達出自己希望對方能安靜的心情。所以作為這一題的答案不是很恰當。

單字と文法

□ 大声（おおごえ） 大聲

說法百百種

▸ 在電影院常見的有違禮儀行為

座席の背中をける。／踢椅背。

上映中に携帯電話が鳴る。／放映中手機響起。

音をたてながらものを食べる。／吃東西發出聲音。

上映前に結末を話す。／搶先一步說出結局。

もんだい 4　第⑩題 答案跟解說

4-11

店で、もっと大きなサイズの服が見たいです。店員に何と言いますか。

F：1　すみません。もっと大きいのもありますよ。

　　2　すみません。もっと大きいのを見せませんか。

　　3　すみません。もっと大きいのはありませんか。

【譯】

在店裡想要看尺碼比較大的衣服。請問該對店員說什麼呢？

F：1. 不好意思，還有更大的尺碼喔。

　　2. 不好意思，要不要給您看更大的尺碼呢？

　　3. 不好意思，請問有沒有更大的尺碼呢？

答案：3

【關鍵句】もっと大きなサイズの服が見たい。

對話情境と出題傾向

這一題的情境是購物時詢問店員有沒有大一點的尺寸。像這種客人和店員之間的互動也是很常考的題型之一。

解題技巧

- 正確答案是３。雖然乍聽之下「ありませんか」只是在詢問有或沒有，不過要特別注意這句話背後的意思。「有沒有大一點的尺寸」＝「想看看大一點的尺寸」，這才是説話者真正的意圖。進入到Ｎ３程度後，就會發現很多時候話並不會説得太直接，這也是日語的特色之一，所以了解每句話的含意就是非常重要的關鍵。
- 此外，這一題除了選項３，也有其他的説法。例如「すみません。もっと大きいのはありますか」（不好意思，有更大一點的尺寸嗎）、「もっと大きいのがあったら、見たいんですけど」（如果有更大一點的尺寸，那我想看看…）
- 選項１是錯的。這句話應該是店員對顧客説的話，告訴顧客也有再大一點的尺寸，而不是顧客的發言。
- 選項２也是錯的。這句話只是在詢問對方要不要看，並沒有包含説話者「見たい」（想看）的心情。如果改成「すみません。もっと大きいのを見せてくれませんか」（不好意思。請問可以給我看看更大一點的尺寸嗎）就可以了。不過，這句話是在「説話者已經知道有大一點的尺寸」的前提下才成立。一般而言應該會先詢問店家有無更大一點的尺寸。

說法百百種

▸ **以下有幾句在逛服飾店時可能會用到的說法**

何色が一番売れていますか。／什麼顏色賣得最好呢？

スカートを探しているのですが。／我在找裙子。

これ、試着してもいいですか。／我可以試穿這個看看嗎？

ただ見ているだけです。／我只是看看而已。

もんだい 4　第 ⑪ 題 答案跟解說

4-12

明日の集合時間を先生に聞きたいです。何と言いますか。

F：1　明日は何時に来ますか。

　　2　明日は何時に来ればいいですか。

　　3　明日は何時に来てもいいですか。

【譯】

想要請問老師明天的集合時間。請問該向老師說什麼呢？

F：1. 明天要幾點來呢？

　　2. 明天應該要幾點來才好呢？

　　3. 明天幾點來都沒關係嗎？

解題關鍵と訣竅

答案：2

【關鍵句】明日の集合時間

對話情境と出題傾向

這一題的情境是詢問老師明天幾點要前來集合。

解題技巧

▶ 正確答案是 2。用請對方給予自己提點、指教的句型「ばいいですか」詢問老師幾點必須要到。

▶ 此外，這一題除了選項 2，也有其他的說法。例如「明日の集合時間は何時ですか」（明天集合的時間是幾點呢？）。

▶ 選項 1 是陷阱。如果用中文的思維直譯「明天幾點來呢」，很有可能就會覺得選項 1 有何不可。但它錯誤的地方在於，這樣的問法只是單純詢問「對方」明天打算幾點前來，前來的人並不是說話者。此外，這一題問的是有時間規定的「集合時間」，但這句話也沒有包含「必須幾點來」、「需要幾點到場」的意思，所以不正確。

▶ 選項 3 也是錯的。「てもいいですか」是徵詢許可的問法。這一句問的不是某個時間點，而是詢問對方，不管幾點來都可以嗎？

單字と文法

□ **集合**（しゅうごう） 集合

說法百百種

▶ **題目當中問的是活動的集合時間，至於詢問老師地點和其他事項的問法，請參見以下的例句：**

明日はどこに集まるんですか。／請問明天在哪裡集合呢？

明日は何を持ってくればいいですか。／請問明天要帶什麼來呢？

もんだい4　第⑫題 答案跟解說

4-13

銀行に口座を作りに来ました。初めてのところです。係りの人に何と言いますか。

M：1　口座を作りたいのですが、どこに並べばいいですか。

2　口座を作りたいのですが、どこに並ばないわけにはいきませんか。

3　口座を作りたいのですが、どこに並んであげましょうか。

【譯】

第一次來銀行開帳戶。請問該對行員說什麼呢？

M：1. 我想要開帳戶，請問該在哪裡排隊呢？

2. 我想要開帳戶，請問該在哪裡排隊否則就不行呢？

3. 我想要開帳戶，請問該在哪裡幫你排隊呢？

解題關鍵と訣竅 答案：1

【關鍵句】初めてのところです。

對話情境と出題傾向

這一題的情景是在銀行開新戶。從「初めてのところです」這句話和圖片來看，説話者應該是想問行員要去哪個櫃台辦理。

解題技巧

- 正確答案是1。這一句用「ばいいですか」表示請對方給予自己提點、指教，用在這題就是詢問行員應該在哪裡排隊才好。
- 此外，這一題除了選項1，也有其他的説法。例如「口座を作るのはどの（どちらの）窓口ですか」（開戶是在哪個櫃台呢）。
- 選項2是錯的。「わけにはいかない」表示「依照常識或倫理來看並不能這麼做」的心情，所以並不合題意。
- 選項3也是錯的。「てあげる」表示站在對方的立場著想，採取某種行動。不過這一題並不是説話者要幫行員開戶，所以也不合題意。

小知識

以下是在銀行、ATM經常使用到的單字：両替（外幣兑換、換鈔）、通帳（存摺）、印鑑（印章）、引き出し（提款）、預け入れ（存款）、振り込み（匯款）、高照会（查詢餘額）、暗証番号（密碼）、取引明細（交易明細）、ローン（貸款）、利息（利息）、手数料（手續費）。

4-14 13 ばん

答え：① ② ③

4-15 14 ばん

答え：① ② ③

4-16 15ばん　答え：①②③

もんだい 4　第 13 題 答案跟解說

4-14

テストの点数が悪くて、友達ががっかりしています。何と言いますか。

M：1　また今度頑張ればいいよ。

　　2　また今度頑張るよ。

　　3　今度は頑張らなくちゃ。

【譯】

朋友考試的分數很差，心情很低落。請問該對朋友說什麼呢？

M：1. 下次再加油就好了嘛。

　　2. 下次會再加油的。

　　3. 下次得加油才行。

解題關鍵と訣竅

答案：1

【關鍵句】友達（ともだち）ががっかりしています。

對話情境と出題傾向

這一題的情境是要安慰因考不好而沮喪的朋友。三個選項都用到「頑張る」這個動詞，但要注意的是，需要加油的究竟是誰呢？

解題技巧

- 正確答案是 1。「ばいい」在這邊是當建議的用法。這句話是在鼓勵朋友下次再加油就好了。
- 此外，這一題除了選項 1，也有其他的說法。例如「また次があるよ」（還有下次嘛）、「私も難しかったよ」（我也覺得很難呢）。
- 選項 2 是錯的。這句話顯示說話者下次要努力的決心。不過考不好的不是說話者，要加油的是朋友才對。
- 選項 3 也是錯的。「頑張らなくちゃ」是「頑張らなくては」的口語縮約形。這個說法一般是表示說話者個人要努力的決心，如果用來勸朋友，聽起來會帶有很跩的感覺，所以作為答案不是很恰當。

單字と文法

□ **点数（てんすう）** 分數　　□ **がっかり** 失望

說法百百種

▸ 以下是和「がっかり」意思相似的單字：

落ち込む／意志消沉

元気をなくす／沒有精神

もんだい 4　第 14 題 答案跟解說

4-15

駅で、大阪に行く新幹線の乗り場を探しています。駅員に何と言いますか。

F：1　すみません。大阪に行く新幹線乗り場はありますか。

2　すみません。大阪に行く新幹線の乗り場はどちらですか。

3　すみません。大阪にはどう行けばいいか教えていただけますか。

【譯】

正在車站裡尋找前往大阪的新幹線乘車月台。請問該對站務人員說什麼呢？

F：1. 不好意思，請問有前往大阪的新幹線乘車月台嗎？

2. 不好意思，請問前往大阪的新幹線是在哪一個月台上車呢？

3. 不好意思，請問您可以告訴我該怎麼到大阪嗎？

答案：2

【關鍵句】大阪に行く新幹線の乗り場を探しています。

對話情境と出題傾向

這一題的情境是想要詢問車站站務員，如果要前往大阪的話要去哪裡搭乘新幹線。像這種詢問地點的題目也是聽力考試當中常見的題型。

解題技巧

▶ 正確答案是２。「どちらですか」在這邊相當於「どこですか」，是較為客氣的問法。和場所、路線相關的題目當中，指示詞「どちら」或是「どこ」幾乎都是必考單字。

▶ 此外，這一題除了選項２，也有其他的說法。例如「大阪方面の新幹線の乗り場はどちらでしょうか」（請問往大阪的新幹線乘車處是在哪裡呢？）。另外，如果人是在名古屋，就可以問「下り新幹線ホームはどちらですか」（請問南下新幹線月台在哪裡呢？）。如果人是在東京，就可以問「東海道新幹線の乗り場はどちらですか」（請問東海道新幹線的乘車處是在哪裡呢？）。

▶ 從東京車站發車的電車方向全都是「下り」，且往來東京車站的路線又有好幾條，所以這時說「下りホームはどちらですか」是不行的，必須具體說出是哪條路線。

▶ 關於行駛方向，日本分成「上り」和「下り」，台灣則是分成「南下」和「北上」。不過在要特別注意的是，「下り」不一定等於「南下」，「上り」不一定等於「北上」。像是仙台開往東京的列車，方向雖然是台灣說的「南下」，名稱卻是「上り」。

▶ 選項１是錯的。「ありますか」在第 10 題也有出現過，用來詢問有沒有某種東西。不過既然說話者已經知道有前往大阪的新幹線乘車處了，應該不會再問「有沒有」這種問題才是。

▶ 選項３也是錯的。「どう行けばいいか」用來詢問前往某處的方法或交通工具，回答應該是「步行」、「客運」…等等。不過說話者已經確定要搭新幹線了，所以顯得矛盾。

說法百百種

▶ 在車站當中經常詢問站務員的問題：

トイレはどこですか。
／請問廁所在哪裡？

自動券売機の使い方がよく分からないのですが。
／我不太清楚自動售票機的使用方式…。

もんだい 4　第 15 題 答案跟解說

4-16

東京駅に行きたいです。タクシーの運転手に何と言いますか。

M：1　東京駅までお願いします。
　　2　東京駅まで行きましょう。
　　3　東京駅まで行かせていただきます。

【譯】

想要去東京車站。請問該對計程車司機說什麼呢？

M：1. 麻煩開到東京車站。
　　2. 我們去東京車站吧。
　　3. 請准許我到東京車站。

解題關鍵と訣竅

答案：1

【關鍵句】タクシーの運転手（うんてんしゅ）に…。

對話情境と出題傾向

這一題的情境是在計程車上，該怎麼向司機說明目的地呢？

解題技巧

- 正確答案是１。這句話相當於「東京駅まで連れていってくれるようお願いします」（請您帶我到東京車站）。不過一般而言並不會說「連れていってくれるよう（に）」、「運転してくれるよう（に）」。
- 而有的人會直接說出目的地名稱「東京駅」（東京車站）。不過選項１「までお願いします」已經是固定說法了，用這種句型還是比較保險。
- 選項２是錯的。「ましょう」是邀請對方一起做某件事的句型。不過要去東京車站的只有說話者而已，所以這個說法並不恰當。
- 選項３也是錯的。「せていただく」表示做某件事情是承蒙對方的許可、恩惠。不過說話者去東京車站並不需要計程車司機的允許，所以並不正確。

說法百百種

- **搭乘計程車時可能會用到的句子：**

あと何分ぐらいかかりますか。／大概還需要幾分鐘才會到呢？

そこを右に曲がってください。／前面請右轉。

ここでいいです。／在這裡下車就行了。

問題五

即時応答

▼ 前ページで解法テクニックを確認したら、次の演習問題にチャレンジしてください。▼

即時応答　問題５

問題５では、問題用紙に何もいんさつされていません。まず、文を聞いてください。それから、そのへんじを聞いて、１から３の中から、最も よいものを一つえらんでください。

5-2　１ばん

答え：① ② ③

- メモ -

5-3　２ばん

答え：① ② ③

- メモ -

5-4　３ばん

答え：① ② ③

- メモ -

5-5 4ばん

答え：①②③

- メモ -

5-6 5ばん

答え：①②③

- メモ -

5-7 6ばん

答え：①②③

- メモ -

もんだい 5　第 1 題答案跟解說

5-2

M：すみません、ちょっとうかがいますが。

F：1　では、ご遠慮（えんりょ）なく。

　　2　はい、いつでもどうぞ。

　　3　はい、何（なん）でしょう？

【譯】

M：不好意思，可以請教一下嗎？

F：1. 那麼，我就不客氣了。

　　2. 好的，隨時歡迎。

　　3. 好的，請問有什麼事嗎？

- メモ -

解題關鍵と訣竅 (答案：3)

【關鍵句】ちょっとうかがいますが。

對話情境と出題傾向

這一題考的是當對方有事想要詢問自己時，你可以怎麼回應他？重點在「ちょっとうかがいますが」這一句。「うかがう」（請教）是謙讓語，在這邊是「聞く」（問）的意思。句子雖然是以「が」作結，感覺上話沒有説完，但其實後面省略掉「よろしいでしょうか」等詢問對方意願的語句。

「ちょっと」在這邊的作用是緩和語氣，有事情要麻煩別人時常常會加上「ちょっと」。

解題技巧

- 正確答案是３。先以「はい」表示自己有聽到對方的請求，也同意回應。「何でしょう」相當於「あなたが聞きたいことは何ですか」（你想問什麼呢？）。「何でしょう」的語氣又比「何ですか」稍微客氣一點。
- 此外，這一題除了選項３，還有其他的説法。例如「はい、どうぞ」（好的，請説）、「はい、何でしょうか」（好的，請問是什麼事呢？）。如果對方的表情十分苦惱，還可以回問他「どうなさいましたか」（請問發生了什麼事呢？）。
- 選項１是錯的。當對方邀請、力勸自己，或是請自己吃東西的時候，如果願意接受對方的好意或是願意照辦時，就可以用「遠慮なく」。另外，「では」是説話者打算採取某個行動的發語詞。
- 選項２也是錯的。錯誤的地方在於對方是「現在」有事情想請教，對此回答「いつでも」（不管什麼時候都可以）就顯得奇怪了。可別被表示同意的「どうぞ」給騙了。

小知識

☞ **謙讓語「うかがう」除了本題的用法，還有以下兩種意思：**

1. **聞く**（聽）⇨ お話はうかがっています。（這件事我已有所聽説。）
2. **訪れる**（拜訪）⇨ 今からうかがいます。（現在前去拜訪。）

もんだい 5　第 2 題答案跟解說

5-3

M：明日(あした)は、9時(じ)に駅(えき)に集合(しゅうごう)してください。

F：1　はい、分(わ)かりました。

　　2　それはいいですね。

　　3　大丈夫(だいじょうぶ)ですか。

【譯】

M：明天請於 9 點在車站集合。

F：1. 好的，明白了。

　　2. 那真好呀。

　　3. 您還好嗎？

- メモ -

解題關鍵と訣竅

答案：1

【關鍵句】…してください。

對話情境と出題傾向

這一題從「てください」來看，可以推測「9點在車站集合」是一種請求或是命令。面對這樣的情況，可以怎麼說呢？

解題技巧

- 正確答案是1。對於請求、命令，如果表示同意、服從，可以說「分かりました」。
- 此外，如果對方是上位者，還可以回答「はい、承知しました」（好的，我明白了）。如果對方是寄e-mail等文件，也可以回答「了解しました」（我了解了）。不過這一句聽起來有點生硬，所以幾乎不用在口說方面。
- 選項2是錯的。這是對於對方的提議表示贊同的說法。不過這一題男士並沒有提出意見，而是在請求或是命令，所以不適合。
- 選項3是在針對某個情況詢問、關心有沒有問題。答非所問。

說法百百種

▶當對方建議採取某個行動，或是提出邀約時，表示贊同的說法：

A：「明日は、10時に出発ということでどうですか。」
／「明天10點出發你覺得怎麼樣？」
B：「ええ、そうしましょう。」／「嗯，就這麼辦吧！」

A：「明日は、お弁当持っていきましょうか。」／「明天我帶便當去吧？」
B：「それはいいアイディアですね。」／「這真是個好點子啊！」

もんだい 5　第 3 題 答案跟解說

5-4

F：最近遅刻が多いですよ。明日は遅れないように。

M：1　はい、これから気をつけます。

2　はい、これから気にします。

3　はい、これから気を使います。

【譯】

F：你最近常常遲到喔。明天可別再遲到了。

M：1. 好的，以後我會注意的。

2. 好的，以後我會在意的。

3. 好的，以後我會用意的。

- メモ -

解題關鍵と訣竅

答案：1

【關鍵句】遅(おく)れないように。

對話情境と出題傾向

這一題的情境是對方在告誡自己明天別遲到了。「ように」經常用在要求別人注意一些事情的時候，原本後面還有「してください」，不過長輩對晚輩、上對下的情況就可以省略不說。另外，「ように」聽起來有高高在上的感覺，也可以改說「ようにね」緩和語氣。至於三個選項都是和「気」相關的慣用句，要選出一個被訓話時最適切的回應方式。

解題技巧

- 正確答案是 1。「気をつける」意思是「注意する」（注意、小心）。
- 除了選項 1 的回答，你也可以這麼說「はい、すみません。明日は絶対遅れないようにします」（是，不好意思。明天我絕對不會遲到）。
- 選項 2「気にする」意思是「心配する」（擔心）、「不安に思う」（感到不安）。答非所問。
- 選項 3「気を使う」意思是「關心、顧慮到自己以外的許多事項，為他人貼心著想」。不過經常遲到的人是自己，所以不適用。

小知識

☞ **在此也附上一些「気を」、「気に」開頭的常見慣用句做為補充：**

気⇨ 気を配る（關心、注意）

気⇨ 気を引く（吸引注意）

気⇨ 気にかける（放在心上）

気⇨ 気になる（在意、掛念）

F：雨(あめ)が降(ふ)りそうですよ。

M：1　傘(かさ)を持(も)っていくわけにはいきませんね。

　　2　傘(かさ)を持(も)ってくればよかったですね。

　　3　傘(かさ)を持(も)っていかないこともありませんね。

【譯】

F：好像快要下雨了喔。

M：1. 可也總不能帶傘去吧。

　　2. 早知道就帶傘出來了。

　　3. 有可能會帶傘去。

- メモ -

解題關鍵と訣竅

答案：2

【關鍵句】雨(あめ)が降(ふ)りそうだ。

對話情境と出題傾向

「動詞ます形＋そうだ」是樣態用法，意思是「看起來…」、「好像…」。這一題女士表示快要下雨了，三個選項都是「傘を持って」開頭，很明顯是要混淆考生，要在這當中選出一個最符合常理的回應。

解題技巧

▶ 正確答案是２。「ばよかった」用來表示說話者後悔、惋惜的心情。這句話表示眼看著就要下雨了，很可惜說話者卻沒帶傘。

▶ 這一題除了選項２，也有比較輕鬆隨便一點的説法「ああーっ、傘持ってくればよかったー！」（啊～早知道就帶傘了～！）。

▶ 選項１是錯的。「わけにはいかない」表示雖然想採取某種行動（想帶傘出門），但受限於一般常識或道德上的規範卻不可以這麼做。很顯然地答非所問。

▶ 選項３也是錯的。這句話用雙重否定，表示有可能帶傘出門。這也是答非所問。

單字と文法

□ **～ばよかった** …就好了

說法百百種

▶ **一些在日常生活中和傘有關的實用會話：**

電車に傘を忘れてきたかもしれない。／我可能把傘忘在電車裡了。

どうぞ傘にお入りください。／請進來我的傘下吧。

傘を持っていったほうがよさそうだ。／最好是帶把傘出門吧。

M：ここ、座(すわ)ってもよろしいですか。

F：1　さあ、座(すわ)りましょうか。

2　ええ、どうぞ。

3　おかげさまで。

【譯】

M：請問我可以坐在這裡嗎？

F：1. 來，我們坐下來吧。

2. 可以呀，請坐。

3. 託您的福。

- メモ -

解題關鍵と訣竅

答案：2

【關鍵句】…てよろしいですか。

對話情境と出題傾向

這一題的情境是男士在詢問女士是否可以坐這個空位。「てもよろしいですか」的句型用於徵詢對方同意。如果想答應可以怎麼說呢？

解題技巧

- 正確答案是２。這是固定的說法。「どうぞ」在此表示同意對方。意思是「可以坐下來沒關係」、「請坐」。
- 不過如果這個位子其實是有人坐的，那麼女士就可以回說「すみません。そこ、います」（不好意思，這裡有人坐了）。
- 選項１是錯的。「ましょうか」用來邀請、呼籲其他人一起做某件事。不過這題的情形是女士已經坐下來了，而男士想坐她旁邊的空位。既然沒有要「一起」坐下，這一句當然也不適用。
- 選項３也是錯的。這句話用來感謝對方的幫助或關心，是感謝的固定說法。不過從題目來看，男士並沒有幫女士什麼忙，女士也就沒必要感謝他。

說法百百種

- **這一題的情況，男士除了可以說「ここ、座ってもよろしいですか」，還有其他講法。例如：**

ここ、いいですか。／我可以坐這裡嗎？

ここ、よろしいでしょうか。／請問方便我坐這裡嗎？

第 6 題 答案跟解說

5-7

F：お客様（きゃくさま）、もう少（すこ）し大（おお）きいのをお持（も）ちしましょうか。

M：1　はい、お願（ねが）いします。

2　いいえ、自分（じぶん）で持（も）てます。

3　持（も）ってくださいますか。

【譯】

F：這位客人，要不要我為您拿尺寸大一點的過來呢？
M：1. 好的，麻煩妳。
2. 不用，我自己有帶。
3. 可以幫我拿過來嗎？

- メモ -

答案：1

【關鍵句】…お持ちしましょうか。

對話情境と出題傾向

這一題有點難度。首先要注意到女士説的「お客様」，就要能連想場景應該是在店家，而女士應該是店員。後面的「お持ちする」基本上是「持つ」的謙讓語，在這邊意思不是「提」，而是「持ってくる」（拿過來）。雖然「お持ちする」也有「幫您提拿」的意思，但可別漏聽「もう少し大きいの」這部分。這表示店員是在詢問要不要拿尺碼比較大的商品來給客人看。如果漏聽了這部分，很有可能會選選項２或３。

解題技巧

- 正確答案是１。「お願いします」表示希望對方去拿大一點的商品給自己看。
- 除了選項１之外，這一題也有其他的回答方式。如果希望店員這麼做，有的男士會回答「うん、頼むよ」（嗯，拜託了），而有的女士會回答「そうね、お願いしようかしら」（説得也是，那就麻煩您囉）。不過男士的部分，相較之下還是選項１比較適合。此外，如果要婉拒店員，可以説「いえ、結構です」（不，不用了）。
- 選項２用來拒絕對方的幫忙，表示自己已經有帶來了。選項３則是再次確認對方是否真的願意幫自己提拿。

說法百百種

▶在商店當中客人經常會用到的會話：

すみません。スプーンって置いてますか。／不好意思，請問有賣湯匙嗎？

この中で一番売れてるのはどれですか。／這裡面賣最好的是哪一款呢？

そうですね。ちょっと考えさせてください。／嗯，請讓我考慮一下。

7ばん

答え：①②③

- メモ -

8ばん

答え：①②③

- メモ -

(5-10) 9ばん

答え：①②③

- メモ -

5-11 10 ばん

答え：① ② ③

- メモ -

5-12 11 ばん

答え：① ② ③

- メモ -

5-13 12 ばん

答え：① ② ③

- メモ -

F：平日(へいじつ)にしては道(みち)が混(こ)んでますね。全然進(ぜんぜんすす)みませんよ。

M：1　日曜日(にちようび)ですからね。

2　車(くるま)にしてよかったですね。

3　事故(じこ)でもあったんでしょうか。

【譯】

F：今天是上班日，路上怎麼這麼塞呀？車子根本動彈不得嘛。

M：1. 星期天嘛，難免塞車。

2. 還好我們開車來呀。

3. 會不會是前面發生事故了？

- メモ -

解題關鍵訣竅

答案：3

【關鍵句】平日(へいじつ)にしては…。

對話情境と出題傾向

這一題的情境是塞車，兩人在車陣中動彈不得。「にしては」表示某人事物按照常理來看應該是如何，不過實際上卻有超出常理的狀況發生。也就是說，一般而言「平日」應該不會塞車，現在卻出乎意料塞得很嚴重。

解題技巧

- 正確答案是３。照理說平日不會塞車，很有可能是發生了什麼突發事件，例如出車禍。「でも」在這邊是舉例用法，除了車禍，也有可能是「工事」（施工）、「車線減少」（車道減少）、「検問」（臨檢）…等原因引起塞車，而男士只是舉出一個例子而已。
- 這一題除了選項３，還有其他的回答方式。例如「そうですね。どうしたんでしょう」（真的耶…發生了什麼事呢？）。
- 選項１是錯的。「日曜日」是假日，不是平日。如果漏聽了女士說的「平日」，也許就會選這個答案。
- 選項２也是錯的。從「道が混んでますね」可以知道兩個人在塞車，所以男士回說「還好有開車」不合邏輯。

單字と文法

□ **道(みち)が混(こ)む** 塞車、交通壅塞

□ **～にしては** 就…而言算是…

小知識

塞車除了「道が混む」，也可以說「渋滞」。要特別注意的是，如果是「塞車中」，通常都是以「道が混んでいる」的形式使用。

最後，值得注意的是選項３「でも」的用法，通常前面會接一個例子，但不會刻意將所有可能都說出來，而是交給聽者自由聯想。除了「～でも」之外，「～とか」也是出現於日常會話當中的相似用法。接著就一起來看看幾個例句吧！

1. 「～でも」

⇨ 今度、ご一緒にお食事でもいかがですか。（下次要不要一起去吃個飯呢？）

⇨ マイホームがほしいなあ。宝くじでも当たらないかなあ。（好想要有間屬於自己的房子喔！能不能中個樂透之類的啊～）

2. 「～とか」

⇨ ねえ、お前、恋人とかいるの？（喂，你有女朋友什麼的嗎？）

⇨ 君、やせたんじゃない？失恋したとか？（你是不是瘦了啊？是因為失戀之類的嗎？）

もんだい 5　第 8 題 答案跟解說

F：この前お借りした本、お返ししに来ました。

M：1　え、もう読み終わったんですか。
　　2　すみません、まだ読んでないんです。
　　3　明日、お貸ししましょう。

【譯】

F：之前向您借的書，帶來還給您了。
M：1. 咦，妳已經看完了喔？
　　2. 不好意思，我還沒看。
　　3. 我明天借給妳吧！

- メモ -

解題關鍵と訣竅

答案：1

【關鍵句】お借りした本、お返ししに。

對話情境と出題傾向

這一題從女士說的「お借りした」和「お返し」來看，可以推斷她之前向男士借書，而現在要來歸還。所以借東西的人是女士才對。

解題技巧

- 正確答案是 1。一般而言，來還書通常表示書已經看完了。而男士這句話帶有驚訝的感覺，意含「妳還書的時間比我想像中還快」，所以才向對方確認。
- 如果對於對方還書的速度沒什麼特別的感覺，那麼這一題也有其他的說法。像是「お役に立ちましたか」（有幫上什麼忙嗎？）、「いかがでしたか」（如何呢？）。而當對方在還書時向自己說「ありがとうございました」（謝謝）時，也可以回覆「いいえ」（不會）、「どういたしまして」（不客氣）等等。
- 選項 2 是錯的。男士這番發言，暗示了向別人借書的是自己。而當書的主人向自己要回時，男士才道歉並表明還沒有看書。不過，可別忘了這一題借書的人是女士才對！
- 選項 3 也是錯的。女士的發言用的是過去式（お借りした），因此可以知道「借書」是已經發生的事情。選項 3 用「明日」、「ましょう」表示男士明天才要借書給女士，所以不合題意。

小知識

☞**「～ましょう」接在動詞ます形詞幹的後面，也可表示邀請對方和自己一起進行某行為或動作。**

⇨ 11 時半に会いましょう。（就約 11 點半見吧。）

⇨ 一緒に帰りましょう。（一起回家吧。）

⇨ 結婚しましょう。（我們結婚吧。）

☞**另外，「借りる」和「貸す」雖然都是「借」的意思，但兩者的用法也經常被搞混。「借りる」指的是從對方那裡「借進」東西，使自己在某一段時間內得以使用，例如：**

⇨ その消しゴム、借りてもいいですか。（那個橡皮擦可以借我嗎？）

而「貸す」則是指「出借」東西給他人，例如：

⇨ 友人にお金を貸す。（借朋友錢。）

もんだい 5　第 9 題 答案跟解說

5-10

M：すみません。これ、会議(かいぎ)が始(はじ)まるまでに 10 枚(まい)ずつコピーしておいてもらえますか。

F：1　はい、あとでやってみせます。
　　2　はい、あとでやっておきます。
　　3　じゃあ、あとでやってごらん。

【譯】

M：不好意思，可以麻煩妳在開會前把這個各影印 10 張嗎？
F：1. 好的，我等下做給你看。
　　2. 好的，我等下就做。
　　3. 那麼，你等一下試試看吧。

- メモ -

解題關鍵と訣竅

答案：2

【關鍵句】コピーしておいてもらえますか。

對話情境と出題傾向

這一題的情境是男士拜託女士先影印資料。要特別注意「ておく」的句型。「ておく」有兩種用法：①表示為了還沒發生的事情先做準備工作，②表示讓狀態持續下去。在這邊是第一種意思，也就是在會議開始前就先把資料影印好。

解題技巧

- 正確答案是2。這句話也用到了「ておく」的句型。表示「作為會議的準備工作，等等就先來影印」。
- 要特別注意的是，「あとでやっておきます」是指在某個時間點之前先做好某件事情，強調的是結果。不過「あとでやります」是指等一下就做某件事情，強調的是動作本身，沒有強調在某個時間點前先做好。如果是馬上就做的情況，通常會回答「はい、分かりました」（是，我明白了），或是「はい、では今すぐに」（是，我現在就做）。
- 選項1是錯的。「てみせる」有兩種用法：①實際做出某種動作給對方看，②表示強烈的決心。在這邊不管是哪一種用法都不適合用來回覆男士的請託。
- 選項3也是錯的。「てごらん」是催促對方採取某種行動的句型。不過既然是男士拜託女士做事情，那麼女士身為要採取行動的人，用「てごらん」就不適合了。

單字と文法

- □ **てみせる** 一定要…
- □ **てごらん** 試著…吧

說法百百種

▶ 請託說法

拜託他人為自己做事的說法常在日常生活中出現。而因對方身分的不同，會影響動詞後面句型的使用，必須特別小心。現在，就讓我們來複習一下對話中可能會用到的請託說法吧！

ちょっとその消しゴム使わせてくれない？／可以借我用一下橡皮擦嗎？

すみません、写真を撮っていただけませんか。
／不好意思，可以幫我們拍張照嗎？

ティッシュを取ってもらえませんか。／可以幫我拿一下面紙嗎？

ちょっと手伝ってくれる？／可以幫我一下嗎？

ちょっと手伝ってもらえないかな。／能不能幫我個忙呢？

ちょっと使わせてほしいんだけど…。／我想要用一下…。

もんだい 5　第 ⑩ 題 答案跟解說

5-11

M：新幹線(しんかんせん)が出(で)るまで、まだあと 10 分(ぷん)もあるよ。

F：1　じゃあ、もう間(ま)に合(あ)わないね。

2　もう少(すこ)しで乗(の)り遅(おく)れるところだったね。

3　じゃあ、今(いま)のうちに飲(の)み物(もの)買(か)いに行(い)こうか。

【譯】

M：離新幹線發車還有 10 分鐘呢。

F：1. 那麼，已經來不及了吧。

2. 差一點就趕不上了呢。

3. 那麼，趁現在去買飲料吧。

- メモ -

解題關鍵と訣竅

答案：3

【關鍵句】あと10分(ぷん)もある。

對話情境と出題傾向

這一題從「まだ」（仍然）、「あと」（還）可以看出距離發車還有10分鐘。而表示數量很多的「も」也暗示了男士覺得時間還很充足。

解題技巧

- 正確答案是3。這句話是用「（よ）うか」的句型來提議如何利用這10分鐘。「じゃあ」在此表示說話者從對方的發言知道了某件事，進而做出判斷、採取某個行動。
- 這一題除了選項3，還有其他的回答方式，非常自由。像是「じゃあ、私トイレ行ってくる」（那我去一下廁所）、「じゃあ、ちょっと一服してこようかな」（那我去抽根菸好了）…等等皆可。
- 選項1是錯的。這個「じゃあ」帶出了「從對方的發言來看當然會如此」的推斷心情。接著又說「間に合わない」表示來不及、時間不夠，這和男士的發言明顯不合。
- 選項2也是錯的。「ところだった」表示「差一點就…」的心情。不過從男士的游刃有餘來看，兩人抵達車站時應該是很從容的。這句話比較適合用在當對方說「よかった、なんとか間に合った」（太好了，總算趕上了）時的回覆。

單字と文法

□ **乗り遅れる**(の おく) 錯過班次、趕不上搭交通工具

□ **ところだった** 差一點…、就要…了

小知識

「乗り遅れる」指錯過車次的出發時間，例如用「終電に乗り遅れる」就表示「到達車站時，末班車早已離開而沒能搭上車」的意思。

除了錯過班車，也有可能遇到「坐過站」的情況，這時候就可以用「乗り越す」這個單字。例如日文「居眠りをして乗り越した」，中文意思「因為打瞌睡而坐過了站」。

第 11 題 答案跟解說

5-12

M：もしもし、課長(かちょう)の石田(いしだ)さんはいらっしゃいますか。

F：1　石田(いしだ)は今(いま)、出(で)かけておりますが、どちら様(さま)ですか。

2　石田(いしだ)さんは今(いま)、いらっしゃいませんが、どちら様(さま)ですか。

3　はい、いらっしゃいます。少々(しょうしょう)お待(ま)ちください。

【譯】

M：喂，請問石田課長在嗎？

F：1. 石田現在外出，請問是哪一位？

2. 石田先生現在不在，請問是哪一位？

3. 是的，他在這裡。請稍待一下。

- メモ -

答案：1

【關鍵句】もしもし、…さんはいらっしゃいますか。

對話情境と出題傾向

敬語問題常出現的就是尊敬語和謙讓語問題。尤其是「いらっしゃる」和「おる」，雖然都可以翻譯成「在」，但是用法卻有很大的不同。「いらっしゃる」是尊敬語，用在尊稱對方的場合。不過謙讓語「おる」只用在自己或自己人身上。

題目常常會用這兩個單字來混淆考生，這時就要掌握句子當中提到的人物到底是己方還是外人。

解題技巧

- 正確答案是１。也許有些人會覺得奇怪，既然是「課長の石田さん」，那就很有可能是自己的上司，為什麼對於上司不用「いらっしゃる」呢？這是因為現在說話的對象是外部者，這時自己和上司屬於同一陣線，要把外面的人當上位者，而把自己和上司當成下位者。所以這一題不能用「いらっしゃる」，要用「おる」。「出かけております」的「おる」，並不是針對石田課長，而是對外部者所用。不僅如此，這時「石田さん」表示尊稱的「さん」也要拿掉。
- 這一題也可以回答「石田は今、席をはずしておりますが、どちら様ですか」（石田現在不在位子上，請問您哪裡找呢？）。
- 選項２、３的錯誤理由都是一樣的。「いらっしゃる」不用在自己人身上，所以應該要各自改成「おりません」、「おります」才對。此外，選項２的「石田さん」也不應該加上尊稱的「さん」。

單字と文法

□ どちら様（さま） 請問是哪位

說法百百種

在電話中，當想要尋問對方姓名時，可使用「どちら様ですか」或更能表達敬意的「どちら様でしょうか」。另外，跟對方面對面欲詢問姓名時，較有禮貌的說法為「お名前をお伺いしてもよろしいでしょうか」等等。

▶ 當對方找的人不方便接電話時，還有這些回應說法，例如：

申し訳ございません。石田はあいにく他の電話に出ております。
／非常抱歉，石田正巧忙線中。

申し訳ございません。石田は、ただいま、外出しております。
／非常抱歉，石田目前外出中。

申し訳ございません。石田は、ただいま、会議中です。
／非常抱歉，石田現在正在會議中。

申し訳ございません。石田は、本日、休みを取っております。
／非常抱歉，石田今天休息沒上班。

申し訳ございません。石田は、本日、出張中です。
／非常抱歉，石田今天出差。

第⑫題答案跟解說

5-13

M：明日（あした）、映画（えいが）に行（い）きませんか。

F：1　すみません。明日（あした）はちょっと。

2　いかがでしたか。

3　楽（たの）しんできてください。

【譯】

M：明天要不要去看電影？

F：1. 不好意思，我明天有點事。

2. 您覺得如何呢？

3. 祝您玩得開心。

- メモ -

解題關鍵と訣竅

答案：1

【關鍵句】映画(えいが)に行(い)きませんか。

對話情境と出題傾向

這一題男士用了「ませんか」來邀請對方明天一起去看電影。面對別人的邀約，該怎麼答應或拒絕呢？

解題技巧

- 正確答案是1。「ちょっと」原意是「一點點」，但在會話當中經常當成婉拒的說法。依據場景的不同，它可以代表「都合が悪いです」（沒空）、「できません」（辦不到）…等等。也就是說，女士雖然話沒有說得很清楚，但她用了「ちょっと」來表示「明天我不能和你一起去看電影」。
- 如果沒有要拒絕對方，那就可以回答「それはいいですね」（聽起來很不錯呢）、「何の映画ですか」（是什麼電影呢？）…等等。
- 選項2是錯的。這句話用過去式「でしたか」來詢問對方對於已經做了、已經發生的事情有什麼感想或看法。不過男士是在提出邀約，所以答非所問。
- 選項3也是錯的。當對方準備要去找樂子，而自己不參加時，就可以這麼說。但這沒有回應到男士的邀約。

說法百百種

- **「～ませんか」除了邀請對方一同做某事外，也可用來建議對方做某種行為、動作喔！例如：**

このパン、食べてみませんか。／要不要吃吃看這個麵包？

この仕事をやってみませんか。／要不要試試看這份工作？

▸ **此外，一個國家的民族性往往表達於語言中，日本人通常會以婉轉的說話方式來拒絕他人邀約，例如：**

今週はずっと忙しくて…。／這禮拜一直很忙…。

ごめん、これからバイトなんだ。また今度ね。
／抱歉，等等要去打工，改天再約吧！

日曜日はもう予定が入っちゃってるんです。また誘ってください。
／星期天已有計畫了，下次請再邀我喔！

すみません。今、ちょっと時間がないもので。
／不好意思，現在剛好沒時間。

5-14 13 ばん

答え：①②③

- メモ -

5-15 14 ばん

答え：①②③

- メモ -

5-16 15 ばん

答え：①②③

- メモ -

5-17 16 ばん

答え：①②③

- メモ -

5-18 17 ばん

答え：①②③

- メモ -

5-19 18 ばん

答え：①②③

- メモ -

第⑬題 答案跟解說

5-14

M：これ、冷蔵庫（れいぞうこ）にしまっといたほうがいいかな。

F：1　そうね。腐（くさ）るといけないから。

2　そうね。腐（くさ）るわけがないから。

3　そうね。腐（くさ）ってもいいから。

【譯】

M：這個是不是要放到冰箱比較好啊？

F：1. 說得也是，萬一壞掉就糟糕了。

2. 說得也是，不可能壞掉的。

3. 說得也是，反正壞掉也無所謂。

- メモ -

解題關鍵と訣竅

答案：1

【關鍵句】…ほうがいいかな。

對話情境と出題傾向

「しまっといた」是「しまっておいた」的口語縮約形。這一題男士詢問要不要先把東西冰起來。三個選項的開頭都是「そうね。腐る」，解題關鍵就在後面的句型。

解題技巧

- 正確答案是１。這句話表示女士擔心東西會腐壞。「いけない」意思是「…不行」、「…不好了」。
- 這一題除了選項１，還有以下的說法也能成立「そうね。悪くならないように」（說得也是，可別壞掉了）、「ううん、それは常温でいいの」（不用了，常溫存放就行了）。
- 選項２是錯的。「そうね」雖然可以表示同意將東西放到冰箱去，可是接下來的「腐るわけがない」又表示東西不可能會腐壞。如果東西不會腐壞就沒有必要冰到冰箱去了，前後句子自相矛盾。「わけがない」表示從道理而言，強烈地主張沒有該可能性。
- 選項３也是錯的。「そうね」同樣表示同意將東西放到冰箱去，可是接下來的「腐ってもいい」表示東西腐壞也無所謂，這也是自相矛盾。「てもいい」表示許可或允許某種行為或事態的發生。

單字と文法

□ 腐る（くさる） 腐壞

說法百百種

▶**「腐る」通常用來形容食物等東西腐爛、腐壞，讓我們來一起熟悉它的說法吧！**

夏は食べ物が腐りやすい。／夏天時食物很容易腐壞。

腐った牛乳を飲んではいけません。／酸臭掉的牛奶不能喝。

もんだい 5 第⑭題 答案跟解說

5-15

M：おじゃましました。

F：1　いらっしゃい。さあ、どうぞ。

2　また、来（き）てくださいね。

3　おかげさまで。

【譯】

M：不好意思，打擾您了。

F：1. 歡迎，來，請進。

2. 下次再來喔。

3. 託您的福。

- メモ -

解題關鍵と訣竅

答案：2

【關鍵句】おじゃましました。

對話情境と出題傾向

　　「おじゃましました」用在去別人家拜訪，或是進入辦公室，準備要離開的時候。而「おじゃまします」則剛好相反，用在要進到別人家或辦公室時，打聲招呼。過去式是這題的解題關鍵！

解題技巧

▶ 正確答案是２。當別人要離去，送客時就可以這麼說。

▶ 這一題除了選項２，也可以回答「どうぞお気をつけて」（路上小心）。而年長者或是比較重視禮儀的人可能會回答「大したお構いもしませんで」（疏忽招待了）。

▶ 選項１是錯的。這是當客人上門時迎客的用語。這時客人說的可能是「おじゃまします」，而不是「おじゃましました」。

▶ 選項３也是錯的。這句話用來感謝對方的幫忙或是關心，在此答非所問。

小知識

　　除了「おじゃましました」之外，一般禮貌性的道別也可以使用「失礼しました」。另外，若道別的對象為熟識友人，可以說「じゃ、また」或「じゃね」。如果對認識但並非那麼親密的對象，可使用「では、また」表示再見。至於大家最熟悉的「さようなら」，則是不管對誰都可以使用的道別說法。

　　而選項１的「さあ、どうぞ」，後面省略了「お入りください」（請進），是日文固定用法常見的省略現象。接下來一起看幾個例句，為體貼對方的說話方式，也常用於和長輩、上司或不熟朋友說話的時候。如果能善用這些表達方式，對人際關係一定會有幫助的喔！

1. **「どうぞ～」**

　⇨ どうぞお大事になさってください。→どうぞお大事に。（請保重。）

2.「どうぞ～なく」

⇨ どうぞかまわないでください→どうぞおかまいなく。（請不要費心。）

雖然「どうぞおかまいなく」是從「どうぞかまわないでください」來的，不過沒有人在説「どうぞかまわないでください」。

3.「どうも」

⇨ どうもありがとう。→どうも。（謝謝。）

最後一項的「どうも」跟其他的例子不同，對上位者或不是很親近的人要用「どうもありがとうございます」。

もんだい 5 第 15 題 答案跟解說

5-16

M：この宿題（しゅくだい）はいつまでだっけ？

F：1　明日（あした）までのはずだけど。

　　2　明日（あした）までがいいんじゃない？

　　3　明日（あした）までにしようか。

【譯】

M：這份習題是什麼時候要交啊？

F：1. 應該是明天之前要交吧。

　　2. 明天之前交就行了吧？

　　3. 我們明天之前交吧。

- メモ -

答案：1

【關鍵句】いつまでだっけ？

對話情境と出題傾向

這一題的情境是男方在詢問作業的繳交期限。從兩人都沒用敬語這點可以推論男方和女方應該都是學生。「いつまで」用來詢問結束的時間。「っけ」放在句尾，表示說話者想不起來、記不清楚，或是用於自問自答。

解題技巧

- 正確答案是１。「はず」表示說話者根據自己知道的事情來進行推測，主觀意識較強。這句話也就表示「就我所知，是到明天為止」。
- 這句話除了選項１，也有其他回答方式。例如「明日までだよ」（到明天喔），這是比選項１更為肯定的說法。或是「確か明日までだと思うけど」（我記得好像是到明天吧），這是比選項１還更不確定的說法。
- 選項２是錯的。「いいんじゃない？」用來提議，意思是「…不錯吧」。不過作業的繳交期限可不是自己說了算，所以這個說法不對。
- 選項３也是錯的。「にしようか」表示提議要這麼做，不過作業的繳交期限不是學生能決定的，所以也不正確。

小知識

此外，表示期限的說法有「～まで」跟「～までに」兩種，由於它們外貌相似，常常會讓人傻傻分不清楚喔！

當「～まで」接在時間性名詞的後面時，表示在某個時間點前保持不變的動作或狀態。例如：

⇨「10時まで寝る。」（10點前睡覺。）

而如果「～までに」接在時間性名詞之後，則表示在某個時間點以前發生或完成某行為。例如：

⇨「10時までに寝る。」（睡到10點。）

最後，來看一下選項１語尾的「～けど」，後面通常不先把話說完，是等待對方反應再接話的說話方式。其他還有「～が」、「～まして」等，例如：

⇨ 今日は休ませていただきたいのですが…。（希望今天能讓我請個假…。）

⇨ 課長、来週の会議のことですけど…。（課長，關於下禮拜的會議…。）

⇨ 子供が昨日から風邪気味なので、病院に連れて行こうと思いまして…。（小孩從昨天起好像有點感冒，所以我想帶他去醫院…。）

第 16 題 答案跟解說

5-17

M：あれっ、足（あし）、どうしたんですか。

F：1　ちょっと転（ころ）んでみたんです。

2　ちょっと転（ころ）んだみたいです。

3　ちょっと転（ころ）んじゃったんです。

【譯】

M：咦？妳的腳怎麼了？

F：1. 試著摔了一跤。

2. 好像摔了一跤。

3. 不小心摔了一跤。

- メモ -

解題關鍵と訣竅

答案：3

【關鍵句】どうしたんですか。

對話情境と出題傾向

這一題的情境是男士看到女士的腳好像受傷了，因此關心她發生了什麼事。三個選項乍聽之下都很像，一定要仔細聽出每一個音。

解題技巧

- 正確答案是 3。「転んじゃった」是「転んでしまった」的口語縮約形。「てしまう」在此表示因意外、不小心做了某件事。
- 除了選項 3 之外，以下的説法也行得通「ちょっとひねっちゃったんです」（不小心扭傷了腳）、「ちょっとくじいちゃって」（不小心挫傷了）。
- 選項 1 是錯的。「てみる」表示嘗試性地去做某個動作，動作者是有意識地去採取這個行為的。所以這句話的意思是説話者試著去跌倒，用常識來看非常不合常理。
- 選項 2 也是錯的。「みたい」表示情報的可信度不高。這句話也就表示「我雖然不是很清楚，但恐怕是跌倒了吧」。不過受傷的是自己，卻連自己有沒有跌倒都不曉得，這聽起來也很奇怪。

小知識

要注意的是，題目及選項 3 都以「んです」結尾，各別表示要求對方説明，以及針對某狀況或理由進行説明。其普通形為「のだ」，口語用法為「んだ」。例如：

⇨ きっと、泥棒に入られたんだ。（一定是遭小偷了！）

⇨ ちょっと風邪をひいちゃったもんだから、昨日は会社を休んだんだ。（昨天有點感冒了，所以我向公司請了假。）

第 17 題 答案跟解說

5-18

F：どうぞ、おかけください。

M：1　それでは、失礼（しつれい）します。

　　2　それでは、ご遠慮（えんりょ）します。

　　3　それでは、いただきます。

【譯】

F：請坐。

M：1. 那麼，不客氣了。

　　2. 那麼，容我婉拒。

　　3. 那麼，容我享用。

- メモ -

答案：1

【關鍵句】おかけください。

對話情境と出題傾向

這一題的情境是女士請男士坐下。當別人邀請自己坐下時，可以怎麼回應呢？

解題技巧

- 正確答案是１。像這種時候回答「失礼します」是最保險、最不會出錯的。
- 這一題除了選項１，也可以說「はい、では」（好，那我就坐了），只是感覺比較隨便。
- 選項２是錯的。「遠慮する」意思是「客氣」、「謝絕」。不過前面加上表示敬意的「ご」很奇怪。此外，如果說話者想表達自己站著就行了，那前面表示照辦的「それでは」就顯得矛盾了。
- 選項３也是錯的。這是當對方請自己吃喝東西時，開動前的寒暄語。

小知識

順道一提，「遠慮」有迴避、謝絕之意。在日本像是書店等場所規定禁止飲食的時候，就會張貼著「店内でのご飲食はご遠慮ください」（店內請勿飲食）的標語。如果是禁止吸菸的地方，則會有「おタバコはご遠慮ください」（請勿吸菸）的公告，或是直接寫著「禁煙」（禁菸）的標誌。所以去日本玩的時候，一定要注意這些小細節，否則等到別人來警告可就丟臉啦！

第 18 題 答案跟解說

5-19

F：この荷物(にもつ)、隣(となり)の部屋(へや)に運(はこ)んでもらえる？

M：1　はい、運(はこ)んであげましょう。

2　はい、分(わ)かりました。

3　じゃ、運(はこ)びましょう。

【譯】

F：可以幫我把這個行李搬到隔壁的房間嗎？

M：1. 好的，我幫妳搬吧。

2. 好的，我明白了。

3. 那麼，我們來搬吧。

- メモ -

解題關鍵と訣竅

答案：2

【關鍵句】運(はこ)んでもらえる？

對話情境と出題傾向

這一題的情境是女士用「てもらえる？」的句型來拜託男性幫她搬東西。

解題技巧

- 正確答案是2。「分かりました」經常用在表示答應做某件事情。「分かりました」用在對方是上位者或長輩。如果兩人的關係是朋友，則可以用常體回答「うん、分かった」（嗯，我知道了）。此外，「すみません、先に○○をしてからでもいいですか」（不好意思，我可以先處理○○再來幫您的忙嗎？）這樣的說法也可以。
- 選項1是錯的。「てあげる」表示站在對方的立場特地做某件事情，所以帶有強加於人的語氣，不太合適。
- 選項3也是錯的。問題就出在前面的「じゃ」。「じゃ」是「では」的口語說法，表示基於對方發言來進行判斷或意見的陳述。但這題的情境是對方有事拜託自己，應該用「了解」、「接受」的用法才對。

說法百百種

▶其他拜託的說法

このペン、ちょっと借りるよ。／這支筆借一下喔！

このペン、ちょっと借りるけどいい？／這支筆可以借一下嗎？

今日早退したいのですが…。／希望今天能早退…

▶如果同意的話，可以這樣說：

うん、いいよ。／嗯，好呦。

ええ、いいですよ。／嗯，好的。

5-20 19 ばん

答え：① ② ③ ④

- メモ -

20 ばん

答え：① ② ③ ④

- メモ -

5-22 21 ばん

答え：① ② ③ ④

- メモ -

5-23 22 ばん

答え：① ② ③ ④

- メモ -

第19題 答案跟解說

5-20

F：これ、壊(こわ)れてるんじゃない？

M：1　え、そんなに簡単(かんたん)に壊(こわ)れるわけがないのに。

2　え、そんなに簡単(かんたん)に壊(こわ)れるわけにはいかないのに。

3　え、そんなに簡単(かんたん)に壊(こわ)れようがないのに。

【譯】

F：這個是不是壞了啊？

M：1. 咦，怎麼可能那麼容易就壞掉了嘛。

2. 咦，怎麼可以那麼容易就壞掉了呢。

3. 咦，不可能那麼容易就壞掉了吧。

- メモ -

解題關鍵と訣竅

答案：1

【關鍵句】壊(こわ)れてるんじゃない？

對話情境と出題傾向

這一題的情境是女士表示某物壞掉了。三個選項都是以「え、そんなに簡単に壊れ」開頭，要知道句尾的文法的意思。

解題技巧

- 正確答案是１。「わけがない」意思是「あり得ない」（不可能）。表示該東西不可能這麼容易壞掉。
- 除了選項１之外，也可以回答「え、何で？」（咦？為什麼？）、「どっかおかしい？」（是不是哪裡出了問題？）。
- 選項２是錯的。「わけにはいかない」表示說話者雖然很想這麼做，但是基於常識、道德規範卻不能這麼做。不過東西壞掉並不是人為意志行為，語意不符。
- 選項３也是錯的。「ようがない」表示沒有方法。在此語意不符。

單字と文法

□ **わけにはいかない** 不能…、不可…

說法百百種

- **「わけにはいかない」和「ようがない」的說法**

言わないと約束したので、話すわけにはいかない。
／說好不說就不能說。

この複雑な気持ちは、ちょっと言い表しようがない。
／我不太能表達這種複雜的心情。

F：テスト、どうだった？

M：1　うん、そろそろかな。

　　2　うん、いろいろかな。

　　3　うん、まあまあかな。

【譯】

F：考試考得如何？
M：1. 嗯，差不多快要到了吧。
　　2. 嗯，有不少難言之隱吧。
　　3. 嗯，還可以吧。

- メモ -

解題關鍵と訣竅

答案：3

【關鍵句】どうだった？

對話情境と出題傾向

這一題的情境是女士在問男士考試結果。「どうだった」用來詢問對方對已經發生的事情有什麼感想，或是詢問過程好壞。

解題技巧

- 正確答案是 3。「まあまあ」意思是「雖然不是很好，但也馬馬虎虎説得過去」。「かな」用來表示説話者的自言自語，或是疑問語氣。
- 這一題除了選項 3，也有其他的回答方式。例如「だめだった」（考不好）、「あんまりできなかったと思う」（我覺得考得不是很理想）、「意外と簡単だった」（比我想像中的簡單）…等等。一般而言，即使是覺得成績會不錯，也不會照實回答，通常都用選項 3 的「まあまあ」來含糊帶過。
- 選項 1 是錯的。「そろそろ」表示時間差不多了、是時候該做某件事情。
- 選項 2 也是錯的。「いろいろ」表示多元豐富的樣子。

單字と文法

□ **そろそろ** 時間差不多了、將要　□ **まあまあ** 還好、馬馬虎虎

小知識

另外，還有以下常會使用的副詞，也順便背起來吧！例如：「それぞれ」（分別、各自）、「つぎつぎ」（紛紛、依次）、「とうとう」（最後、終於）、「どんどん」（不斷地）、「ばらばら」（分散貌、凌亂）、「ますます」（更加、越發）等。

除此之外，當同樣的語詞連續重複説兩次，有加強語氣的作用及增添語詞韻律感，也經常會出現於日常口語對話中，例如：「どうぞどうぞ」（請）、「ごめんごめん」（抱歉、對不起）、「そうそう」（對呀對呀）、「困った困った」（真傷腦筋）、「まいったまいった」（沒辦法了、投降了）等。

もんだい 5　第 21 題 答案跟解說

5-22

F：全然進まなくなっちゃいましたね。

M：1　おかしいな、この時間は渋滞しないはずなんだけど。

2　おかしいな、この時間は渋滞しないことになっているんだけど。

3　おかしいな、この時間は渋滞しないようになっているんだけど。

【譯】

F：現在車子完全動彈不得哪。

M：1. 好奇怪喔，這個時間應該不會塞車才對。

2. 好奇怪喔，這個時間應該變成不會塞車的狀況才對。

3. 好奇怪喔，這個時間應該變成不會塞車才對。

- メモ -

答案：1

【關鍵句】なっちゃいました。

對話情境と出題傾向

「なっちゃいました」有情況不好的意思。這一題從三個選項可以發現情境是塞車。三個選項都是以「おかしいな、この時間は渋滞しない」為開頭，要知道後面的句型是什麼意思才有辦法正確作答。

解題技巧

- 正確答案是１。「はずだ」表示說話者根據持有的情報資訊，做出主觀的推測。這句話表現出「就我所知，這個時間並不會塞車，但現在卻塞車了，真是奇怪」的心情。
- 除了選項１，其他說法還有「おかしいな、ラッシュ時間帯でもないのに」（怪了，現在又不是尖峰時刻）、「しょうがないよ、帰省ラッシュだから」（沒辦法啊，誰叫現在是返鄉時期）。
- 選項２是錯的。「ことになっている」表示規定或慣例。但是塞車並不是規定的事物，是人為無法控制的，所以用這個句型很奇怪。
- 選項３也是錯的。「ようになっている」表示依據機器的設定或是規定，事物應該有它應有的樣子或可能性。不過塞車並不是可以被規定或設定所控制的情況。

單字と文法

□ **ことになっている** 預定…、按規定…　□ **ようになっている** 變得…

小知識

☞ **根據以上「ことになっている」與「ようになっている」的不同用法，快一起來看看下面的例句，增強自己對文法的實用度吧！**

⇨ 夏休みのあいだ、家事は子供たちがすることになっている。（暑假期間，說好家事是孩子們要做的。）

⇨ ID とパスワードを正しく入力しないと、会員専用ページは見られないようになっている。（如果輸入的帳號及密碼不正確，將無法看到會員專屬的頁面。）

☞ **最後，再補充一些跟交通相關的詞語：**

通行止め（此路不通）、情報（路況報導）、予測（路況預測）、車線規制（道路管制）の原因と対策（塞車的原因與對策）

Ｆ：デザートはケーキになさいますか、それともアイスクリームになさいますか。

Ｍ：1　ケーキをお願（ねが）いします。

　　2　ケーキになさってください。

　　3　ケーキはどうですか。

【譯】

Ｆ：請問您甜點要選蛋糕，還是冰淇淋呢？

Ｍ：1. 請給我蛋糕。

　　2. 請選擇蛋糕。

　　3. 請問蛋糕如何？

- メモ -

解題關鍵と訣竅　　答案：1

【關鍵句】…になさいますか。

對話情境と出題傾向

這一題的情境是女士在詢問對方甜點要選蛋糕還是冰淇淋。從「なさいますか」可以推測她應該是餐廳的服務生。

解題技巧

- 正確答案是1。像這種二選一的問題，就要回答自己想要的東西才是。「をお願いします」（請給我…）是點菜時常用的句型。
- 此外，除了選項1之外，也可以回答「ケーキ（を）ください」（請給我蛋糕）。
- 選項2是錯的。現在要選甜點的應該是男士，所以他用「なさってください」請店員來做決定是很奇怪的事。
- 選項3也是錯的。「どうですか」用來詢問對方的意見，或是給予對方建議。不過男士應該要回答女士二選一的問題才對，所以不適切。

說法百百種

▶其他餐廳服務生經常使用的點餐及服務說法

いらっしゃいませ。／歡迎光臨。

本日のおすすめメニューでございます。／這是今日的推薦菜單。

ご注文はお決まりですか。／請問決定好要點什麼了嗎？

ご注文はランチセットをお二つとケーキセットをお二つ、以上でよろしいでしょうか。／您點的是兩份午間套餐及兩份蛋糕套餐，請問這樣就好了嗎？

かしこまりました。／我知道了。

お先にお飲み物をお伺いします。／要先為您送上飲料嗎？

コーヒーは食後でよろしいでしょうか。／請問咖啡是飯後上嗎？

【即學即用 07】

■ 發行人／林德勝

■ 著者／吉松由美、西村惠子、大山和佳子

■ 出版發行／山田社文化事業有限公司
地址　臺北市大安區安和路一段112巷17號7樓
電話　02-2755-7622　02-2755-7628
傳真　02-2700-1887

■ 郵政劃撥／19867160號　大原文化事業有限公司

■ 總經銷／聯合發行股份有限公司
地址　新北市新店區寶橋路235巷6弄6號2樓
電話　02-2917-8022
傳真　02-2915-6275

■ 印刷／上鎰數位科技印刷有限公司

■ 法律顧問／林長振法律事務所　林長振律師

■ 書+MP3／定價　新台幣 420 元

■ 初版／2019年 12 月

ISBN：978-986-6751-20-2

STS

山田社

STS

山田社